LUZIFER
VERLAG

HENDRIK KÜHN

REVOLUTION AUTOMATON

ROMAN

Dieses Buch wurde vermittelt von der Literaturagentur
Storyvents GmbH, Lüneburg

LUZIFER
VERLAG

Deutsche Erstausgabe

Umschlag: Michael Schubert | Luzifer-Verlag
Lektorat: Astrid Pfister

Printed in Germany

Dieses Buch wurde nach Dudenempfehlung (Stand 2020) lektoriert.

ISBN: 978-3-95835-476-0

Bibliografische Information der Deutschen Nationalbibliothek:
Die Deutsche Nationalbibliothek verzeichnet diese Publikation in der
Deutschen Nationalbibliografie; detaillierte bibliografische Daten sind im
Internet über http://dnb.d-nb.de abrufbar.

Für Lilian und Clara

»A glimpse into the world proves that horror is nothing other than reality.«

»Ein Blick in die Welt beweist, dass Horror nichts anderes ist als Realität.«

Alfred Hitchcock

NUR EIN TRAUM

Etwas unterwandert meinen Verstand. Alles, was ich mit meinen Augen ansteuere, entschwindet mir, ist blass und unscharf. Ich halte mich mühsam aufrecht, mir ist speiübel, ich atme schwer und mein Herzschlag beschleunigt sich, und droht mich aus der Bahn zu werfen, als ich deliriere, wie man mir die Hornhäute meiner Augen chirurgisch öffnet und die Linsen hinter den Pupillen mit einem schmalen Stab verschiebt. Damit ich mich von der Welt entferne, und es passiert. Immer wieder kneife ich sie zusammen, aber ich kann sie nicht fokussieren. Sehe nur die drohende Silhouette des Mannes vor mir, sehe, wie er ungehalten vom Stuhl aufschnellt, sich kurz zügelt, für einen Moment auf den Tisch stützt, dann wutentbrannt auf mich zuläuft und mit dem Finger in mein Gesicht zeigt. Es ist ein bohrender Schatten, der sich durch meine Stirn dreht und meinen Kopf in den Nacken stößt. Der detailarme Duft von Leder und kalter Asche stiebt in mein Gesicht und der von Plastik liegt mir auf der pelzigen Zunge. Außen erstarrt und innen getrieben, ist es, als ob sich die von Stress motorisierte Angst in meinem gebrochenen Körper festfährt. In mir pocht ein infernalischer Schmerz, der mich nahe an die Bewusstlosigkeit treibt. Mein Rückgrat ist ohne Spannung und ich muss mich mit zusammengebundenen Händen am Stuhl festhalten, zwischen meinen Beinen, wo mir die Lack- und Holzsplitter immer tiefer unter die Haut meiner tauben Finger fahren. Um meinen wackeligen Torso vor dem Einknicken zu bewahren und mich davor, ungebremst auf den rauen Boden zu rauschen, beiße ich mir auf die Zähne und drücke die Arme durch, wie damals als Halbwüchsiger am Barren im Sportunterricht, nur mit Handschellen. Wieder mustert jemand meine Übung, aber dieses Mal ist es nicht mein wohlgesinnter Lehrer, sondern der tobsüchtige Vernehmer. Er spricht mit schwelendem Zorn, ich kann seine geballten Fäuste bildlich vor mir sehen, dann lacht er verzweifelt und bald ist er verstört von der Wucht der Sinnlosigkeit, die auch mich paralysiert. Er schreit es mir zu und ich zucke zusammen. Seine Worte überschlagen sich, tosen unverständlich in meinem Kopf, den ich nur hilflos schütteln kann.

Nein, nein, ich habe das nicht getan!, ruft meine innere Stimme. Doch die ist tonlos, ohne Ausdruck, nur eine Selbstbesänftigung, denn meine äußere Stimme schweigt. Ich versuche, mich zu erinnern. Vergeblich. Da ist nichts. Blackout, selbst profane Erinnerungen scheinen ausgelöscht zu sein. *Ich sei verantwortlich für das Attentat*, brüllt er. Das Schlimmste der deutschen Nachkriegsgeschichte. Der Bundeskanzler sei tot.

Ist das wirklich wahr? Ich soll das gewesen sein? Unmöglich! Es macht mich betroffen, wenn ich daran denke, dass Dr. Engel Opfer eines feigen Anschlags geworden ist. Einfach so, einfach tot. Ich wollte dem Vernehmer bedingungslos offenbaren, was in mir vor sich geht; meine Gedanken nackt auf dem Tisch ausbreiten und meine Erinnerungen ausbuchstabieren bis zum letzten Zeichen, damit dieser verbohrte Zweifler es versteht und mich nach Hause gehen lässt. Ich will schreien, dass ich unschuldig bin, aber ich kann nicht. Weder finde ich einen einzigen Gedanken dazu in meinem Kopf, noch kann ich mich sprachlich oder mimisch verständlich machen. Meine Zunge ist taub und ein beißendes Brennen auf meinem Gesicht lähmt meinen Ausdruck wie das Gift einiger Jäger das Nervensystem ihrer Beute. Ich wollte immer Gebärdensprache lernen, wusste aber nicht warum. Jetzt sitze ich hier, hilflos und allein mit meinem Glauben, den ich nicht teilen kann, gefangen in mir, als ohnmächtige Beute vor dem lauernden Jäger und erwarte stumm mein Schicksal. Für ihn muss es sich ganz anders darstellen, wenn er beobachtet, wie sich mein unfreiwillig teilnahmsloser Blick wirr in alle Richtungen wendet und nur zögerlich seiner Stimme folgt. Er muss denken, dass ich ein Lügner bin. Zweifellos ein Mörder.

»Ein politischer Anschlag ohne Beispiel!«, faucht er durch seine Zähne. Er erwartet mein Geständnis, obwohl er es nicht braucht, denn die Beweise seien erdrückend. Ich spüre ihn, diesen Druck, er schiebt und staucht mich widerstandslos zusammen, und es ist nur eine Frage der Zeit, bis auch mein Brustkorb nachgibt. Der Vernehmer haut unvermittelt auf den Tisch und der schmetternde Knall durchfährt meine Glieder. *Wie lange halte ich aus, bis ich gestehe, was ich nicht getan habe? Werden sie mich foltern?* Meine losen Gedanken driften schmerzverzerrt ab und folgen dem Licht über mir. Die Leuchtstoffröhren erkenne ich an ihrer Form und ihrem pastoralen Lichtwurf; ein kokosweißes Leuchten, das vermeintlich langsam auf mich herabsinkt wie Staub. Dann befällt sie ein Flackern. Ich starre sie mit meinen Milchglasaugen an und glaube zu spüren, wie die Luft unter meine Netzhäute zieht.

»Jetzt mach endlich deine Klappe auf, herrje!«

Mein Kopf sinkt nach vorn und zeigt in die Richtung des Vernehmers. Ich schlucke, doch er will nicht hinunter, dieser massige Kloß, der meinen Hals förmlich auseinanderdrückt. Mit meinen Beinen schiebe ich meinen Körper an der Rückenlehne hoch und helfe mit einem Stemmen meiner Arme nach, bis ich eine Position erreicht habe, die mich besser atmen lässt. Ich räuspere mich und schlucke meine Kehle trocken. *Komm schon, sag ihm irgendetwas, damit er nicht denkt, dass du unkooperativ bist. Mach schon!*

»Er ist … tot?«, stöhne ich kaum über ein Flüstern hinaus.

»Willst du mich verarschen, Wächter?«, schreit er beleidigt. »Ich dachte, das hätten wir gerade geklärt! Du wirst im Knast verrotten, da kannst du dich dann dumm stellen! Aber eines sage ich dir: Wenn du eine Matratze in deiner Zelle haben willst, dann erzählst du mir jetzt besser was, sonst verbringst du deine Nächte auf kaltem Stein. Verstehst du mich?«

Er duzt mich, als würden wir uns schon ewig kennen, doch weder kenne ich seinen Namen noch traue ich mich, ihn danach zu fragen.

»Verstehst du mich?« Ich weiß nicht, wie oft er diese Frage schon wiederholt hat. Seine herrische, dunkle Stimme dringt dumpf in meinen Kopf, aber nein, ich verstehe ihn nicht. Ich höre ihn, aber ich verstehe ihn nicht. Ich weiß nicht einmal, ob all das wahr ist oder ob ich nur träume. Es fühlt sich an wie ein Traum. Wie ein absurder Albtraum.

Ich schrecke auf, als der Vernehmer plötzlich über den Tisch springt, meinen Hals packt und mir ins Gesicht schlägt. Letzteres ist eher eine Ahnung, denn ich kann nicht mehr Schmerz fühlen, als ich ohnehin schon fühle. Ich habe das Maximum erreicht und wandle in eine Taubheit über, die einen Bewusstseinsverlust verkündet. Dann wird es dunkel.

Es müssen die Lampen sein. Ich spüre, dass er von mir ablässt und höre seine Schritte durch den Raum wandern, wie ein Raubtier. Seine Schläge waren echt und sie haben Wirkung gezeigt, eine befremdliche, erschreckende, die mich panisch macht. Mein Kopf fühlt sich weich und geleeartig an, als hätte der Schädelknochen seine ganze Härte verloren, als hätte er unter der Gewalt nachgegeben und den Abstand zwischen der Haut und Hirn aufgehoben. Ich habe kein Vertrauen mehr in meinen Körper und bin endgültig in meine Gedankenwelt gewandert. Ich habe Angst, dass die Gewalt nicht enden wird, bis ich gestehe, was ich nicht getan habe. *Ist es möglich, dass man jemanden ermordet und sich nicht mehr daran erinnert?* Unwahrscheinlich. Ich ahne, dass ich gegen meinen Willen herhalten muss. Das ist ein Komplott gegen mich, in dem ich der Sündenbock für ein politisches Kalkül bin. Ich habe gar kein Motiv, den Bundeskanzler zu töten. Genau, das ist es! Ich habe kein Motiv und das muss ich dem Vernehmer klarmachen. Er muss wissen, dass ich zwar immer geglaubt habe, dass ich politischer sein sollte und dass ich mehr Gebrauch von meinen Rechten als Bürger machen wollte, aber in Wirklichkeit nur ein desinteressierter Niemand bin. Ich bin der falsche Mann, der Mörder ist immer noch auf freiem Fuß!

Das Licht geht wieder an und ich sehe schemenhaft die kargen, hellgrauen Wände und den weißen Schreibtisch vor mir. Es ist kein wirkliches Sehen, wie ich es bisher getan habe, sondern ein Identifizieren von Lichtquelle und Richtung. Ich presse die Lider zusammen, reibe meine Augen und reiße sie dann auf. Die Ränder schärfen sich und langsam formen sich die Schemen. Aus einem schwarzen Fleck einige Meter von mir entfernt wird der Vernehmer und ich meine zu erkennen, dass er mir seinen Rücken zugewandt hat. Meine Nase läuft, es fließen Tropfen von meiner Oberlippe zum Kinn hinunter und fallen hinab. Ich blicke nach unten. Aus einem dunklen

Ton bildet sich ein Rot, das in schmalen Bahnen über meine Hände fließt. Mit dem Oberarm wische ich mir über mein Gesicht. Ein Türschloss springt auf und ich höre, wie jemand den Raum betritt. Schritte, die sogleich haltmachen. Neben dem Vernehmer erscheint jetzt eine andere Gestalt. Beide tauschen sich kurz aus und dann kommt sie auf mich zu, groß und schlank.

»Wasser«, sagt eine ruhige, kehlige Männerstimme und die Gestalt reicht mir ein Glas. Ich soll es trinken, fordert sie mich auf und ich bedanke mich höflich mit einem gequälten Wort. Mithilfe meiner schmierigen Hände setze ich das Glas an und das kalte Wasser rinnt ölig durch meinen Hals. Es tut gut, wie es sich in meiner Körpermitte sammelt und mich in ein behagliches Gleichgewicht balanciert. Ich kann auch wieder schlucken und der Luftstrom zieht ungehindert durch meinen Hals und bringt mir meinen Geruchssinn zurück. Ich atme tief ein und aus und ich rieche als erstes Schweiß. Es ist das beste Wasser, was ich je getrunken habe, und ich sage es der Gestalt. Keine Antwort. Man gibt mir einen Moment Ruhe, denke ich, und ich höre sie von der anderen Seite des Raumes scharf flüstern. Rasch platziere ich das Glas zwischen meine Beine, tippe mit Zeige- und Mittelfinger in das Wasser, das sich sofort dunkel färbt, und reibe es mir in die geschwollenen Augen. Tropfen laufen mir über meine brennenden Wangen, therapieren leidlich einen schweren Fall und löschen den Schmerz für den Bruchteil einer Sekunde, der sich mehr auf der rechten Seite lokalisiert.

Es ist kein vernünftiges Sehen, aber ich spüre die stete Besserung; ein Formen, Schärfen und Einfärben meiner Umwelt. Auch die beiden Männer werden nun als Figuren sichtbar. Ihr Flüstergespräch, eben noch ein Säuseln, steigert sich nun mehr und mehr in ein wechselseitiges Zischen. »Ich weiß, was ich mache!«, sagt einer der beiden, der Vernehmer, vermute ich. Er kommt zu mir, nimmt mir das Wasserglas aus dem Schoß, setzt sich an den Tisch und blättert in einer Akte herum.

»Dann fangen wir noch mal von vorn an, damit das Ganze endlich mal produktiver wird«, sagt er, mehr zu sich selbst, und auch das weitere Nuscheln adressiert er nicht an mich. »Simon Wächter … Ende dreißig … hm … hat Wirtschaftswissenschaft studiert … hm … und ist Wachmann …«

Der Schleier fällt. Allmählich normalisieren sich meine Sinne, meine Augen sehen Farben, fokussieren wieder und meine Ohren befreien sich von der Dumpfheit und nehmen die Töne in ihrer Höhe und ihrem Klang wahr.

Ich bin zurück und das Erste, was ich erblicke, ist das vernarbte Gesicht des Vernehmers. Es ist dick, schweinefarben und dünkelhaft – ein Kandidat für Albträume. Der kräftige Kerl mit den kurz geschorenen Haaren, der kaffeebraunen Lederjacke und der tiefblauen Jeanshose lehnt sich auf den Tisch wie ein militärischer Ausbilder. Zigarettenstummel springen mit jeder Handbewegung über die mürbe Tischplatte und einer fällt zu Boden. Meine Augen folgen ihm wie zur Übung nach einer überlangen Auszeit.

Die Gestalt verlässt uns, das ist, was ich höre, aber ich sehe nur die farblose Wand am Ende des Raumes, als ich meinen Kopf drehe.

»Du hast also als Wachmann in dem Hotel gearbeitet?«

Aber klar, jetzt erinnere mich wieder! Zumindest an das Hotel, wo ich zuletzt gearbeitet habe. Es war ein festlicher Abend und es galt in Erwartung von Prominenz die höchste Sicherheitsstufe. Gesprächsfetzen mit dem Sicherheitschef Urban finden sich nun in meinem Kopf wieder, aber kein wirklicher Inhalt, der auf den gesamten Abend schließen lässt. Ich weiß nicht, ob der Bundeskanzler da war, aber ich vermute es. Es wäre nicht das erste Mal gewesen.

»Schtimmt …«, murmele ich, aber es wird nicht deutlicher. Meine Lippen müssen wohl aufgeplatzt oder geschwollen sein, die Worte kommen nur breiig heraus.

»Aha, wir machen offenbar Fortschritte. Gestern hattest du angeblich gar keine Erinnerungen.«

An gestern erinnere ich mich auch nicht. Wieder versuche ich, mich aufrechter zu positionieren, und wische meinen Mund an der Schulter ab. Ich will erst jedes Wort abwägen und es dann mit gespitzten Lippen formen, damit wir uns nicht falsch verstehen. »Als Sischerheitsexperte … ähm … aber isch habe niemanden umgebracht.«

»Was sagst du da?« Meine Worte scheinen ihn zu amüsieren. »Sicherheitsexperte? Oh, der studierte Herr ist also gar kein einfacher Wachmann, sondern ein Sicherheitsexperte. Deine Eltern müssen stolz auf dich sein. Beachtlich, Wächter, beachtlich!«

Ich spüre, wie mir die Schamesröte ins Gesicht steigt. Die Worte hätten von meinem Vater stammen können. Es ist genau dieselbe Art von Gehässigkeit, die gerade aus dem Mund des blasierten Kerls vor mir kommt. Aber mein Vater zog Direktheit stets der Ironie vor und hätte mir deshalb gesagt, dass er nicht stolz auf mich ist. Was er getan hat. Ich könnte lachen.

»Ich habe nur meinen Job gemacht«, erkläre ich. »Ich war es nicht. Ich habe niemanden …«

»Ich verstehe«, unterbricht er mich, »du willst also sagen, dass du es nicht geplant hast.«

Beiläufig bemerke ich, dass eine Pistole auf dem Tisch in meine Richtung zeigt und seine Hand darauf ruht. Vor Schreck fahre ich zusammen. Ich räuspere mich, ehe ich eine Antwort gebe, und lehne mich zur Seite gegen die Armstütze, um mich der Schusslinie zu entziehen. »Nein, das wollte ich nicht …«

»Natürlich nicht. Obwohl du es könntest, bist ja ein schlaues Kerlchen, aber ich glaube nicht, dass du das allein geplant hast. Welche Organisation steckt hinter deinem Attentat? Wer hat dich angeleitet und dich dabei unterstützt? Sag mal, Wächter, welcher Religion gehörst du eigentlich an?«

Es zieht unsere Blicke zur Decke, da das Licht abermals flackert. Er erhebt sich vom Stuhl und schaut sich erschrocken um, aber ich verstehe nicht warum. Plötzlich geht ein ungeheures Vibrieren los, das wie seismische Wellen durch die Bodenplatte stürmt und uns und das spärliche

Mobiliar schwer erschüttert. Dreck, Krümel und Zigarettenstummel fallen vom Tisch und springen am Boden wie heißes Öl in der Pfanne auf und nieder. Der hochfrequente Druck steigt von den Füßen bis in den Nacken und lädiert die Festigkeit meiner Knie. Dann ertönt ein Bersten, als bräche etwas Großes entzwei. Schreie auf dem Flur, ein Schlag oder Knall, und ich höre, wie Menschen hektisch am Raum vorbeilaufen. Fragend schaue ich zum Vernehmer, der furchtsam und kleinmütig die Quelle des Übels ausfindig machen will. Wider Erwarten steckt er seine Pistole in das Halfter und läuft zur Tür, als sie im selben Moment auch schon vor ihm aufspringt. Ich denke noch, dass er die Pistole besser griffbereit hätte halten sollen und stelle mir vor, wie ihn jemand attackiert, während ich die Szene vom hinteren Teil des Raumes aus hilflos mit ansehen muss. Aber was folgt, ist keine Überraschung. Die Person auf der anderen Seite der Tür ist jene, die mir das Wasser gegeben hat. Ich kann die Gestalt anhand ihrer kehligen Stimme zweifelsfrei identifizieren, obwohl ich kein Wort verstehe. Der Vernehmer ist mit irgendeinem Umstand nicht einverstanden. Er schüttelt den Kopf, weist die Gestalt mit der Hand ab, doch diese brüllt: »Vergiss den! Los, sofort!« Das kam auch bei mir an. Beide verschwinden daraufhin und die Tür fällt ins Schloss.

Das Dröhnen von Laufschritten und vereinzelte Schreie dringen durch die dünnen Wände. Sie alle laufen und schreien sich in das Angstzentrum meines Gehirns. Ich kann ihn nicht abwenden, meinen Blick von der Tür, mental gefesselt starre ich anderthalb Minuten – ich habe die Sekunden gezählt – auf den Griff, in Erwartung, dass der Vernehmer zurückkehrt. Nicht in froher Erwartung, denn ich wünsche ihn mir natürlich nicht zurück. Aber er kann mich doch nicht einfach so allein lassen. Hundertachtzehn, hundertneunzehn, zwei Minuten sind es jetzt bereits. Schüsse fallen. Ich schrecke auf. Zwei, drei, vier an der Zahl, ein paar Räume weiter. Mein Blick wird von einem Vibrieren des Türgriffs gefangen genommen, das langsam beginnt, sich in ein Klappern zu steigern und in einer heftigen Erschütterung mündet. Wie von einem Erdbeben von hoher Stärke, aber mit einer abnormen Frequenz, die meine Füße, Schienbeine und Knie schmerzlich durchschüttelt. Es folgt ein brutales Geräusch vom Flur her, das wie das Zusammenschlagen regloser Körper klingt; dumpf und fleischig. Dann ein Schleifen über den Boden, ein Türöffnen, wieder das Schleifen, wieder die Tür und das Licht erlischt. Mein Herz trommelt bis zum Hals, ich atme schwer und rutsche ruhelos über den Stuhl. Schweißperlen sammeln sich an meinem Haaransatz und rollen mir über meine feurigen Wangen. Aus der Ferne erschallen nun undefinierbare Tumulte und von den Nebenräumen schnelle Schritte. Ich weiß nicht, was hier geschieht, aber alles deutet auf eine Attacke hin. Eine Attacke auf das Gebäude, und der Vernehmer hat mich allein gelassen — auf seine Wiederkehr hingegen deutet nichts. Ich glaube, dass ich mich nur auf mich selbst verlassen kann, wenn ich das hier überleben will.

Nach wenigen Sekunden flackern die Leuchtstoffröhren an der Decke erneut und spenden wieder Licht. Zögerlich erhebe ich mich von der Sitzfläche und schleiche auf die andere Seite des Schreibtisches. Ich ziehe die Schublade auf und finde zwischen Taschentüchern und Minzbonbons, einen Halfter mit einer Pistole, meine Auto- und Haustürschlüssel, mein Handy und mein Portemonnaie … so als hätten sie auf mich gewartet. Auch die Handschellenschlüssel sind dort. Voller Zweifel schaue auf die Handschellen, und nachdem ich mich von ihnen befreit habe, auf meine Hände. Es ist nicht falsch, was ich mache, aber richtig ist es auch nicht, doch es fühlt sich an, als ob freie Hände einen freien Mann aus mir machen. Mehr noch hat mich das Lösen von den Handschellen von der Präsenz gelöst, und es hebt meinen Geist wenige Zentimeter über meinen Körper. Es entrückt mich in etwas Traumhaftes, genau jene Zentimeter fern von der Bedrohung. *Ist die Wirklichkeit defekt oder ist das alles nur ein Traum?* Ich schaue mich um. Ich weiß es nicht.

Schnell stecke ich die Sachen in die Taschen, gehe zur Tür und öffne sie. Nur einen Spalt, groß genug, um mich vorsichtig in den Flur zu lehnen. Es ist niemand zu sehen. »Hey, Kumpel, bist du da?«, rufe ich mit halber Lautstärke und sehe, dass die Tür einen langen Riss im Holzfurnier hat und dadurch ihr wabenförmiges Innenleben offenbart. Vorsichtig trete ich aus dem Raum. Weißer Dunst hängt an den grellen Leuchtstofflampen, der sich bis zum Flur-Ende zieht. Mein Blick richtet sich auf den Boden. Zu meiner Linken ist der PVC-Bodenbelag mit Bluttropfen übersät, Schuhspuren führen durch einige hindurch, und rechts sehe ich längliche Spuren einer blauen Flüssigkeit. Das Leuchten erscheint mir karibisch schön und chemisch toxisch zugleich, aber identifizieren kann ich es nicht. Ich will mich gerade hinunterbeugen, da schießt plötzlich ein blitzförmiger Schatten die Wand entlang. Als er im Dunkel eines Lichtflackerns entschwindet, donnert es ungestüm gegen die Wand, derart stark, dass der Druck die Rahmen mehrere Türen aufspringen lässt. Adrenalin schießt unkontrolliert durch mein Blut, packt und schickt mich auf meine Beine. Ich laufe, so schnell ich kann, statt nach der Ursache zu schauen, und ich habe diesen Gedanken, doch ich verlasse den Flur bereits mit einem Schulterstoß durch die Tür. Sie führt in einen weiteren Flur. Ich laufe und mein Blick geht von Seite zu Seite und nur einmal kurz zurück. Niemand folgt mir, aber meine plattfüßigen Schritte lärmen über den hohlen Boden und mir ist bewusst, dass man mich durch die anliegenden Wände hören kann. Labyrinthisch führt der nächste Flur in einen weiteren und ich versuche gar nicht erst, in die Räume zu schauen, die er verbindet. Die Wege werden nun länger und dunkler, bis der längste und dunkelste von ihnen endlich zu einem leuchtenden Notausgang führt.

Als ich das Gebäude verlasse, schlagen mir Motorenlärm und das matte Licht des bewölkten Himmels entgegen. Chaotische Fluchtbemühungen spielen sich vor mir ab, auf einem Parkplatz, der sich binnen weniger Sekunden leert. Verängstigte Menschen rennen zu ihren Autos wie Ratten vom sinkenden Schiff, bis nur noch ein Auto vor dem violetten Horizont wartet. Es ist meines, und ich laufe wieder, nehme die Schlüssel in die Hand und entriegle die Türen des Coupés mit der Fernbedienung. Ich springe hinein, starte den Motor, beschleunige durch einen seichten Graben und rase dann vom Gelände. Eine leere Pforte mit geöffneter Schranke passiere ich mit Hochgeschwindigkeit. Die Schlaglöcher der unbefestigten Straße werfen mich von einer Seite zur anderen und Staub wirbelt hinter mir auf. Flüchtig schaue ich zurück, kann jedoch niemanden erkennen und sehe nur ein bedrohliches Gebäude, das sich wie ein riesenhaftes Containerdorf auf der Ebene ausbreitet. Mit jedem Meter, den ich zurücklege, werden Gebäude und Sperrzaun kleiner, bis sie vor dem violetten Horizont verschwinden. Irgendetwas ist noch dort, denke ich, und stelle mir vor, wie es durch seine Räume streunt, sie kontaminiert und entseelt. Doch der Vernehmer, der ist nicht mehr da.

Der Weg führt mich von einem Nadelwald über ein brachliegendes Feld bis in ein menschenleeres, mir unbekanntes Dorf, dessen brüchige Häuser wie Ruinen in der Landschaft stehen. Das ist die Pampa Brandenburgs, ahne ich, aber erst als am Ortsausgang Berlin ausgeschildert ist und ich über Umwege auf eine Bundesstraße komme, fühle ich eine eigenartige Sicherheit über meine Existenz. Ich greife fest in das Lenkrad, drücke mich in den Sitz und frage mich: *Habe ich das alles nur geträumt?*

Ich schaue hinauf zum Himmel, der zu einem natürlichen Grau zurückgekehrt ist, dann in den Rückspiegel des innen von der Dämmerung verdunkelten Autos. Allein das matte Weiß meiner Augäpfel gibt sich im Kontrast zu erkennen, meine Haut entzieht sich dem Licht der verstreichenden Sonne. Meine Pupillen sind groß und starr beim Blick in den Spiegel und hatte ich gerade das Gefühl, dass meine Augen mich ansehen, bin ich es nun, der sie ansieht. Ja, ich bin wieder wach, aber noch benebelt von meinem Traum. Ich war von der Erdoberfläche verschluckt und bin wiederaufgetaucht, aufgetaucht in der Wirklichkeit, auf bekannten Straßen, inmitten unzähliger Autoschlangen im Feierabendverkehr und unbescholtener Menschen, die Radio hören, telefonieren und Gespräche mit ihren Begleitern führen. Gott sei Dank, ich habe das alles nur geträumt. *Doch was ist das?* Ich ziehe einen gelben Zettel von der Armatur und schaue ihn mir genauer an. Das Wort *Lauterkeit* ist mit blau-grauer Kugelschreibertinte unzählige Male auf dem Zettel nachgezeichnet, tief wie eine Prägung. Das ist meine Schrift, ich erkenne sie, aber ich kann mich nicht erinnern, das Wort geschrieben zu haben.

DER HAUSMEISTER

Der Schlüssel rotiert im Schloss und die Spannung im Holz schiebt die Wohnungstür auf. Erschöpft, blutarm und noch vom Albtraum geschockt, fasse ich am Griff vorbei. Statt hineinzugehen, stehe ich immer noch davor und schaue in den Schatten meiner vereinsamten Wohnung, als wäre ich tagelang nicht mehr hier gewesen. Genauso benimmt sich mein Körper, mit dem Gefühl der Wiederkehr in eine fremde und unbewohnte Stätte, die lange leer stand und entstaubt und mit Leben gefüllt werden muss. Ich kenne das, aber es ist intensiver als sonst und wäre meine Energie nicht versiegt, würde ich sofort eintreten und genau das tun … die Räume beleuchten, die Heizung aufdrehen und Musik anmachen. Stattdessen schwimmt mein Geist und meine Gedanken treiben davon, assoziieren die unangenehme Leere mit einem Aderlass. Ich bin so kraftlos, als pumpe mein Herz in die Leere der offenen Adern. Gleich welchen Gedanken ich beginne, er wandelt sich in wenigen Zügen in die Sehnsucht nach meinem Bett mit der anheimelnden Daunendecke, die sich an meinen Körper schmiegt. Das Licht im Treppenhaus erlischt. Meine Hand tastet am Türrahmen vorbei in meine Wohnung und drückt den Lichtschalter. Vergebens. Kein Funke und kein Knall, um mich herum ist alles stockfinster.

Behäbig laufe ich durch die Dunkelheit bis zur Küche, halte mich an der Kommode und dem Türrahmen fest, stoße ein gerahmtes Porträt meiner Eltern um und falle beinahe über den Wäschekorb, als ich feststelle, dass dort das Licht auch nicht funktioniert. Die Glühbirnen im Flur und der Küche werden ja wohl nicht zur gleichen Zeit kaputtgegangen sein, überlege ich und spüre, dass mein Fuß in eine schmierige Pfütze getreten ist. Die Feuchtigkeit wandert binnen Sekunden durch mein löchriges Schuhwerk und sammelt sich zwischen meinen Zehen. Mit meinem Handy beleuchte ich die Lache und stelle fest, dass der Kühlschrank ausgelaufen ist. »Das kann doch nicht wahr sein …« Ich bin müde, todmüde sogar, und mein Körper schmerzt, von oben herab, bis in die Fingerspitzen und verschlingt mich. Er trennt meinen Verstand von der Welt … nur der nasse Fuß erinnert mich daran, dass es nicht so ist. Ich hebe ihn, lasse ihn abtropfen, ziehe dann Schuhe und Socken aus, und stelle alles zur Seite. Beim Herunterbeugen höre ich plötzlich ein Fiepen in beiden Ohren, sehe farbige Kreise in der Dunkelheit und spüre ein trockenes Brennen in meinem Hals. Auf der Spüle befindet sich zimmerwarme Wasserflasche aus papierdünnem Plastik, die ich mit einem gewissen Ekel trinke. Die fade Kohlensäure schäumt und lässt mich aufstoßen, der Nachgeschmack erinnert mich an meine Kindheit, an jene verregneten Tage, an denen ich im muffigen Keller Verstecken gespielt habe. Das sind schöne Erinnerungen, aber heute ist offensichtlich nicht mein Tag. Ich fühle mich beschissen, anders kann ich es nicht ausdrücken.

Es klopft plötzlich an der Tür. Ich taste mich zurück und orientiere mich an dem kleinen Lichtpunkt, den die Beleuchtung des Treppenhauses durch den Türspion wirft. Helmut, natürlich. Er ist unser altgedienter Hausmeister … beinahe hätte ich ausgedient gesagt … der seinen grauen Cord-Hut wie eine Arbeitsuniform trägt. Einmal habe ich ihn ohne getroffen, er war gerade mit seiner Frau auf dem Weg zu einer Beerdigung, und er sagte mir, er wäre privat unterwegs und hätte deshalb keine Zeit. Die Sprechzeiten seiner üblicherweise Rund-um-die-Uhr-Aufgabe konnte ich danach wieder an seiner Kopfbedeckung ablesen. Eines vorweg: Helmut ist nicht in Ordnung. Er ist ein aufdringlicher, suspekter Typ, dem ich nicht über den Weg traue. Er ist undeutbar, sowohl als Charakter als auch als biologisches Wesen. Ich kann nicht einmal sein Alter genau schätzen, aber so lange ich ihn kenne, sieht er nach Rente aus. Was man aber mit Gewissheit sagen kann: Er ist immer der Erste vor Ort. Der Strom fällt aus und schon steht er vor meiner Tür, mit seiner grimmigen Miene, die der Türspion wie eine Karikatur verzerrt. Am liebsten würde ich ihm gar nicht öffnen, aber spätestens morgen stünde er doch wieder vor meiner Tür, mit seinem Cord-Hut und *seinen guten Absichten.* Widerwillig mache ich ihm die Tür auf und der beißende Geruch von Salami und Butter macht ihn vorstellig.

»Ick hab jesehn, dass du jetze jekommen bist, Simon«, sagt er, als sei es ungesetzlich und schaut mich dabei unverwandt an. Sobald er bemerkt, dass ich mitbekomme, wie er mich anschaut, wendet er seinen Blick rasch ab und schaut in meine Wohnung. »Wir hamm Probleme mit der Elektrizität.«

»Das habe ich gerade festgestellt«, sage ich. »Mein Kühlschrank ist nämlich abgetaut.«

Ein süffisantes Grinsen steht in seinem Gesicht. »Dit muss ja ooch regelmäßich, wa?«

»Der hat eine automatische Abtauvorrichtung, aber frag mich nicht, wie die funktioniert.«

»Ach so. Wie ooch immer, im janzen Haus sind heute die Sicherungn rausjeflogn. Die Hauptsicherungn, inne Wohnungn, überall. De Elektrika war schon hier u nun gehts wieda. Janzen Tach hattn wa Ärga.«

»Verrückt. Wie ist denn das möglich?«

»Jute Frage. Ditt weeß ick nich jenau, aber de vonne Stadtwerke sagn, dass sonne Internethacka uffe Netze zugreifn. Aber hey, du musst de Sicherungn wieda reinmachn.« Er zeigt auf den graulackierten Blechkasten neben meiner Tür, den ich hätte suchen müssen, wenn er ihn mir nicht gezeigt hätte. Ich öffne den Kasten, drücke die Sicherungen hoch und das Licht in meinem Flur geht wie von

Zauberhand wieder an. Auch den Kühlschrank höre ich summen.

»Vielen Dank, Helmut.«

»Dafür nich«, antwortet er. Dann folgt betretenes Schweigen. Ich räuspere mich, er räuspert sich. Ich schaue ihm in die Augen, er dreht sich weg.

»Hacker, sagtest du?«

»Ja, da wird eenem blümerant. De janzen Bekloppptn komm'n roos, du weeßt schon, weil de Bundeskanzla tot is. Schlimm, wa?«

Dieser Satz fährt mir wie ein Schwert durch meine Brust. Ich erstarre äußerlich, da mir der Atem stockt, aber in der Brust holt mein Herz weit aus und erschüttert mich mit dem nächsten Schlag. Ich will glauben, dass ich ihn nicht richtig verstanden habe, aber da gibt es keine Zweifel. Es ist wahr, unser Bundeskanzler ist tot. Betroffenheit legt sich auf mein Gesicht und Helmut nickt mir zu, weil er glaubt, dass der Tod des Kanzlers der Grund dafür ist, aber in Wirklichkeit ist es die Einsicht, dass ich das alles nicht nur geträumt habe.

»Das kannst du laut sagen, Helmut. Sehr schlimm«, flüstere ich und sinniere still darüber nach, was die Medien gerade berichten. Ich stelle mir mein verwaschenes Bild vor, das von einer der Überwachungskameras des Hotels stammt. Alle Welt würde mich sehen, vorverurteilen und es wäre nur eine Frage der Zeit, bis der Lynchmob dann nach Rache dürstend vor meiner Wohnungstür stünde, für etwas, das ich nicht getan habe. *Ist es euch auch egal?*

»De Welt wird imma schlimma«, seufzt Helmut.

Für mich ist das Gespräch beendet, denn ich will ihn so schnell wie möglich verabschieden und signalisiere ihm das auch mit einem in den Hausflur drängenden Schulterklopfen. Er versteht die Geste aber nicht und observiert stattdessen lieber meine Wohnung. Ich bemerke die Unordnung hinter mir und schiebe meinen Körper vor sein Sichtfeld. »Gute Nacht, Helmut. Ich muss jetzt! Nochmals vielen Dank.«

»Dafür nich.«

Ich drücke die Tür zu und meine den Widerstand von Cord-Hut und Nase spüren zu können, die immer an vorderster Front stehen, wenn seine Neugier Schlachten mit den Nachbarn schlägt. Mit der Hand verdecke ich den Türspion, lege meine Stirn auf das lackierte Holz, schließe meine Augen und lausche der anderen Seite. Dort ist kein Ton seiner Schuhe auf den Treppenstufen, kein Schlurfgeräusch seiner Sohlen auf dem Stein, und kein Atem seines alten Körpers zu vernehmen.

Ich halte inne und versuche mich auf das zu konzentrieren, was mir so surreal, albtraumhaft und unmöglich erschienen ist: Die Wahrheit.

Bin ich nun ein Verdächtiger auf der Flucht oder hat man mich gehenlassen? Ich bin geflohen, genauso wie mein Vernehmer, aber erst nach ihm. *Hätte er mich zurückgelassen, wenn er geglaubt hätte, dass ich der Mörder des Bundeskanzlers wäre?* Ausgeschlossen. Es kann keine Beweise geben, die mich belasten, nichts, was fälschlicherweise auf eine

Tat hindeutet, die ich nicht begangen habe. Ich wurde festgehalten, weil sie keinen blassen Schimmer hatten und es besser ist, irgendeinen Sündenbock als niemanden zu haben. Außerdem: *Warum erinnere ich mich an nichts?* Sie müssen mich bewusstlos geschlagen haben und infolgedessen habe ich eine posttraumatische Amnesie oder Ähnliches erlitten. Ich werde sie anzeigen und vor Gericht zerren, wenn das wahr ist. Doch die Zweifel bleiben bestehen, ohne die vollständige Erinnerung. Es sind nur die jüngsten da, die mitten im Verhör begonnen haben. Ich zeichne sie in meinem Kopf nach und mit ihnen kehrt automatisch der Schmerz zurück und er pocht nun von der rechten Schläfe hinab bis zum Hals. Ich nehme meine Hand vom Türspion und schaue hindurch. Der Hausflur ist nun dunkel.

Ich kehre zur Küche zurück, reiße ein paar Papiertücher von der Rolle und knie mich dann vor den wiederbelebten Kühlschrank, um das abgestandene Wasser aufzuwischen. Es ist nicht viel, denke ich zuerst, aber als ich das Papier unter die Tür schiebe, laufen mir dunkelrote Tropfen auf die Finger. Mein Blick folgt den langen Bahnen, die sich über die Dichtungen des Eisfachs bis zum Boden ziehen und unter dem Kühlschrank eine widerliche Pfütze nähren. Ich öffne die Tür und in mir steigt Ekel auf. Es ist Tomatensoße mit Hackbällchen aus einer vergessenen Gefrierpackung ausgelaufen und sie klebt nun überall, in jedem Fach und an allen Essensresten. Ich brauche mehr Papier, viel mehr. Doch beim Aufstehen packt mich erneut der Schwindel und er schickt mich zurück auf meine Knie. Ich stütze mich am Küchenstuhl ab und es dauert einen Moment, bevor ich der Bodenfestigkeit vertraue. Einmal tief durchatmen. Ich schaue nach oben und dann zu Boden. Irgendetwas stimmt mit dem Deckenlicht nicht, so dunkel war es noch nie und ich habe Mühe, zu erkennen, wo ich genau wischen muss. Es gibt Brüche in den Fliesen, die ich sinnlos bearbeitet habe, und da sind Flecke, die viel älter und unbestimmbar in Farbe und Form sind. Ich beuge mich flach über die Fliesen und je dichter ich komme, desto schlechter kann ich sehen. Die Soße breitet sich aus, scheint zu hüpfen und zu flüchten, als kämpfe ihre innere Tomate ums Überleben.

Ich brauche lange, bestimmt zwanzig Minuten, bis ich alles im und um den Kühlschrank herum entfernt habe, und bleibe schließlich erschöpft auf meinem Hintern sitzen. Der Schmerz ist schlimmer geworden, er tobt und strahlt über meinen ganzen Körper. Vorsichtig fasse ich an die Stelle in meinem Gesicht, wo er sich lokalisiert. Wie ätzend stößt die Hautoberfläche meine Finger ab. Ich wollte sie im Spiegel inspizieren, aber mir fehlt die Kraft. Mit meinen Beinen schiebe ich mich zurück an die Spüle und schließe meine Augen. »Allein fehlt mir die Kraft …«

Ich weiß noch, wie ich als Achtjähriger einen toten Mann auf der Straße liegen gesehen hatte, der Minuten zuvor bei einem Frontalunfall aus seinem Auto geschleudert worden war. Ich sah nicht viel, denn die Sanitäter hatten ihn abgedeckt, aber die Vorstellung, dass dort ein Körper ohne

Leben lag, war für mich ein wochenlanger Horror. Der erste Tag war der schrecklichste, alles fühlte sich plötzlich grau und sinnlos an, selbst die neuen Spielzeuge, die ich zu Ostern bekommen hatte, und das satte Sonnenlicht, mit dem ich die schönen Dinge des Lebens verband. Mir schmeckte das Abendessen nicht mehr, mit meinen Eltern wollte ich nicht reden und die Nacht bestrafte mich mit einer pausenlosen Vorstellung des neuen Horrorfilms in meinem Kopfkino. Über die Jahre hinweg gewöhnte ich mich an den Anblick, sah ihn regelmäßig auf Autobahnen oder in den Nachrichten. Er hob mich nicht mehr an. Aber was ich heute erlebt habe – den Tod des Bundeskanzlers, das verrückte Verhör und meine Flucht – versetzt mich unwillkürlich in den erschütterten Achtjährigen zurück, der ich einmal gewesen war. Das gleiche Gefühl kommt wieder in mir auf, jedoch gepaart mit dem Mysterium des Umstands und dem absurden Verdacht, ich wäre für diese Tat verantwortlich. Es macht mich verrückt. Die Situation nimmt mich gefangen und steigert sich mit jedem Gedanken, bis sie selbst die Sehnsucht nach meinem Bett bezwingt. Fünf Minuten mit mir allein auf dem Küchenboden und ich bin davon überzeugt, keinen Moment mehr länger ausruhen zu können. Das war immer so … in Einsamkeit komme ich stets auf unheilvolle Gedanken. Dumme Gedanken nannte sie mein Vater. Ich könnte lachen.

Meine Kraftreserven mobilisieren sich erneut, sie öffnen meine Augen und stellen mich auf die Beine. Sie bringen mich zum Flur, geben mir mein Handy von der Kommode in die Hand und lassen mich nach den Nachrichten suchen. Es ist ein neues Gerät, ein richtiges Arbeitstier und eine Entertainment-Maschine. Das sage ich mit einem gewissen Stolz und fahre mit dem Daumen über die polierte Plastikkante, die das Display abschließt. Ein Kratzer, nicht tief, aber ich kann ihn spüren. Das ist ärgerlich. Mein Blick geht zurück auf das Symbol des Browsers, das sich nur endlos dreht, bis eine Fehlermeldung erscheint: *Seite kann nicht gefunden werden.* »Ach, komm schon!« Dann sehe ich, dass das Gerät kein Netz hat. Der Netzanbieter ist das Problem. Egal. In meinem Arbeitszimmer habe ich meinen Laptop, den ich – ich schaue auf dem Schreibtisch und in der Tasche nach – wohl in meinem Büro gelassen habe. Der Fernseher funktioniert auch nicht, er zeigt nur ein Bildrauschen an.

Obwohl es lediglich ein paar Autominuten sind, will ich nicht für die Nachrichten von Berlin-Wedding, wo ich wohne – in der Kameruner Straße, wohlgelegen zwischen Mitte und dem Flughafen Tegel – bis zu meinem Büro am Alexanderplatz fahren. Das mache ich aus Prinzip nicht, denn der Zeitungsladen ist direkt um die Ecke. Hier ist meine Jacke, dort die Wohnungstür. Damals sind wir noch alle rausgegangen, wenn wir etwas brauchten, und es hat uns nicht umgebracht. Meistens zumindest.

Leise ziehe ich die Tür in das Schloss und schleiche mich durch das dunkle Treppenhaus. Ich will nicht, dass Helmut sieht, wie ich das Gebäude verlasse. Allein bei dem

Gedanken daran, dass er meine Ausgehzeiten dokumentiert und darüber Vermutungen anstellt, könnte ich ausflippen. Seine Wohnung liegt unseligerweise in der ersten Etage und jeder Hausbewohner muss daran vorbei. Selbst die junge Frau, die ihm gegenüber wohnt, ist häufig ein Opfer seiner *Arbeit*. Ich bilde mir ein, dass es ihr nahegeht, diesem zarten Geschöpf mit dem dünnen, roten Haar und dem leichten Strabismus, der ihr linkes Auge nach innen wandern lässt. Ich habe erlebt, wie sie beim Ausgehen unweigerlich in die Richtung seiner geschlossenen Wohnungstür grüßt, weil sie weiß, dass er auf der anderen Seite des Türspions steht. Damals wie heute bebte sein Herzschlag geradezu durch das Holz der Tür und auch sein Ohr scheint an jede Wand gepresst zu sein. Die Paranoia ist unvermeidbar.

ZEITUNGSKIOSK

Der Abend ist ungewohnt kalt. Der Herbst ist ausbewegt und liegt still vor dem Winter, der in seinem Jahresschatten lauert. Eine harzige, schweflige Note begleitet die glasklare Luft. Ich stecke meine Hände in die kühlen Jackentaschen und mache mich auf den Weg zum Zeitungskiosk, der fünf Gehminuten von meiner Wohnung entfernt liegt. Die Krater auf dem Mond kann ich mit dem bloßen Auge erkennen, aber die Straßen unter seinem Ablicht sind meinem Blick verschlossen. Ich sehe die gediegen-farbigen Häuserblöcke mit ihren kantigen Balkonen nicht, die langen Parkreihen, das von der Witterung platingraue Kopfsteinpflaster oder die kargen, herbstbraunen Baumgewächse nicht. Es herrscht Totenstille. Die Bierstuben, Elektroniklädchen und Friseursalons sind geschlossen, und die Straßenlaternen hinter mir haben ihre Funktion eingestellt, was ich erst bemerke, als das grelle Licht jener der Seestraße in meinen Augen sticht. Welch eine Ironie, dass die Straße fünfhundert Meter weiter nordöstlich an den Osram-Höfen vorbeiführt, dem ehemaligen

Fabrikgelände, wo 1904 Deutschlands erste Glühbirnen produziert wurden. Außer dem Licht treffe ich vereinzelt Leben an. Zwei schweigende Wesen verlassen gerade den U-Bahnhof, eine Handvoll Autos pirschen über die Straßen und von irgendwoher höre ich schlierigen Husten aus der Tiefe einer sich zersetzenden Lunge.

Ich glaube, dass der Kiosk geöffnet hat, aber mehr will mir dazu nicht einfallen. Er ist Gegenstand meiner Erinnerung, nur nicht detailliert genug oder in Worte zu fassen. Ich denke, ich habe ihn bereits zwei- oder dreimal mitten in der Nacht aufgesucht und jedes Mal war er geöffnet. Nicht Qualität oder Kundenfreundlichkeit sind seine Stärken, sondern Zuverlässigkeit. Das ist es, sagt mir eine undefinierte Erinnerung ... dieser Kiosk hat mich noch nie im Stich gelassen.

Ein paar Meter noch. Ich recke meinen Hals und als ich in der Ferne sein sattgelbes Licht sehe, zieht der Rhythmus meines Herzens an. Der Moment der Wahrheit steht kurz bevor, und ich spüre, wie die Härte, die sonst meine Knie zu festen Scharnieren formt, hinab in meine Füße rutscht. Je weicher meine Knie werden, desto schwerer werden die Schritte. Auf den letzten zehn Metern fixiere ich den Aushang und laufe, wie durch einen Tunnel geführt, geradewegs auf ihn zu. Einen Zeitungsständer greife ich als Stütze und überfliege die Meldungen, dann dreht sich mein Magen um. Ich wusste es, aber ich brauchte dennoch die Gewissheit, die ich nun habe. Der Bundeskanzler ist tatsächlich tot. Er ist gestern gestorben.

Es steht auf dem Titelblatt jeder Tageszeitung. Ich ziehe eine nach der anderen aus dem Ständer und blättere sie eilig durch: *TODESURSACHE UNBEKANNT … ungeklärter Fall … MYSTERIÖSER TOD … viele offene Fragen …* lese ich, doch nirgendwo sehe ich ein Foto von mir. Ich entdecke keinen Hinweis darauf, dass ich etwas mit seinem Tod zu tun habe. Die Aufregung und die Nervosität stellen sich nicht ein, sie schwingen einfach ins Positive und plötzlich bin ich aufgeregt und nervös vor Freude, nicht mit diesem mysteriösen Tod in Verbindung gebracht zu werden. Ich meine, es ist grausam, was da passiert ist, eine Tragödie von unbekanntem Ausmaß, aber …

»Was zu trinken dazu?«, fragt mich der Händler von der anderen Seite des Tresens. Er hat einen leichten Akzent, klingt piepsig, rollt das R, schleift das Z und staucht das S fast zu einem SCH. Ich kann die Herkunft nicht genau ausmachen, Deutscher ist er aber definitiv nicht. Seine Haut ist nicht braun, eher rußig, und sein Haar ist dunkel wie die Nacht. Der schmale, unrasierte Mann packt die Zeitungen in eine Plastiktüte und starrt mich mit seinen kleinen Augen an, die tief in den Höhlen über dunklen Ringen liegen, wohl auf meine Antwort wartend.

»Nein.« Doch ich spüre meine trockene Kehle. »Oder ja, lieber doch!«

Er greift eine Flasche billigen Fusel und stellt sie neben die Tüte. *Verwechselt er mich etwa mit seiner üblichen Klientel oder haben wir ein Kommunikationsproblem?*

»Ein Wasser!«, rufe ich so laut, als stünde er zehn Meter von mir entfernt. »Ohne Kohlensäure …«

Er nickt, tauscht den Fusel mit Wasser und ich bemerke, wie er beiläufig auf meine Hände schaut. Ich habe ganz vergessen, sie nach dem Vorfall mit dem Kühlschrank zu waschen.

»Ja, ich weiß, aber das ist kein Blut, nur Soße«, versuche ich ihm zu erklären und lasse es mit dem Überreichen des Geldscheins. »Nur etwas rote … ach, hier, stimmt so.«

Er schiebt mir die Zeitungen in der offenen Tüte zu, wir beide schauen auf eines der Titelblätter und die Tragödie erhebt sich zwischen uns … mahnt zu Anstand, Trauer und Reflexion.

»Ist grausam, was mit Dr. Engel passiert ist«, sage ich sofort.

»Ja, die Welt wird immer schlimmer.«

Wieder dieser Satz und Helmuts Stimme klingt dabei in meinen Ohren.

»Na ja, viele mochten seine Politik, aber er war …«, ich mache eine bedeutungsschwangere Pause, »nicht immer ein Engel.«

Wie oft wollte ich diesen Spruch schon bringen, doch in keiner Situation wäre er witzig gewesen, immer nur ein platter Seitenhieb in der politischen Arena. Dieses Mal aber saß er perfekt, war pointiert und amüsiert mich selbst. Auch der eben noch betroffene Händler lächelt nun und als er mein Schmunzeln bemerkt, fängt er an, lauthals zu lachen. Er wirft seine Arme in die Luft und seine Nüstern blähen sich weit auf. Timing ist eben alles. Nun geht der schmale Mann ins Hohlkreuz und hält sich seinen Bauch, als könnte er nicht mehr. Er übertreibt ein bisschen.

»Den habe ich noch nie gehört«, pfeift er mit gepresster Stimme.

»Wirklich nicht?«

»Das wäre eine großartige Zeile für einen Nachruf!«

»Pass auf«, sage ich, »ich kenne noch einen. Zwei Pinguine stehen auf einer Eisscholle. Sagt der eine: *Sieht aus, als würdest du einen Anzug tragen.* Daraufhin der andere: *Wer sagt denn, dass ich keinen trage?*«

Jetzt sehe ich, dass er wirklich lacht, und zwar aus vollem Herzen. Seine Lache ist ansteckend, sie packt mich und wir gackern im Gleichklang wie Hühner im Stall. Er wischt sich eine Träne aus dem Augenwinkel und versucht mir etwas zu sagen. »Das erinnert mich an, ähm«, aber die Lache macht es ihm schwer, »an dieses, ähm, erinnert mich an dieses Foto von Dr. Engel im Zoo, wie er …«

»Genau! Wie er neben dem Pinguin steht und er trägt einen Anzug. Engel meine ich, nicht den Pinguin.«

»Sie haben dasselbe Grinsen im Gesicht und beide schauen so auf dem Foto, als würden sie was beobachten. Ich weiß noch, das war auf dem Titelblatt einer Lokalen und ich lachte den ganzen Tag darüber.«

»Und der Pinguin meint zu Engel: *Wer sagt, dass ich keinen Anzug trage?*« Mime ich mit einer quarkigen Stimme, habe aber keine Idee, welche Geräusche Pinguine machen.

»Sie haben aber wirklich gute Laune«, meint der Händler. Nicht vorwurfsvoll, sondern komplimentierend. Und es stimmt, vor einer Minute stand meine Laune noch vor dem Abgrund und nun spüre ich eine positive Bewegung, die mich zumindest für ein Späßchen mitnimmt. »Ich habe heute nicht einen Kunden lachen sehen. Die Welt ist grausam, aber ohne Humor ist das doch nicht auszuhalten.«

»Humor ist nicht alles, aber ohne Humor ist alles nichts.«

»Das ist wahr. Ist der Satz von Goethe?«

Ich zucke mit den Achseln. »Das weiß ich nicht.«

Zur Verabschiedung haue ich einmal mit der flachen Hand auf den Tresen und rufe: »Adiós, Amigo!« *Was für ein netter Kerl.* »Wie heißt du eigentlich?«

»Gopal.«

»Das ist … pakis…?«

»Indisch. Hatten wir uns nicht erst letztens noch darüber unterhalten?«

»Ach ja, klar!« Ich habe keinen blassen Schimmer und schleiche mich schnell aus dem Kiosk.

SIRENEN IN DER NACHT

Auf dem Rückweg schwankt meine Laune. Ich fühle mich getrieben von einer janusköpfigen Stimmung, die mich einerseits betroffen macht und mir droht, mich in das Drama zu verstricken und zu Fall zu bringen, die andererseits jedoch in mir eine skrupellose Freude feiert, da dies bis jetzt nicht eingetroffen ist. Es schnürt mir die Kehle zu und im selben Moment summt in mir ein Lied der Erlösung, so unbestimmt ist das Gefühl, das mir bittersüße Tränen in die Augen treibt. In einem Moment werde ich verdächtigt, den Bundeskanzler ermordet zu haben, und im anderen bin schon auf freiem Fuß und mache pietätlose Witze über den Verstorbenen. *Ach, Gopal! Warum lachst du auch über meinen infantilen Quatsch?*

Gedanken streunen durch meinen Kopf, herrenlos und ungezähmt, plötzlich kommt der Hammer der Müdigkeit und beinahe rutscht mir die Tüte mit den Einkäufen aus der Hand. Der Dunkelheit wird nun eines der letzten Lichter genommen, das in meinem Kopf ist, und ich bleibe benommen zurück und manövriere mich mit mangelnder Sichtweite zu meiner Wohnung. Ich sehe nicht, was um mich herum passiert, ich überquere funktionslose Ampeln, und ein Auto, das wie aus dem Nichts kommt, hupt mich an. Die Situation hat mir geraubt, was mich eigentlich auszeichnet: mein feines Gespür für die Gefahr und meine exzellente Beobachtungsgabe.

Es ist wahr. Ich sehe Dinge, die andere nicht sehen, und das sage ich ganz uneitel, denn ich habe den sechsten Sinn. Das ist etwas, das niemand lehren und niemand lernen kann, denn es ist ein Geschenk der Natur. Doch meiner eigenen Natur geht es momentan miserabel und mein sechster Sinn muss gelitten haben, denn was hier passiert, entgeht mir schlicht und ergreifend. Ich fühle mich geschwächt, wehrlos und meiner Stärke beraubt, als sei ich nur ein halber Mann. Wo ist mein Haustürschlüssel? Ach, hier, in der Hosentasche. Ich halte vor der Tür kurz inne und bemühe meine älteren Erinnerungen. Konrad Adenauer hatte man, mit einer Paketbombe zu ermorden versucht. Ich weiß, dass da auch noch Rudi Dutschke und Wolfgang Schäuble waren, die bei Attentaten schwer verletzt worden sind. Ich glaube, Gregor Gysi wurde auch mal attackiert. Ach nein, das war Oskar Lafontaine, der war ja damals Kanzlerkandidat der SPD. Ich stelle die Einkäufe ab. Nicht zu vergessen, die Messerattacke auf Henriette Reker, die dann zur Oberbürgermeisterin von Köln gewählt wurde, und dann war da noch Lübcke … Walter Lübke, wie könnte ich ihn vergessen? Außerdem sind mir vier ermordete US-Präsidenten bekannt. Abraham

Lincoln, JFK und … *Wer waren die anderen?* Es waren vier, das weiß ich. Es ist keine Überraschung, dass Politiker, Menschen mit großem Einfluss auf andere Menschen, zur Zielscheibe werden, aber wie ist es möglich, dass man mich für den Mörder gehalten hat? Zur falschen Zeit am falschen Ort, anders kann ich es mir nicht erklären.

Es erklingt nun ein graziöser Gong aus dem Flur; die Standuhr meines Großvaters hat zur vollen Stunde geschlagen. Es ist erst zweiundzwanzig Uhr, aber das war es für heute, ich kann nicht mehr. Morgen früh werde ich weitersehen. Ich ziehe meine Bettdecke hoch bis zur Brust und strecke meine Beine aus. Das Bett ist anheimelnd und warm, wie ich es mir ersehnt habe, aber es wiegt mich trotz der Müdigkeit nicht in den Schlaf. Stattdessen nippe ich an der Wasserflasche und blättere durch die Zeitungen, beginnend mit den guten, seriösen, die ich seit Jahren bevorzugt lese. *TRAUER UM UNSEREN BUNDESKANZLER … Zum Tode von Dr. Bertolt Engel … ABGEORDNETE GEDENKEN IHREM KOLLEGEN … Ex-Bundeskanzlerin ist bestürzt … DIE TODESURSACHE IST UNBEKANNT …*

Artikel, die ich erwartet habe, vorsichtige Berichterstattung, keinerlei Spekulationen und kaum Informationen. Anders ist es bei der Boulevardpresse. Ich schlage die bunten, regelrecht schreienden Blätter auf. Ich lese gewagte Thesen auf Basis geheimer Informationen, die ein Insider berichtet hat; exklusiv, schreiben sie. *KEIN TERRORANSCHLAG! BUNDESKANZLER ENGEL ERLAG EINER*

MYSTERIÖSEN KRANKHEIT!, heißt es hier und ich muss den Titel dreimal lesen, damit er mit vollem Aroma über meine Zunge rollen und ich ihn schmecken und prozessieren kann, bevor ich mir den Artikel vornehme. *Welch ein Genuss für die geschundene Seele.* Danach schlage ich die nächste Klatschzeitung auf und finde einen ähnlichen Artikel. Noch einer und dann noch einer. Ich glaube, sie nehmen alle aufeinander Bezug, aber die mysteriöse Krankheit ist der Tenor der Boulevardpresse und es scheint keine Hinweise auf ein politisches Attentat oder einen Terroranschlag zu geben.

Ich goutiere jedes Wort und meine Augen leuchten, befeuert von einem neuralen Wohlgefühl. *Sollte das alles wahr sein, dann …*

Mein Gott, wie kann man das schlimmste Attentat der deutschen Nachkriegsgeschichte mit einer unbekannten Krankheit verwechseln? Die polizeilichen Ermittler tappen offenbar vollkommen im Dunklen. Mit der Erleichterung, die mich nun überkommt, entspannen sich auch sogleich meine Muskeln und ich sacke tiefer in die Matratze ein. Wenn der Bundeskanzler wirklich einer Krankheit erlegen ist, bin ich aus dem Schneider. Es tut mir leid für ihn, aber ich halte diese Nachrichten für äußerst positiv. Ich schlage eine andere Zeitung auf.

DASS DR. BERTOLT ENGEL EINE ZWANZIG JAHRE JÜNGERE EHEFRAU HATTE, GEFIEL VIELEN NICHT. PRIVAT SAH ER SICH GERN IN DEN MEDIEN ALS DER GROSSE ZAMPANO, DER SICH

HUMORVOLL UND CHARISMATISCH GAB, UND AUCH BEI POLITISCHEN ENTSCHEIDUNGEN SCHOSS ER GERNE AUS DER HÜFTE. ER WAR POLARISIEREND, ABER IN DER KURZEN ZEIT ALS BUNDESKANZLER VERSTECKTE ER SICH NIE, NAHM SICH DEN DINGEN AN, LIESS SICH NICHT DEN MUND VERBIETEN UND REFORMIERTE UNSER LAND AUCH GEGEN WIDERSTÄNDE. KEIN ZWEIFEL, IN DEN WICHTIGEN FRAGEN FUNKTIONIERTE SEIN MORALISCHER KOMPASS TADELLOS UND DARUM IST SEIN LEBENSWERK AUCH EINES VON GRÖSSE UND BEDEUTUNG. ER MACHTE UNSER WIRTSCHAFTLICH STARKES DEUTSCHLAND ENTGEGEN DER RECHTSPOPULISTISCHEN WELLE ZU EINEM NOCH BESSEREN GASTGEBER FÜR HILFESUCHENDE ALLER HERKUNFT UND ALLER RELIGIONEN. ZUM ORT DER WÜRDE, DER NÄCHSTENLIEBE UND DER HUMANITÄT. FÜR SEINE HERZENSGRÖSSE UND SEINE SOZIAL- UND INTEGRATIONSPROJEKTE BEKAM ER WELTWEIT ANERKENNUNG, WEIT MEHR ALS IM INLAND, WO ES ZULETZT VON KONSERVATIVEN MEDIEN, BESORGTEN BÜRGERN UND OPPOSITION VIEL KRITIK HAGELTE. SEIN VISIONÄRES PROJEKT WURDE STETS BEDROHT VON DEN ZU LOCKEREN SICHERHEITSMASSNAHMEN, HIESS ES. DIE BÜRGER WAREN BEREITS WEGEN DES TERRORISTISCHEN ATTENTATS SENSIBILISIERT, DAS 2016 ELF

BESUCHER DES BERLINER WEIHNACHTSMARKTS AN DER GEDÄCHTNISKIRCHE DAS LEBEN GEKOSTET HATTE. EINE WEITERE KATASTROPHE DER INNEREN SICHERHEIT HÄTTE DAS ENDE SEINER POLITIK BEDEUTET. WIR KÖNNEN FROH SEIN, DASS ES NICHT SO WEIT KAM UND SEINE IDEEN IN JEDEM VON UNS WEITERLEBEN KÖNNEN. ER SELBST HATTE WENIGER GLÜCK UND STARB IM ALTER VON NUR NEUNUNDFÜNFZIG JAHREN EINES MUTMASSLICH UNNATÜRLICHEN TODES. ER WAR NICHT IMMER EIN ENGEL, ABER ER WIRD UNS ALS MENSCH MIT LEBENSFREUDE, ALS KÄMPFER FÜR FREIHEIT UND WIDERSTÄNDLER GEGEN DIE EXTREMEN VERFÜHRUNGEN IN ERINNERUNG BLEIBEN. ALS EINER VON UNS, DESSEN POLITIK NICHT ALLE GUT FANDEN, DIE ABER RICHTIG WAR. AUCH DAS BEDEUTET DEMOKRATIE UND DAS HATTE ER VERSTANDEN.

Das Attentat auf dem Weihnachtsmarkt an der Gedächtniskirche, ich erinnere mich wieder. Der Attentäter hatte einen Sattelzug in die Menschenmenge hineingefahren. Das hatte mich damals sehr bedrückt, da ich denselben Markt am Tag zuvor besucht hatte, und die unschuldigen Menschen in der besinnlichen Zeit – freudig, ausgelassen, der Sicherheit vertrauend, gesehen hatte. Danach hatten wir das Gefühl, es könnte jeden überall treffen … beim Feiern, beim Einkaufen, beim Essen, beim Toilettengang. Die Angst brauste in uns auf und lähmte uns für ein paar

Wochen, doch dann überkam uns wieder die Routine. Dieses wiederholende Verfahren, das auftritt in der Maske eines falschen Vertrauens. Dass die Dinge so bleiben, wie sie sind … unerschütterlich, solange die Augen der Staatsschützer und Ordnungshüter nur wachsam genug sind. Die Angst verschwand und der Alltag beschäftigte uns wieder. So war es damals. *Wirklich?* Ich glaube es zumindest, doch ich weiß es nicht mehr genau. Erst jetzt bemerke ich den Kein-Engel-Spruch in seinem Nachruf. Gopal würde er garantiert amüsieren.

Ich lege das gefaltete Papier auf den Nachttisch, damit ich es Gopal irgendwann zeigen kann. Vielleicht schneide ich die Seite auch aus, dann muss ich nicht die ganze Zeitung tragen. Oder ist das Quatsch? Er ist schließlich nur ein Zeitungsverkäufer, ich kenne ihn nicht wirklich. Ich wende mich dem nächsten Blatt zu. Seite um Seite und die Zeit verfliegt. Meine Augen beginnen zu brennen und ich halte eine der Zeitungen über meinen Kopf, um das aggressive Licht der Deckenlampe abzuwenden, so dicht, dass die Nachrichten aus aller Welt auf mich eintrommeln, bis sie mich irgendwann überwinden und in meinen Körper wandern. *EIN ERNEUTES RETTUNGSPAKET WIRD ALS DREISTE BANKENRETTUNG KRITISIERT.*

Der drastische Ölpreisverfall und die Sanktionen des Westens drängen das Land in die Ecke, warnt Professor für Politikwissenschaften Gerd Schwarz.

SIE TESTEN EINE INTERKONTINENTALRAKETE MIT ATOMSPRENGKOPF. DAS GEHT ÜBER DIE

PROVOKATION HINAUS, SAGT DER NACHBARSTAAT, UND MOBILISIERT WEITERE TRUPPEN IN DER GRENZREGION.

Die NATO stationiert Einheiten im Baltikum.

DIE NEUE ULTRANATIONALISTISCHE REGIERUNG BRICHT VERHANDLUNGEN NACH AUSWEISUNG DER DIPLOMATEN AB. Es wird zu Zurückhaltung gemahnt und im nächsten Moment mit einem Erstschlag gedroht.

DAS MILITÄRISCHE WETTRÜSTEN, ANGESTOSSEN VOM KAMPF GEGEN DEN TERROR, BELASTET DIE INTERNATIONALEN BÜNDNISSE …

Die Buchstaben werfen Schatten, auf denen meine Augen ruhen, weil sie das allein vom Papier gefilterte Licht nicht ertragen können. Ich erinnere mich nicht genau, aber irgendwann habe ich die Zeitung auf mein Gesicht gelegt und nun ist sie zu einer zweiten Haut geworden. Mein Puls wird immer langsamer und mir fallen die Augen zu. Ich träume. Ich träume schlecht und bleibe gefangen in einer Phase zwischen Wachen und Schlafen, kann meine Augen nicht öffnen, kann mich nicht bewegen und Albträume jagen mir durch den Kopf, in denen ich verfolgt von uniformierten Männern durch die Nacht fliehe. Aber all das mit einer Bewusstheit, die mich anstrengt. Ich schwitze, wälze mich kraftlos im Bett hin und her und höre aus der Nachbarwohnung alte französische Chansons, die durch die Wand summen. Früher oder später muss ich in die Tiefschlafphase gekommen sein, denn als mich von draußen Lärm weckt, fühle ich mich wie aus einer anderen Welt gerissen.

Ich sitze aufrecht in meinem Bett und lege eine Hand auf meine Brust, um den Druck zu lindern. *Sirenen!* Panisch springe ich auf, lösche das Licht und laufe zum Fenster hinüber, das rhythmisch im blauen Warnlicht aufscheint. Es ist die Polizei. Drei Wagen kommen angeschossen und halten direkt vor meiner Haustür. Es war klar, dass sie mich nicht freiwillig gehen gelassen haben, und in meiner Wohnung suchen sie natürlich als Erstes nach mir. *Du bist so ein Idiot, Simon!* Die Türen öffnen sich und die Beamten laufen in das Haus. Ich sehe es vor meinem geistigen Auge wie ein Film, aber die Türen bleiben geschlossen und stattdessen kommt der Polizei ein großer Müllwagen entgegen. Er schlängelt sich in eine Lücke und sie rasen lautstark daran vorbei. Das Blaulicht enteilt nun meinem Fenster und die Sirenen werden mit der Zeit immer leiser und leiser, bis es bald wieder ganz still ist. Ich stehe noch einige Minuten vor dem Glas, in Sorge, dass sie sich lediglich in der Adresse geirrt haben und wieder zurückkehren.

Noch vom Bett aus schaue ich bekümmert zum Fenster, doch ich bin so müde, dass mir wie bei einer Überreizung alle Sinnesorgane schmerzen. Ich schließe meine wunden Augen. Kaum drifte ich meinen Albträumen entgegen, höre ich die Sirenen wieder. Ich eile zum Fenster und sehe weitere Polizeiwagen, die an meiner Wohnung vorbeirauschen. Sie folgen den anderen, vermute ich. »Irgendetwas muss passiert sein.« Noch zwei- oder dreimal wiederholt sich das Spiel, ich erinnere mich nicht genau, denn ich bin zu erschöpft. Doch gegen Mitternacht stelle ich fest, dass ich nicht mehr einschlafen kann.

Erschöpfung, Müdigkeit und Schmerz sind Eindringlinge, die versuchen, meinen Körper in einer blutigen Schlacht einzunehmen, aber etwas in mir muss die Zugbrücken hochgezogen und sich im Inneren verschanzt haben … etwas, das mich triezt und mich auf meine Beine zurückzwingt. Schwerfüßig hebe ich mich durch den Flur zur Küche, um meinen pausenlosen Durst zu stillen, und am Arbeitszimmer zieht ein kalter Wind unter der Tür hindurch. Beiläufig registriere ich ihn, aber erst mit der Orangensaftflasche am Mund wird er mir richtig bewusst. Ich gehe zurück, öffne die Tür und klirrende Kälte schlägt mir entgegen, als hätte das Zimmer kein Dach. Die Leuchtstoffröhre an der Decke geht an und wirft eine verschattete Helligkeit auf das Chaos vor mir. Es dauert eine Weile, bis die grelle Strahlung sich mit einem satten Licht füllt und ich Details im Zimmer erkennen kann. Einen zugemüllten Schreibtisch, zerknittertes Druckerpapier und ausgetrocknete Fasermaler, denen die Kappen fehlen. Alte Technik auf den Schränken, zerschundene Magazine auf dem Boden und Dutzende Blu-ray- und DVD-Filme wohin mein Auge nur reicht. Einzig die Bücherregale zeigen ein Ordnungsmuster, dem lediglich einige Bücher entflohen sind. Dan Browns *Illuminati* und *Diabolus* sowie John Colemans *Das Komitee der 300* liegen aufgeschlagen auf dem Tisch, und vor meinen Füßen sehe ich ein Buch über die Rothschilds. Wo ist Browns *Sakrileg*? Ich mache ein paar Schritte in die Tiefe des Raumes hinein, beuge mich hinab und hebe die ausgesprochen schönen Exemplare von Orwells *1984* und Huxleys *Schöne neue Welt* auf. Dann gehe ich zum Regal und stelle sie zu den anderen Klassikern, zwischen *Die sieben Säulen der Weisheit* von T. E. Lawrence und Leo Tolstois *Krieg und Frieden*. Letzteres hatte ich als Mängelexemplar auf einem Bücherbasar der Uni erstanden. Fünfzig Seiten fehlen in der Mitte, das habe ich leider zu spät bemerkt, da war ich schon auf Seite dreihundert.

»Ach, da!« *Sakrileg* liegt unter einer alten Tageszeitung. Ich falte sie zusammen, nehme den Roman zur Hand und blättere darin herum. Er ist voll mit neongrünen Anstreichungen. Ich habe ein Faible für kühne Behauptungen wie die von Dan Brown, der meint, dass auf Da Vincis berühmtem Wandgemälde nicht Apostel Johannes die langhaarige, bartlose, feminine Person zu Jesus' Rechten ist, sondern seine Ehefrau Maria Magdalena. Ein wirklich subversives Gedankenspiel – ich wünschte, es wäre mir eingefallen. Beim Zurücklegen des Buches fällt mir eine Notiz neben dem Kreuzworträtsel der Zeitung auf. *Johannes und Maria Magdalena sind ein und dieselbe Person! Wurden in der Bibel nie gemeinsam erwähnt(?)* Das sieht wie meine Handschrift aus. Ein gedankliches Fragezeichen markiert die Stelle.

Ich gehe weiter zu meiner Reiseschreibmaschine – eine schwarze *Remington Portable* von 1928, noch voll funktionsfähig – wo ich gerne Ideen spinne, ziehe das beschriebene Blatt heraus und lese: *Madison setzte sich breitbeinig auf seinen Schreibtisch und lehnte sich zurück. Nun war es klar, sie wollte gar nicht wissen, wo ihr Ehemann war, dachte Jackson und steckte sich eine Zigarete an …* Da fehlt ein *t* in Zigarette. Nach der Arbeit, oft nachts, versuche ich mich gern an Kriminalromanen und habe bereits erfolgreich einen Onlineschreibkurs abgeschlossen. Das Zertifikat habe ich ausgedruckt. Es muss hier irgendwo rumfliegen. Wie dem auch sei, die goldenen Regeln habe ich alle verinnerlicht, aber ich feile immer noch am Charakter meines Privatdetektivs.

Der Wind zieht mir in den Nacken und ich drehe mich zum Fenster um. Eines der beiden Elemente steht sperrangelweit offen und lässt die Kälte ungehindert parieren. *War das nicht vorhin geschlossen?* Mir läuft ein Schauer über den Rücken. Vorsichtig gehe ich hinüber und werfe einen diskreten Blick auf das Vordach, das direkt unter meinem Fenster liegt, und dann auf den halbbeleuchteten Hinterhof. Doch niemand ist zu sehen und als das Licht, das vermutlich von einer Kellerbeleuchtung stammt, plötzlich erlischt, schließe ich schnell das Fenster und dränge den aggressiven Windstrom aus dem Raum. Zurück bleibt eine kühle Stille. Ich ziehe die Gardinen zu, grün-linierte Staubfänger, die bei mir stets eine Allergie auslösen. Doch beim Schließen erheischt mein Blick etwas und ich ziehe sie schnell wieder auf. Es ist ein gelber Klebezettel auf der Glasscheibe, ähnlich wie jener in meinem Auto. Ich nehme ihn vom Fenster, um ihn mir genauer anzuschauen. Die sehen für mich alle gleich aus – mehr oder weniger die gleiche Farbe, gleiches quadratisches Format, alle haben eine Klebefläche auf der Rückseite – aber das Jeansblau der Tinte, die krakelige Handschrift und die stark nachgezeichneten Lettern deuten auf dieselbe Herkunft hin. Auf diesem steht *Bereitschaft zur Unterordnung*. Ich überlege, was auf dem anderen stand. Und dann diese Klaue. *Ist das wirklich meine Handschrift?* Auf den ersten Blick ja, doch so unsauber und ungleichmäßig könnte sie auch von jeder anderen Männerhand stammen. Von Kinderhänden sogar. Mein Blick wandert nun ein weiteres Mal auf den Hinterhof und ich fixiere einen schwarzen Punkt in der Finsternis. Ich verstehe das nicht. *Ist das irgendeine Botschaft?*

TATORT HOTEL

Bald ist es ein Uhr in der Nacht, der Minutenzeiger dreht die ersten Runden an Tag zwei *n. BK* – nach Bundeskanzler – und ich sitze wieder in meinem Auto. Dieses Mal auf dem Weg nach Berlin Mitte, aufgeschreckt aus dem grässlichen Schlaf und ich versuche mir die Klebezettel aus dem Kopf zu schlagen. Sie ergeben keinen Sinn und ich bezweifele mittlerweile, dass das meine Handschrift ist. Ich habe Sorge, dass ihr Urheber über das Fenster in meine Wohnung kam, und bin zugleich genervt. Genervt von mir selbst, um genauer zu sein. Eine schwere Amnesie hat mir meine jüngsten Erinnerungen ausradiert und ich reibe mich an ein paar dümmlichen Klebezetteln auf. Das ist mal wieder typisch, ich kann diesen Pedanten in mir einfach nicht auskurieren und verabscheue mich dafür. Konzentriere dich auf die wichtigen Dinge, Simon! Ist doch alles gut ausgegangen. Du bist wieder auf freiem Fuß und die Polizei sucht nicht nach dir. *Verstehst du das? Die wollen dich nicht!*

Darum fahre ich zum Hotel, dem angeblichen Ort des angeblichen Anschlags, und werde der Sache selbst nachgehen. Denn niemand macht mich zum Täter und niemand zum Opfer, ich nehme die Zügel selbst in die Hand, wie meine Kindheitshelden aus den Comicbüchern und Groschenromanen, die ich immer so gern gelesen habe. Für mich waren Privatdetektive stets die wahren Helden, weil sie immer genau wussten, wann sie das Gesetz übertreten mussten, um das Richtige zu tun. Sie waren schroffe, labile Charaktere mit Ecken und Kanten, aber mit dem Herzen am rechten Fleck. Ich liebte sie dafür und auch für ihr fragwürdiges Leben, das sich stets im rechten Moment wendete. Sie waren authentisch, nicht wie diese falschen Gesichter und diese synthetischen Fratzen, die man mittlerweile tagaus, tagein im Fernsehen, in der Politik und auf der Arbeit sieht. Das erträgt ja niemand. *Gibt es denn keine Helden mehr?*

Diese Gedanken machen mich hellwach, mein sechster Sinn und mein Näschen für Gefahr kehren zurück, und ich fange alles mit meinem akribischen Blick auf; kiecke jenau, wie der Berliner sagen würde. Verlassene Autos am Straßenrand, einsame Gehwege und finstere Wohnblöcke, die sich wie lichtscheu in der Kulisse verstecken. Nur wenige Fenster erlauben einen Einblick in die Wohnungen. Die Letzten, die zur Ruhestunde noch nicht ihre Ruhe gefunden haben. Supermärkte, Banken und Lädchen wirken verlassen, die Müllerstraße ist geisterhaft leer gefegt und die alte Nazareth-Kirche steht wie ein kubischer Schatten auf dem Leopoldplatz. Erst auf der Chausseestraße kommen mir ein paar Autos entgegen. Sie sind schnell und drängen sich fast von der Straße, bemerke ich später. Ihnen folgt mein Blick über den Rückspiegel, dann sehe ich ein Polizeiauto über den Asphalt rasen, mit Blaulicht und Sirene. Das geschieht hinter mir und weit vor mir entfernt erkenne ich einen Brand. Er bläst glühende Teilchen in die Luft und imitiert mit seinem Lichtwurf die längst vergangene Dämmerung. Oberkörperfreie Männer stehlen ihm brennendes Holz, entzünden daran Molotowcocktails und werfen beides mit Wut auf einen schwarzuniformierten Polizeiblock.

Ich verlangsame mein Auto, weil ich die Lage nicht einschätzen kann, und plötzlich landet lautlos irgendetwas auf meiner Frontscheibe. Mit dem gedimmten Licht der Innenraumbeleuchtung erkenne ich, dass es ein Flyer ist. *Wehr dich, Bürger! Auf die Straße mit dir!,* steht darauf und das ist alles, was ich lesen kann, denn dann fliegt er wieder von dannen, um den nächsten Unwissenden des Weges zu begleiten. *Warum sollen wir uns wehren? Was zur Hölle ist da los?* Als ich näherkomme, sehe ich, dass es nicht nur ein paar gewaltfrönende Rowdys sind, die die Ordnungshüter in Schach halten, sondern ein Mob von Menschen jeglicher Couleur, massenhaft und ungehalten. Ein regelrechter Bürgeraufstand, mitten in der Nacht, der die ganze Seitenstraße füllt und auf die Chausseestraße hinausführt. Es ist auch nicht nur ein Polizeiblock, der das Feuer und die Steine abwehrt, sondern erprobte Hundertschaften von Gesetzeshütern. Beide Parteien haben sich voreinander aufgestellt, provozierend die eine, passiv die andere, und es ist klar, dass die Zusammenmischung wie chemisch zu reagieren droht. Es sind nur Sekunden, schon beflügeln Kampfschreie die aufgebrachte Menge und sie stürmen auf die Polizisten los, die sich wie in der Phalanx-Taktik der römischen Legion formiert haben. Es kracht schrecklich, als sie zusammenstoßen. All die bewaffneten Hände erheben sich in die Höhe, um mit voller Kraft nach unten geschlagen zu werden. Auf und ab, auf und ab.

»Was zur Hölle ist hier los?« *Das ist Krieg,* denke ich, und fahre langsam an dem Aufstand vorbei. Plötzlich fallen Schüsse und ich muss beschleunigen, weil diese die Menschenmenge panisch auf meine Straßenseite treiben. Eine Frau drückt sich in letzter Sekunde von meiner Motorhaube weg und geht — nur ein paar Meter weiter — von irgendetwas getroffen zu Boden. Zwei Männer eilen ihr zu Hilfe und ein halbes Dutzend Polizisten drischt sie nieder. Es ist ein Molotowcocktail, der im hohen Bogen angeflogen kommt, mit einem Feuerschlag an einem Polizeihelm zerspringt und alles in Brand setzt. Ich beobachte das durch die Heckscheibe, mit Vollgas fliehend vor dem Chaos, und sehe, wie der Kampf auf die anliegenden Straßen übergreift und eine Flamme spiritusbefeuert an einer Hauswand hinaufklettert. *Ist eine Demonstration aus dem Ruder gelaufen oder was passiert hier gerade? Das ist ja der blanke Wahnsinn!*

Auch Minuten später sitzt mir der Schock noch immer in den Knochen und es gesellt sich Bruder Nervosität dazu, als ich hinter dem Hotel eintreffe. Die anfängliche Motivation ist jetzt einem Druck auf der Brust gewichen, der die Sauerstoffversorgung meines Körpers abschneiden will. Angeschlagen von den Symptomen einer eventuellen Unterbeatmung – ich bin mir nicht sicher, aber das ist zumindest das, was ich fühle – stelle ich das Auto vor dem Lieferanteneingang ab, hebe mich bleiern aus dem Auto und taumele zur Tür. Statt anzuklopfen, übergebe ich mich in eine der nahe stehenden Mülltonnen, und der Gestank von faulen Essensresten lässt mich kaum stoppen. Ich wische mir den Mund ab, versuche es noch einmal und hämmere mit den Fingerknöcheln an das Metall. Urban, der alte Glatzkopf, eigentlich ein lustiger Geselle mit stets zu groß geratenen Anzügen, macht mir persönlich auf. Sein grau-gestreifter Anzug ist mal wieder zu groß und anstelle einer Krawatte stellt er hinter dem aufgeknöpften Hemd seine Brustbehaarung zur Schau. Wie ein mafiöser Nachtklubbesitzer steht er breitbeinig vor mir und schaut mich bitter an.

»Hey, Kumpel! Bist du allein?«, flüstere ich, und es klingt konspirativ, doch das bemerke ich erst zu spät.

»Du hast vielleicht Nerven, hier aufzutauchen!«, sagt er patzig und seine tiefe Stimme rollt dabei wie ein massiver Stein vom Berghang. »Ich hab mich für dich eingesetzt, damit du hier arbeiten kannst! Und das ist dein Dank?«

»Können wir reden?«

»Nachdem, was du getan hast?«

»Nichts habe ich getan«, versichere ich ihm. »Man hat mich wieder gehenlassen, wie du siehst. Ich bin unschuldig.«

Es ist nicht böse gemeint, aber er ist nicht gerade die hellste Kerze im Leuchter, wie wir im Team zu sagen pflegen. Wenn er nachdenkt, braucht es seine Zeit. »Ich bin unschuldig«, wiederhole ich, da rattert es noch immer in seinem Kopf.

»Ja, Mann, ich hab's ja verstanden«, grummelt er, sieht sich kurz um und hält mir dann die Tür auf. Ich schlängle mich durch den schmalen Spalt an seiner aufgepumpten, ältlich hängenden Brust vorbei. »Du siehst beschissen aus.«

»Du bist auch keine Schönheit, Urban.«

Er schaut mir angewidert auf die rechte Wange, dann auf den Hals.

»Ist es wirklich so schlimm?«

»Sieh doch selbst.«

»Kann ich kurz dein Bad benutzen?«

Mit einer Handbewegung schickt er mich den Flur entlang und ich gehe in das Mitarbeiterbad, das am Ende liegt. Unsicher stehe ich vor dem riesigen, quecksilbrigen Wandspiegel und traue mich gar nicht, hineinzusehen. Möglicherweise ist es ja halb so wild, denn Gopal hat kein Wort gesagt und Urban neigt bekanntlich gern zur Übertreibung. Ich wage einen vorsichtigen Blick. Aus diesem Winkel sehe ich nichts, aber als ich einen Schritt nähertrete, erschrecke ich mich. Ich kann mich selbst nicht wiedererkennen. Mein Gesicht ist auf der rechten Seite komplett geschwollen, blutverschmiert und die Haut ist bis zum Hals hinab rot gereizt. Mit meinem Finger fahre ich vorsichtig darüber. Sie fühlt sich rau an, wie die eines

Reptils, und die offenen Stellen sind schleimig. Bei der Berührung spüre ich ein schmerzhaftes Brennen und ich erinnere mich wieder, dass mein Gesicht schon beim Verhör unablässig gebrannt hat. Ich tupfe das Blut vorsichtig mit nassem Toilettenpapier ab, aber viel kann ich nicht tun. Es sieht schlimmer aus, als es ist, denke ich, und die Medizinerin Zeit wird das schon heilen, so wie sie es mit all meinen anderen Wunden getan hat. Wie sagte Friedrich Wilhelm N. schon: *Was mich nicht umbringt, macht mich stärker!* Ich gehe zurück zu Urban.

»Was ist das?«, frage ich ihn und zeige mit dem Finger auf mein Gesicht. Urban zuckt mit den Achseln und weist auf einen der zweckmäßigen Holzstühle vor seinem Schreibtisch, die mich immer an meine Schulzeit zurückerinnern – jeden Tag klebte ich ein benutztes Kaugummi unter die Sitzfläche, bis der werte Hausmeister sie entdeckte und alle mit einem Spachtel abkratzte. Der Verlust meiner Erinnerungen scheint mich in meine Vergangenheit zu schicken. Sie bildet einen Kontrast zur Gegenwart, der eine ungewohnte Einfachheit und Unbeschwertheit demonstriert, ein Gefühl, das ich nicht mehr habe. Ich sehe wieder den Stuhl aus meiner Schulzeit vor mir und es macht mich traurig. *Wann ist mir das abhandengekommen, dieses Gefühl der Unbeschwertheit?* Auch damals gab es schon Phasen von Druck und er wuchs mit jedem Jahr. Es ist, als war in mir das Ende einer Spirale verschraubt, die mich hinunterzog und irgendwann unweigerlich bis auf den Boden zwingen würde.

»Alles okay mit dir?«

Urban nutzt diesen Raum als eine Art Büro, wenn er nicht gerade im Videoraum die Überwachungskameras kontrolliert. Anders als der Publikumsbereich des edlen 5-Sterne-Hotels, gleicht dieser eher einer Abstellkammer. Dunkelblaue Aktenschränke aus Blech, alte Pappkartons, aussortierte oder auf Reparatur wartende Hotelmöbel bis unter die Decke gestapelt, ein verdreckter Schreibtisch und ein alter Pirelli-Kalender mit entblößten Frauenbrüsten an der kalkweißen Wand. Das Wertigste hier ist die komfortable Polstercouch in der Ecke, auf der ich schon einmal geschlafen habe. Es war furchtbar, aber daran trug die Couch keine Schuld, sondern eher Urbans Füße, denn wenn er sich ungestört glaubt, zieht er unter dem Schreibtisch immer seine Schuhe aus – und dieser Schweißfußgestank hat diesen Raum nie verlassen. Nach stundenlanger Inhalation in der Nacht ging das gasförmige Gift aggressiv meine Schleimhäute an. An Ruhe war nicht mehr zu denken – ich hatte Albträume!

»Alles okay mit dir, Simon? Was willst du überhaupt hier?«

Ich räuspere mich, denn von dem Gestank bekomme ich sofort wieder einen Frosch im Hals. »Ja, ähm, ich habe vorhin in den Zeitungen gelesen, dass unser Bundeskanzler an einer mysteriösen Krankheit gestorben ist. Weißt du etwas darüber?«

Er lächelt mich schmierig an und scheint emotional vollkommen teilnahmslos, aber das wundert mich nicht, der Typ hat immerhin dreißig Jahre tagaus, tagein verrückte

Hotelszenen am Monitor beobachtet. Den überrascht wahrscheinlich nichts mehr.

»Hast du mich jemals Zeitung lesen sehen? Das ist doch totaler Quatsch und du weißt es am besten.«

»Nein, nein, ich kann mich an überhaupt nichts erinnern«, beschwöre ich ihn.

»Ach komm schon!«

»Totaler Blackout, kannst du mir glauben. Die Bullen haben so getan, als hätte ich Bertolt Engel persönlich umgebracht. Ich meine anfangs, aber dann haben sie mich gehenlassen.«

»Du erinnerst du dich echt an gar nichts mehr?«

»An gar nichts, wirklich.«

Er erhebt sich vom Stuhl und läuft an mir vorbei.

»Was ist los?«

»Komm mal mit.«

Ich folge ihm durch die Gänge, die vom Dämmerlicht der müden Leuchtstoffröhren so dunkel sind, dass ich ihre weiße Wandfarbe und die zerschlissenen Böden aus meiner lädierten Erinnerung abrufen muss. Keine Menschenseele ist zugegen und niemand zu hören, nur pfeifende Geräusche, die, glaube ich, von der Heizung im Keller stammen. Meine Augen schwelen und lodern in innerer Hitze, lassen mich vage sehen, und als die Lampen zu flimmern beginnen, verschwindet Urbans Silhouette für einen Bruchteil einer Sekunde. Er geht schnell für sein Alter und es ist mühsam, ihm zu folgen, aber er wartet an der Tür auf mich, der liebenswürdige Glatzkopf. Ich nicke ihm zu, er nickt zurück, dann klirrt es über uns und es wird stockfinster. Einige Lampen schalten sich sofort wieder ein, doch die über uns bleibt ohne Funktion.

»Verdammt!«, ruft Urban wütend. »Jetzt muss Gerd die Glühbirnen schon wieder wechseln!«

»Ist das heute schon mal passiert?«

»Ja, ein paarmal schon. Gerd sagt, da stecken Hacker hinter, Jungs an Computern, die seit der Geschichte mit dem Bundeskanzler die ganze Stadt verrückt machen.«

Wir nehmen eine Treppe in den Keller und folgen dann einem langen, deprimierenden Gang, der in der Mitte einen 90-Grad-Knick nach rechts macht. Ich war hier oft, das weiß ich, es ist eine Abkürzung für Mitarbeiter, die das ganze Hotel unterführt. In der Mitte, genau im Knick, bleibt er stehen und sagt: »Hier.«

»Was ist hier?«

»Hier ist er gestorben.«

Bei diesem Gedanken fühle ich mich plötzlich unwohl. *Gibt es nützliche Hinweise hier?* Ich sehe mich um, suche nach Dingen, die den Ermittlern entgangen sein könnten. Urban beobachtet mich dabei achtsam. Vielleicht glaubt er, es bestehe die Gefahr, dass ich die Spuren verwischen könnte. Ich suche am Boden, ich gehe auf Zehenspitzen und schaue mir jede Ecke und jede Kante ganz genau an, aber alles ist sauber und nichts scheint auf einen Mord hinzudeuten. Der rutschhemmende Bodenanstrich glänzt, als wäre er frisch aufgetragen und die Wände haben keine Schramme.

»Hier ist nichts«, stelle ich fest, »sieht aus wie neu.«

»Der Tatortreiniger war schon hier. Handwerker haben alles renoviert, das ging ganz schnell.«

Ich fasse mir ungläubig an die Stirn. »Warum hast du mich denn dann überhaupt hergebracht?«

»Ich dachte, du würdest dich dann wieder erinnern. Das macht man doch mit Leuten, die unter Gedächtnisverlust leiden. Funktioniert es?«

Zugegeben, das war eine gute Idee, aber ich erinnere mich an nichts, an nichts Aktuelles zumindest. An nichts, was mit dem Tod des Bundeskanzlers zu tun hat. Ich habe meine Zweifel, ihn überhaupt getroffen zu haben. *Ich würde mich doch schließlich an so etwas erinnern, oder etwa nicht?*

»Leider nein. Wie ist er eigentlich gestorben?« Urban sieht mich mit einem leeren Ausdruck an. »Was denn? Wie ist er gestorben?«, frage ich noch einmal.

»Ich dachte, ich weiß es, aber jetzt wo du wieder auf freiem Fuß bist, bin ich mir nicht mehr sicher.« Er kratzt sich verlegen am Hinterkopf, wo ein paar seiner spärlichen Haare nach oben zeigen.

»Sieht man denn nichts auf den Überwachungskameras?«

»Doch, schon, in gewisser Weise zumindest. Ich kann es dir zeigen.«

Ich gehe drei Meter weiter, mühe mich auf die Knie und schaue mir die Wand knapp über der Bodenkante an. Dort ist ein blauer Fleck, ein länglicher Spritzer – ich reibe meinen Daumen darüber – er ist trocken, fast pulvrig. Ich erinnere mich nun wieder an die blaue Flüssigkeit, die ich auf dem Flur nach der Vernehmung gesehen habe, informiere Urban aber nicht darüber.

»Wovon könnte der blaue Fleck stammen?«, frage ich ihn stattdessen.

Er beugt sich herunter, fährt mit dem Zeigefinger darüber und riecht daran. Ich traue meinen Augen kaum, als er seinen Finger in den Mund steckt, um die unbekannte Flüssigkeit zu testen.

»Igitt!«, ruft er aus und verzieht vor Ekel sein Gesicht. »Ich muss dich enttäuschen, das ist kein Blue Curaçao. Es schmeckt sehr bitter.«

»Das ist nicht witzig. Überhaupt nicht. Das Zeug könnte lebensgefährlich sein.«

»Jetzt mach mal kein Drama draus, so ein bisschen bringt schon niemanden um. Das haben wir immer so gemacht.«

»In den Hotelzimmern habt ihr das immer so getan, wirklich? Das ist widerlich, weißt du das?«

»So habe ich das nicht gemeint. Es gibt nun mal Dinge, die man nicht mit dem bloßen Auge erkennen kann. Wie das hier«, er zeigt auf den blauen Fleck an der Wand.

»Na gut, und was ist blau, bitter und nicht zum Verzehr geeignet?«

»Keine Ahnung. Vielleicht eine Chemikalie von der Spurensicherung.«

»Sehr hilfreich, vielen Dank, Urban. Zeig mir lieber mal die Aufnahmen der Überwachungskameras, bevor noch andere Flecken dein amouröses Verlangen wecken.«

»Quatsch nicht immer so geschwollen und versuch mich mal lieber zu verstehen«, grummelt er beleidigt und zieht los.

Ich lache. »Was meinst du damit?«

Der Videoraum ist im Erdgeschoss und er trägt zurecht seinen Namen, denn in dem schmalen Areal ist eine der Wände komplett mit Monitoren gespickt und es hat ansonsten nur noch ein Pult, zwei Stühle und den typischen, beißenden Geruch von Technik, von den geätzten Platinen und den Leitern aus Metall. Wir nehmen unsere Plätze ein und Urban spult das Video bis an die Stelle, an der wir sehen können, wie der Bundeskanzler mit zwei Personenschützern in jenen Flur kommt, den wir gerade inspiziert haben. Das Bild ist krisselig und unscharf, aber bei genauerem Hinsehen kann ich ihn erkennen. Er paradiert wie ein stolzer Gockel knapp vor den Personenschützern durch den Gang in einem schwarzen Anzug und einem weißen Hemd. Andere Farben zeigt der Monitor nicht.

»Warum benutzt ihr eigentlich immer noch Schwarz-Weiß-Kameras?«, frage ich.

»Die sind in Farbe, das kann man nur nicht gut sehen. Das sind quasi impotente Farbkameras!« Er lacht schmutzig und haut mir auf die Schulter. »Impotente Farbkameras, verstehste?«

Ich grinse, weil ich weiß, wie sehr er Witze mit sexuellen Referenzen mag.

Er ist ein humoriger Typ, der gern lacht, nur nicht auf eigene Kosten.

»Pass auf«, er zeigt mit dem Finger auf den Monitor, »hier kommt der Herr Kanzler den Flur entlang. In der Mitte ist die Biegung, da geht er gleich rum.« Sein Finger geht zu einem Monitor daneben. »Da bist du. Du kommst ihm entgegen, von der anderen Seite.«

Er hält das Video an und ich schiebe meinen Kopf dicht vor das Bild.

Da ist Dr. Engel. Mein Blick wandert auf den anderen Monitor. Da bin ich. Wir haben uns also doch getroffen, es stimmt wirklich. Ich habe keine Erinnerung daran. Ich wische meine schweißnassen Hände an der Hose ab und atme tief aus.

»Alles okay?«, fragt Urban.

»Geht so.« Mich lähmt die Furcht, gleich etwas Schreckliches mitansehen zu müssen … etwas, das meine Erinnerungen weckt und in dem ich mich nicht wiedererkennen kann. »Wir können uns noch nicht sehen, der Bundeskanzler und ich, oder?«

»An dieser Stelle noch nicht, aber gleich.«

»Was halte ich da in meiner rechten Hand?«

»Das ist ein Kaffeebecher«, erwidert er und zieht einen großen Thermobecher aus dem Schrank unter dem Pult hervor. »So einen haben wir doch alle bekommen. Ist ein Weihnachtsgeschenk von UBERVISE gewesen, hat uns Jan Kaufmann letzte Woche mitgebracht. Erinnerst du dich nicht mehr?«

»Nein. Wo ist meiner denn?«

»Woher soll ich das wissen?«

»Ein Weihnachtsgeschenk? Ist es normal, so was schon Ende November zu verteilen?«

»Keine Ahnung. Was sind das denn für Fragen? Guck dir das Video an, vielleicht hilft es dir ja auf die Sprünge.«

Urban spielt es weiter ab und wir sehen, wie der Bundeskanzler mit seinen Personenschützern um die Ecke geht und ich ihnen von der anderen Seite entgegenkomme. In diesem Moment müssten wir uns eigentlich begegnen, aber dann zittern die Bilder auf mehreren Monitoren und plötzlich sind sie für Sekunden schwarz. Ich gucke ihn fragend an. Das Bild kommt wie nach einer kurzen Störung zurückgezittert, allerdings ist es da schon geschehen. Der Bundeskanzler und die vier Männer liegen reglos auf dem Boden. *Wo bin ich? Ich bin verschwunden!* Mein Herz springt mir förmlich hoch in den Hals. »Wo bin ich?«, rufe ich nervös. Urban deutet mit seinem Finger auf einen anderen Monitor darüber und der zeigt, wie ich in einen Nebenraum torkele. Es sieht so aus, als würde ich mich schmerzverzerrt nach vorne beugen und mein Gesicht halten. Irgendetwas hat mich offenbar getroffen. Im nächsten Moment überwältigen mich auch schon zwei Männer.

»Da fehlt doch was, Urban. Das ist auf jeden Fall nachbearbeitet.«

»Nein, das ist das Original.«

»Aber die entscheidenden Sekunden fehlen! Siehst du das denn nicht?«

»Ich weiß, aber mehr habe ich leider nicht.«

»Unmöglich. Da steckt doch die Regierung hinter«, flüstere ich. »Die wollen nicht, dass wir mehr sehen. Die wollen mich zum Täter machen ...«

»Du hast gesagt, die haben dich gehen lassen.«

»Das stimmt.«

»Außerdem haben die auch nur eine Kopie von diesem Video.«

Mein Magen verkrampft sich, ich bin ruhelos. Ich lege meine Füße auf das Pult und Urbans Blick sagt mir, dass ich das besser lassen soll.

»Hast ja recht. Was denkst du?«, frage ich ihn und nehme meine Füße vom Pult. »Das sind zwei Personenschützer und der Bundeskanzler. Wie soll ich die denn bitteschön allein überwältigt haben?«

Urban spult das Video zurück und guckt sich die Szene noch einmal an. Dann geht er mit dem Kopf ganz nah an den Monitor heran.

»Drei Leute hättest du nicht schaffen können.«

»Genau. Einen vielleicht, aber drei?«

»Vielleicht den Kanzler, aber nicht die Personenschützer. Das sind Profis, Simon, da hast du keine Chance.«

»Ich würde nicht sagen, dass ich keine Chance hätte. Ich bin immerhin auch Sicherheitsprofi. Einen hätte ich vielleicht überwältigen können.«

»Das bezweifele ich«, insistiert er und schaut mich vielsagend von oben nach unten an.

Ich ziehe meinen Bauch ein, straffe meine Schultern und zeige mit angespanntem Arm auf den Monitor, um seinen verächtlichen Blick von mir abzuwenden. »Wie dem auch sei, das sieht mir nicht nach einer mysteriösen Krankheit aus, sondern nach einem Anschlag. Ich meine nicht von mir, ich bin nur zufälligerweise da. Denkst du nicht auch? Was den Bundeskanzler getroffen hat, hat auch mich getroffen. Ich bin genauso ein Opfer wie er. Sieh dir doch mein Gesicht an, das brennt immer noch.«

Er neigt seinen Kopf zur Seite und schaut auf meinen Hals. Seine Stirn ist genau vor meinen Augen und ich beobachte, wie sich darauf innerhalb weniger Sekunden Schweiß sammelt. Plötzlich verblasst seine Gesichtsfarbe und seine ovalen, von buschigen Brauen umwachsene Augen fahren zusammen wie aus dem Nichts. Mit einem Ruck beugt er sich nach unten, hält sich seinen Bauch und beginnt zu stöhnen.

»Was ist denn los? Geht's dir nicht gut, Kumpel?«

Seine flache Hand signalisiert, dass er gerade mit sich beschäftigt ist und ich warten soll. Es dauert einen Moment, bis er tief durchatmet und sich schüttelt. »Geht schon wieder.«

Ich schaue in das ehemals helle Weiß seiner Augen, das nun rot ist und die glasig wirken. Das und der blutarme Kopf sagen mir das Gegenteil, aber er winkt genervt ab. »Betüddele mich nicht wie meine Mama. Ist alles gut.«

»Sag mal, kann ich zur Sicherheit eine Kopie von dem Video haben?«

»Ich kann dir eine machen«, raunt er und schiebt meinen Oberkörper zur Seite, da ich mich in Sorge um ihn aus Versehen vor die Bildschirme gelehnt habe. »Hast du das gesehen?« Er spult das Video ein Stück zurück und geht abermals dicht an das Gerät heran. Dabei steigt ein penetranter Duft vom Boden auf. Ich sehe seine blanken Füße auf den Schuhen thronen und lehne mich unauffällig zurück, um dem Gestank zu entfliehen.

»Nein. Was soll ich denn gesehen haben?«, frage ich mit nasenverriegelter Stimme.

»Guck doch mal.« Er deutet auf einen Punkt im Bild und spielt das Video erneut ab. Ein gräuliches Rauschen wechselt ins Dunkle und blinkt auf der anderen Seite des Monitors wieder auf. Ich konnte es allerdings nicht genau erkennen, weil es zu schnell ging.

»Was war das?«

Er wiederholt den Sekundenschnipsel und auch ich beuge mich ganz nah zu dem Monitor. Die Farbveränderung ist kaum sichtbar, aber sie deutet etwas Obskures an, das wie ein dunkler Blitz über den Flur jagt.

»Ein Schatten.«

PLAN A

Ein Arm legt sich von hinten um meinen Hals, stark und unaufhaltsam, winkelt sich an und drückt dann zu. Ich packe ihn und zerre mit aller Kraft daran, aber ich kann ihn nicht lösen. Verzweifelt schlage ich um mich und trete mit meinen Füßen in die Leere. Ich soll ruhig sein, sagt man mir. Der Lichtkegel einer Taschenlampe richtet sich gegen mein Gesicht und dann zerrt man mich auf den Boden. Die Schere sperrt die Bahnen zwischen meinem Kopf und meinem Körper und der Ton in meinen Ohren wird immer dumpfer und das Bild vor meinen Augen blendet aus.

Ich schrecke auf und ringe panisch nach Luft. Orientierungslos sitze ich in meinem Bett, mit flächigem Druck auf dem Hals und dem Gefühl, das Ganze gar nicht geträumt zu haben. Die Sonne stiehlt sich pünktlich zum Aufgang an den Vorhängen vorbei und entzündet in meinen Augen ein Feuer. Ich hebe meine Hand zum Schutz und mein Kopf meldet, dass er kurz vor der Detonation steht. Er pocht wie verrückt und zieht einen Schmerzbogen durch meinen ganzen Körper. Dann beschleunigt er sich in meinem Körperzentrum, wo sich der Urin anstaut. Ich stehe auf und stöhne vor Qual. Ich schleppe mich ins Badezimmer, jeder Schritt ein Peitschenhieb in den Unterleib, und lasse mich auf den Toilettensitz fallen. Das Wasserlassen ist, als ob sich eine lange Spirale aus meinem Körperinnern durch mein Glied hinauszieht – höllisch und erleichternd zugleich. Für Sekunden schließe ich meine Augen und drücke meine Schläfen mit Daumen und Zeigefinger, bis ich komplett entleert und entkräftet auf der Plastikbrille hänge.

Nur allmählich gewöhnen sich meine Augen an das passive Tageslicht, das durch den Türspalt fällt, und die Verbindung zwischen meinem Geist und der Welt kehrt zurück. Ich mache es mir auf der Toilette bequem und denke nach. Ich denke an den Tod des Bundeskanzlers, an das Chaos um mich herum und ich sehe mich kleines Figürchen in dem überwältigenden Sturm der Ereignisse stehen. Ich gebe zu, dass ich dem Geschehen gegenüber machtlos bin. Das ist Schritt eins. Ich kann es nicht ändern, aber vielleicht kann ich es ja aufklären. Dazu brauche ich allerdings Hilfe. Das ist Schritt zwei. *Für Schritt drei muss ich … ich muss … für Schritt drei … Was muss ich denn? Welche Schritte überhaupt? Wovon sprichst du, Simon? Du bist immer noch nicht ganz wach, das Pochen in deinem Schädel macht dich noch ganz kirre. Drück die Toilettenspülung und geh zum Badezimmerschrank. Dort findest du Schmerzmittel. Nicht da, sieh nach oben, dort im obersten Regal. Genau. Und nun nimm zwei Tabletten und schlucke sie mit Wasser aus dem Zahnputzbecher runter. Gut so, Kumpel. Und fühlst du dich jetzt besser? Nein? Ich frage dich in zwanzig Minuten noch einmal.*

Ich kippe das restliche Wasser in das Waschbecken und schaue mir den Becher mit einem Ekelgefühl an. Er ist voll von braunen, schlierigen Spuren auf einem dunklen Bodensatz, die mit der ständigen Bewässerung mehr und mehr aufquollen sind. Ich taste nach dem Schalter, mache das Licht an und nehme die Zahnbürste zur Hand. Um sie steht es auch nicht besser, mit den kalkigen Resten der Zahnpasta und den gebrochenen Borsten, die horizontal in verschiedene Richtungen zeigen. Es ist ein abgestandener, miefiger Geruch im Raum, bemerke ich, sehe die Wasserflecken auf dem Spiegel und die rotbraunen Fliesenfugen. Dann schaue ich mir die vanillefarbenen Wandfliesen an, gehe einen Schritt näher und kratze mit dem Fingernagel über die Oberfläche. Ich erinnere mich nicht, ob es ihre natürliche Farbe ist oder ob sie vielleicht irgendwann mal weiß waren. Bei dem Anblick bekomme ich augenblicklich Beklemmungen und lasse die Zahnbürste fallen. Sie gleitet lautlos vom Waschbeckenrand auf den Badvorleger. Mein Blick folgt ihr den halben Weg und verbleibt dann auf meinen herabhängenden Händen. Die Fingernägel sind dreckig, brüchig und ungeschnitten.

Was ist mit mir passiert? Ich habe mich unbemerkt gehenlassen und erkenne mich selbst nicht wieder. Ich war nicht immer so. Ich war mal ein ordentlicher Kerl.

War populär, fleißig und gepflegt. Ein Genießer in guten Zeiten und ein Kämpfer in schweren. Im Gegensatz zu den viel beschäftigten Menschen um mich herum, hatte ich genug Freizeit und kümmerte mich um alles mit Sorgfalt und Geduld. Abends nach der Arbeit habe ich meine Wohnung geputzt, auch an den Wochenenden, und habe mich jeden Tag unter der Dusche rasiert, mir die Haare gewaschen und mir die Finger- und Fußnägel geschnitten, wenn nötig. Ich trug Aftershave auf. Jeden Tag. Ich liebte den maskulinen Duft und das Gefühl des Brennens auf der seidigen Haut, wenn ich mit meiner Hand darüberfuhr. Meine Unterwäsche habe ich täglich gewechselt, habe alle meine Hosen in den Schrank gehangen und meine Hemden gebügelt, bevor ich die Wohnung verlassen habe. Ich war ein adretter Mann. Keine Zehn, keine Neun, aber ich konnte mich trotzdem nicht beklagen. Und nun? Ich kann den Anblick im Spiegel kaum ertragen. Urban hatte recht, ich sehe echt beschissen aus. Ich bin ungepflegt und habe locker zwanzig Kilo zugenommen. In mir steckt noch immer Reststärke. Ich spanne meinen Bizeps vor dem Spiegel an, doch das unförmige V meines Kreuzes fußt in rundem Bauchspeck. *Und was ist das da in meinem Gesicht? Bin ich krank, vergiftet, verbrannt worden? Muss ich zu einem Arzt?* Ich bin wirklich nicht der Typ, der wegen jeder Kleinigkeit gleich einen Quacksalber aufsucht. Ja, mal mit einem Knieproblem, da konnte ich nur mit Schmerzen auftreten, aber die Wunde in meinem Gesicht ist doch nur kosmetisch. In ein paar

Tagen ist sie garantiert wieder weg. Anders ist es mit meinem Gedächtnis – weg ist genau das Problem. Das bereitet mir wesentlich mehr Sorgen, aber ich weiß nicht, wer so etwas behandelt und hoffe, dass sich das Problem in wenigen Tagen von selbst löst.

Was war die Ursache? Es ist unheimlich, zu wissen, dass meine aktuellen Erinnerungen fehlen. Ich hatte es damals nicht leicht, aber ich mochte dieses Ich, mein altes Ich, und ich weiß nicht, wann *das hier* alles passiert ist. *Ist meine Jobsituation dafür verantwortlich, die mir keine Zukunft bietet und keine Gegenwart?* Ja, bestimmt. Es ist wahr, sie lässt mich nicht in der Zukunft existieren – mein Name ist dort ausradiert – aber schlimmer noch … sie rüttelt an meiner Gegenwart, meinem Sein, meiner Existenz im Hier und Jetzt, und für die meisten Menschen bin ich unsichtbar. Es hat keine Bedeutung, es ist nicht bleibend, denn was ich mache, ist kein Beruf und erst recht keine Berufung, sondern das perfekte Gegenteil, ein *Verruf* und ein *Fluch*, der mich mein ganzes Erwachsenenleben verfolgt. Ich nenne mich nicht Sicherheitsexperte, weil ich ein Experte der Sicherheit bin, sondern weil mich nichts und niemand daran hindert. Es steht auf meinen Visitenkarten, ich habe es drucken lassen, einfach so.

Ich habe sogar ein schäbiges Büro in Berlin-Mitte und auf dem Schild an der Eingangstür steht es golden und in großen Lettern. Diese Hochstapelei gipfelte irgendwann in einem Interview für eine lokale Zeitung, die mich zitierte als – Tada! – Sicherheitsexperte. Immerhin habe ich eine achtzigstündige Unterweisung und eine Sachkundeprüfung absolviert und könnte jeden Job im Sicherheitsgewerbe bestreiten. Aber das ist alles nur Theorie und ich habe keinen Job, sondern nur eine Jobsituation und in der Praxis wird *könnte jeden* mit *mache alles* ausgetauscht. Die meiste Zeit bin ich im Objektschutz tätig oder werde als Security für Großereignisse angeheuert, oder als externe Verstärkung, wie im Hotel bei Urban. Wir sind mittlerweile gute Freunde und die Tätigkeitsbeschreibung ist nicht die eines Wachmannes, sondern die eines *Sicherheitsexperten*. Das heißt, Urban lässt mich neben der Wachtätigkeit auch prüfen, ob alle Türen richtig schließen, die Sicherheitskameras gut ausgerichtet oder die Batterien der Feuermelder in Ordnung sind. Solche Dinge eben. Alles, was mit Sicherheit zu tun hat. Aber da ich das alles als Selbstständiger mache, gibt es keine Regelmäßigkeit. Stichwort Zeitarbeit. An manchen Tagen habe ich nichts zu tun und bekomme am Monatsende nicht mal das Geld für die Wohnungsmiete zusammen, und mein billiges Büro ist dabei nur ein kleineres Problem. Ich glaube, ohne Büro wäre alles viel schlimmer. Es ist das Ausrufezeichen hinter der Hochstapelei, das Legitimität vorgaukelt. Hin und wieder besuchen mich Leute dort, die eine Alarmanlage, eine Beratung in Sicherheitsfragen oder Personenschutz wollen. Es kommt vor und manchmal vermittle ich auch gegen Gebühr. Aber auch das Tapezieren einer Wohnung und Umzüge sind Teil meiner Arbeit. Ich habe schon fünf Carports aufgebaut. Alles erweiterter Arbeitsbereich, denn die Jobsituation lässt mich nicht Nein sagen. Ich lebe in der Halbwelt, weil ich ein Verlierer im unsportlichen Spiel der Gesellschaft bin. Aber was nützt Klagerei? Ich beklage mich nicht. Ich nicht.

Ich bin in einem Kaff in Niedersachsen geboren und als ich zwölf war, musste mein Vater berufsbedingt nach Berlin. Mutter und ich zogen mit. Ich gewöhnte mich schnell an die Stadt und fand auch bald Freunde. In der Schule war ich strebsam. Ich ging gern dort hin, hatte hervorragende Noten, Jahr für Jahr, und selbst die Lehrer mochten mich. Ich weiß es noch wie heute. Ich habe den Spruch gerahmt an meine *corticale* Pinnwand geheftet, als mein aalglatter Klassenlehrer Herr Mannteufel zu mir gesagt hat: »Wenn du Wirtschaft studierst, Simon, dann bekommst du garantiert eine gute Arbeit. Wirtschaft ist die Zukunft, denke an meine Worte.«

Und das tat ich. Meine Mutter war stolz auf mich, als ich mich für Betriebswirtschaftslehre an der Johannes-Gutenberg-Universität in Mainz einschrieb, doch bei meinem Vater war ich mir nie sicher. Egal, was ich tat, egal wie gut ich war, wenn ich nicht der Beste war, fehlte das letzte Quäntchen, um seine Anerkennung zu verdienen. Von ihm lernte ich, dass der Satz *Es gibt Schlimmeres!* ein Lob war. Als mein Kumpel Golo mir mit Stolz erzählte, dass seine Mannschaft bei einem Fußballturnier Platz drei belegt hatte, und ich sagte *Es gibt Schlimmeres!*, klebte er mir eine. Erstmals in meinem Leben verstand ich, dass mein Vater mich das Falsche gelehrt hatte. Ich war damals in dem Alter, das reflektieren zu können, und als ich entdeckte, dass er in seinem Job – in dem er nur ein kleines Rädchen in einer großen Maschine war, in einem grauen Hinterhofbüro sitzend, ausgebildet in einem Studium, das es heute nicht mehr gibt – keine Anerkennung von seinen Kollegen bekam, bekam er sie auch von mir nicht mehr. Er hatte sich seine hohen Ansprüche selbst nicht verdient.

Ich dachte wieder an Mannteufels Worte und schwor, eine gute Arbeit zu finden. Mein Studium startete ich kraftvoll und zielstrebig, driftete etwas in den Kreisen der Partymonster, der Selbstfinder und Lebenssinnierer ab, und brauchte ein paar Semester, bis ich begriff, dass das Wichtigste, was ich tun konnte, immer noch mein Studium war. Allerdings brachte mich meine Saumseligkeit schnell in finanzielle Nöte, da meine Eltern entschieden, mir das Geld zu kürzen. Mein Vater, um genauer zu sein, meine Mutter steckte mir bei meinen Besuchen immer noch heimlich einen Schein zu. Der Alte glaubte, wenn ich weniger Geld hätte, würde ich schneller studieren. Eine Logik, die sich mir nicht erschloss, denn fortan musste ich jobben gehen, um über die Runden kommen zu können, und das brachte mir weitere Verzögerungen. Ich arbeitete nun für einen Wachdienst in den Bonifazius-Türmen, meistens als Nachtwache und manchmal auch an der Pforte. Schlecht war die Arbeit nicht – ich hatte Ruhe zum Lesen und schrieb Kriminalgeschichten in der Zeit – nur für die Vorlesungen am Morgen kam ich selten aus meinem Bett. Letzten Endes überhastete ich den Zieleinlauf meines Studiums, konnte jedoch in einer akzeptablen Zeit und mit einer durchschnittlichen Note abschließen. Auf dem Papier war alles in Ordnung und darauf kam es schließlich an. Meine Mutter war stolz wie Oskar, ihren Gesichtsausdruck habe ich bis heute nicht vergessen, als ich das Diplom überreicht bekam und es mit Überzeugung in ihre Richtung reckte. Ich dachte, es wäre ein Leichtes, einen besseren Job als der alte Herr zu bekommen. Ganz altmodisch träumte ich davon, etwas Geld zu verdienen und Sicherheit zu haben, denn dann hätte ich jemand sein können. Ein Optimist, ein Reisender, ein Liebender, ein guter und glücklicher Mensch. Ich war nicht verblendet, nicht absurd oder über das Ziel hinausschießend, sondern glaubhaft. Andere hatten es auch geschafft.

Hätte, Wenn und Aber, so verlief meine Geschichte jedoch nicht. Lieber Herr Mannteufel, was ich Ihnen schon lange sagen wollte, falls Sie es nicht mitbekommen haben: *Positionen werden längst nicht mehr nach Bauchgefühl und mit Handschlag vergeben, nein, diese Sinne sind uns degeneriert und diese Gesten sind entwertet. Vor den leeren Hülsen der richtigen Entscheidung und des verbindlichen Handschlags ist nun ein Ausmusterungssystem vorgeschaltet, das anhand eines Schemas durchkomponierte Biografien sucht, die entweder makellos oder außergewöhnlich sind, doch stets in Kombination aus der besten Ausbildung, der längsten Arbeitserfahrung und dem jüngsten Alter.* Auf jede Position kommen Dutzende Bewerber, die diesem Schema annähernd entsprechen, und wenn deine Biografie das nicht hergibt, dann kann dich nur noch die Quote oder Vetternwirtschaft retten. Und mit *dich* meine ich nicht *mich.* Für Leute wie mich, in einer durchschnittlichen, männlichen Majorität ohne nennenswertes soziales Kapital, bleibt bloß jener Bodensatz der Berufswelt, der nicht arm genug ist, um politische Aufmerksamkeit zu bekommen. Manchmal höre ich von Leuten, die es trotzdem gegen jede Regel geschafft haben. Die hatten Glück – ein unerklärliches, unanständiges, unverdientes Glück – und wissen es trotzdem nicht zu schätzen. Wer sich einen Verdienst macht, der geht den ganzen Weg, wer aber Glück hat, sieht nur das Ergebnis.

Nichts ist mehr sicher, nichts hat einen beständigen Wert. Das merkte ich, als ich nach langer Suche in unterbezahlten Praktika hing, mit Dauerstress, Existenzängsten und ohne Chancen auf Einstiegspositionen. Ein paar davon, einschließlich meiner Kenntnisse aus dem Nachtdienst, addierten sich zu einer Art Lightversion von Arbeitserfahrung und bescherten mir nach einigen Anläufen letztlich eine Junior-Position als Consultant in einem internationalen Unternehmen für Sicherheitsprodukte, das krankhaft schnell wuchs und den Markt wie im Fluge nahm, aber im nächsten Moment schon gegen den eigenen Niedergang kämpfte. Zu letzterer Phase stieß ich dazu und wurde, wie achtzig Prozent der Mitarbeiter in der Niederlassung, nach nur einem Jahr gegen anspruchsloses Frischfleisch ausgetauscht. Wir alle sind freiwillig gegangen, nachdem man uns ausgebrannt hatte, und den Neuen passierte das Gleiche im folgenden Jahr.

Man kann sagen, das *Glück* traf mich doppelt. Ich bin von den Ausläufern der Generation Praktikum sauber in den internationalen Raubtierkapitalismus und den Folgen der Finanz- und Eurokrise geschlittert. Arbeitslos ergriff ich jeden Strohhalm, machte ein paar Nebenjobs und es dauerte nicht lange, bis mich mein Fluch des Sicherheitsgewerbes wieder eingeholt hatte. Spontan half ich dem Onkel eines Kommilitonen aus. Er hieß Axel, der Onkel, nicht der Mitstudent, und er sah aus wie der Schriftsteller Hunter S. Thompson. Dunkles, kreisrund ausgefallenes Haar und ein ovales, längliches Gesicht, das er stets mit großer Fliegersonnenbrille verdeckte und mit einer Zigarette spickte. Wir nannten ihn alle nach Thomsons Erfolgsroman *Fear and Loathing*.

Ihm gehörte ein Sicherheitsdienst und er betreute ein paar Großereignisse, die sich damals aber zeitlich überschnitten. Konzerte, Messen, Banketts und Tagungen mit wichtigen Gästen, VIPs aus Wirtschaft und Politik – er hatte überall seine Finger im Spiel. Er lobte meine Auffassungsgabe, meinen Blick für Details und meine Geduld, und sagte, ich hätte den seltenen sechsten Sinn. Zugegeben, diese Schmeicheleien haben mich beeindruckt, es kam ja nicht alle Tage vor. Ich mochte ihn, ganz gewiss, aber ich wusste auch, dass er der größte Gauner vor dem Herrn war. Hoch und heilig versprach er mir, das Geld für die Überstunden zu bezahlen. Geld, das ich bis heute nicht gesehen habe. Ich machte damals auch die Unterweisung und die Sachkundeprüfung, und obwohl ich in der Welt der Sicherheitsdienste keine Zukunft für mich sah, reservierte ich ihr einen Platz als Plan B in meinem Hinterkopf. Beinahe hätte ich die Kurve gekriegt, ich stand so knapp vor einem guten Job in einem renommierten Berliner Unternehmen, vor Plan A sozusagen. Ehrlich gesagt, trauere ich dieser Chance noch heute hinterher.

HYPERREALE WEIBLICHKEIT

Als ich mich vom Beckenrand meiner Badewanne erhebe, knackt es, und ein stechender Schmerz fährt mir in meine Wirbelsäule. Mit jeder Regung wandert die Fehlstellung hinab wie ein Bruch in einem Glas, bis sie endlich am Steiß haltmacht und mich vom Schmerz erlöst. Ich strecke mich in die Höhe, beuge mich dann vorsichtig nach unten, wiederhole die amateurhafte Dehnübung dreimal und stoppe bei einem Gedanken überkopf. Ich eile in mein Arbeitszimmer zum Schreibtisch und blättere einen gesetzlos vermengten Papierstapel durch, auf dem ich wichtige Dokumente ablege, bevor ich sie sortiere … oder auch nicht. Ich ziehe einige Kontoauszüge heraus. Strom- und Telefonrechnungen fallen zu Boden. Dann schaue ich mir den aktuellsten an. Er ist fünf Tage alt. Die Miete habe ich bezahlt und mir verbleiben noch 1387,41 Euro auf dem Konto. Mehr, als ich erwartet habe. Viel mehr. Bei Urban habe ich letzten Monat über neunhundert Euro verdient. Noch einmal ordentlich abkassiert. Stolz schaue auf die Zahlen. Das ist doch eine Stange Geld. Täglich Spaghetti mit Tomatensoße und Mortadella-Brote und ich überlebe zwei weitere Monate, vielleicht drei, wenn ich die Miete rausschiebe. Ein rares Gefühl von Unabhängigkeit klopft mir auf die Schulter.

Ich mache auf dem Hacken kehrt, gehe ins Schlafzimmer und nehme mein Handy vom Nachttisch. Es hat kein Netz, stelle ich fest. Ich nehme den Weg zurück, biege in den Flur, gehe zur Kommode und hole mir das Festnetztelefon. Freizeichen. Ich wähle die Nummer der Auskunft und bitte darum, mich mit UBERVISE zu verbinden.

»Mit dem Hauptsitz in Berlin oder mit einem der Nebensitze in München, Hamburg oder Gütersloh?«, will eine sanftmütige Männerstimme wissen.

»Berlin, bitte.«

Ich habe es gar nicht klingeln hören, schon hebt eine Frau ab.

»UBERVISE. Was kann ich für Sie tun?« Sie ist Anfang zwanzig, würde ich sagen, eher noch ein Mädchen, ein hübsches auf jeden Fall, blond, vielleicht auch rothaarig. Die Worte sprudeln wie ein Singsang aus ihr hervor, melodisch und wohlgelaunt. Ich könnte ihr ewig zuhören. »Was kann ich für Sie tun?« Sie erwartet meine Antwort.

»Simon Wächter hier. Ich möchte bitte mit Herrn Kaufmann sprechen.«

»Moment.« Ich höre die Tastenanschläge am Computer. »Der ist gerade nicht im Haus.«

»Ist Herr Graf denn da?« Sebastian Graf ist der einzige seiner Kollegen, den ich persönlich kenne. Ach ja, und diesen Fuchsberger, aber der fiel mir auf Anhieb nicht ein. Ich glaube, ich kenne seinen Vornamen nicht. *Stefan oder Christoph vielleicht?*

»Ich verbinde.«

Eine kleine Nachtmusik wird nun in der Warteschleife gespielt und meine Zunge schlägt im Takt gegen meine Schneidezähne.

»Graf am Apparat.«

»Simon Wächter hier.«

»Ach, Herr Wächter! Birgit sagte *Schlächter*, damit konnte ich gar nichts anfangen. Wie geht es Ihnen denn?«

Er hat eine aufgedrehte Stimme und eine unruhige Art und sofort habe ich seinen durchdringenden Blick vor meinen Augen und diese geschwungene Locke, die immer nervös vor seiner Stirn auf und ab wippt und in mir unerklärliche Aggressionen auslöst. Er ist regelmäßiger Gast im Hotel, dort habe ich ihn auch einige Male getroffen und bin ihm meistens aus dem Weg gegangen. Bei ihm vergeht mir die Lust auf Small Talk, denn es ist mühsam und lästig mit ihm zu sprechen. Darum kürze ich auch jetzt die Regeln der Konversation ab und gehe nicht auf seine Frage ein.

»Herr Kaufmann hatte uns letzte Woche Weihnachtsgeschenke mitgebracht. Ich konnte mich noch nicht dafür bedanken. Ist er nicht im Haus?«

»Nein, leider nicht. Was sind denn das für Weihnachtsgeschenke?«, fragt er mich. Ich meine Befremdung in seinem Ton zu hören.

»Thermobecher. Ich habe meinen schon benutzt. Wertiges Stück, erfüllt seinen Zweck voll und ganz. Vielen Dank.«

»Aha. Das wusste ich nicht. Freut mich, dass er Ihnen gefällt.«

»Was wussten Sie nicht?«

»Ich wusste nicht, dass es dieses Jahr Thermobecher sind.«

»Dann war Herr Kaufmann wohl etwas früh dran.«

»Etwas früh, ja, das auch. Aber die Hauptsache ist, dass Ihnen das Geschenk gefällt. Kundenbindung ist uns wichtig … Kundenzufriedenheit meine ich.«

Er ist ein geschulter Verkäufer und es ist nicht einfach, bei ihm die subtilen Zwischentöne herauszuhören, doch das Thema macht ihn offenbar schludrig in seinen erlernten Mechanismen und unruhig über sein gewöhnliches Maß an Unruhe hinaus.

»Stimmt etwas nicht?«, hake ich nach, wobei ich darauf achte, bedächtig und empathisch zu wirken. Mit meiner Art habe ich schon ganz andere Nüsse geknackt. Ich säusele die Worte ins Telefon, als wären sie unausgesprochen und ganz unter uns: »Ich meine, Ende November ist etwas früh, oder nicht?«

»Ich weiß nicht genau. Es ist nicht nur die Zeit, Herr Wächter. Unsere Geschenke kommen normalerweise per Post, nicht über unsere Mitarbeiter. Ich bin überrascht, das zu hören, muss ich zugeben.«

»Hat Herr Kaufmann sie vielleicht aus dem Büro mitgenommen?«

»Das kann eigentlich nicht sein, denn die Geschenke werden von einer externen Firma personalisiert und ausgeliefert. Mit anderen Worten: Sie kommen gar nicht erst in unsere Büros. Das war mal so, als wir noch ein kleines Unternehmen waren, aber heute haben wir sehr viele Kunden.« Er macht eine Gedankenpause, dann setzt er überaus höflich fort: »Sie fragen so viele Dinge, Herr Wächter. Sie können mir nichts vormachen, ich bin ein geschulter Verkäufer und spüre solche Sachen instinktiv. Sie wissen von seinem Verschwinden und wollen sich nichts anmerken lassen, stimmt's?«

Ich erstarre kurz wegen dieser Enthüllung. »Schuldig im Sinne der Anklage! Sie haben vollkommen recht«, lüge ich und schiebe eine Frage hinterher, bevor er den Wahrheitsgehalt überprüfen kann: »Seit wann ist er denn genau verschwunden?«

»Gestern ist er nicht zur Arbeit erschienen. Wir haben vergeblich versucht, ihn zu erreichen. Soll ich die Polizei einschalten? Glauben Sie, dass das nötig ist? So etwas habe ich noch nie erlebt.«

»Wissen Sie was, Herr Graf? Warten Sie am besten noch einen Tag. Nur nicht unnötig in Panik geraten, wahrscheinlich gibt es eine ganz einfache Erklärung für seine Abwesenheit. Wahrscheinlich ist es nichts Schlimmes und am Ende lachen wir alle darüber.«

»Hoffen wir es.«

Persönlich wünsche ich Jan Kaufmann nur das Beste, aber ich ahne, dass ich hier gerade einer großen Sache auf der Spur bin. Ich weiß nicht, was ich hoffen soll, aber das ist es nicht. Keine einfache Lösung, kein glückliches Lachen am Ende, sondern nur die Bestätigung meiner Intuition und meines schlimmen Verdachts.

Mit seinem nervösen Kollegen habe ich mir Spielraum ausgehandelt und es ist mir nur recht, wenn die Polizei sich für heute raushält. Also, Punkt eins auf meiner Tagesagenda: Jan Kaufmann einen Besuch abstatten. Punkt zwei: Frühstücken. Nur am besten umgekehrt, denn mein Magen knurrt ziemlich.

In der Küche suche ich nach etwas Essbarem, das ich mit meinem routinemäßigen Kaffee kombinieren kann. Es liegt ein stechender, modriger Gestank in der Luft, was vielsagend über meinen Lebensmittelzustand ist. Rote Soße klebt noch immer auf den alten Resten im Kühlschrank und in den Schränken finde ich adäquat dazu nur halb leere Nudelpackungen. Nichts, was ich zum Frühstück wollen würde, nicht einmal Kaffee habe ich da, stattdessen entdecke ich auf dem Tisch eine Wodka-Flasche. Einen Schluck könnte ich durchaus vertragen, aber um diese Uhrzeit? Es ist erst kurz nach acht. Außerdem – ich schüttle die Flasche – ist sie leer.

Hier ist wieder die Sache mit den fehlenden Erinnerungen: Man weiß nie, welche fehlen, bis man darüber stolpert. Wie in diesem speziellen Fall. Denn ich wüsste nicht, wann ich sie getrunken habe, schließlich bin ich kein großer Wodka-Freund. Es scheint mir mehr an Erinnerungen zu fehlen, als ich geglaubt habe und ich habe das ungute Gefühl, dass mich noch andere Gedächtnislücken überraschen werden. Wenn es nur eine Möglichkeit gäbe, das zu überprüfen. *Wie gut erinnert man sich normalerweise an das, was man letzte oder vorletzte Woche getan hat?* Das sind auch nur Bruchstücke und ein paar Highlights … irgendein Kinofilm, die schärfste Currywurst der Welt, Sex nach dem dritten und letzten Date … in dem öden Fluss des Alltags. Meine Erinnerung an den Job im Hotel ist verwüstet wie ein Schlachtfeld, das kann ich sicher sagen, doch alles davor fühlt sich in meinem Kopf durchaus vollständig an. Etwas schwammig vielleicht, was allerdings eine präzise Beschreibung für eine Lebensweise wie die meine ist; für dieses sinnentleerte Vor-sich-hin-leben, wie mein Vater es einst nannte. Ich könnte lachen.

Mein Magen meldet sich wieder. Ich habe ihn nicht vergessen. Wie könnte ich auch? Er knurrt wie ein gereizter Hund. Ganz ruhig, du bekommst ja gleich was, Kumpel. Ich muss dafür nur – seine Stimme hebt nach jeder Treppenstufe neu an – das Haus verlassen. Aus Gewohnheit ziehe ich die Haustür ran, obwohl der Türschließer über dem Scharnier sie allein schließt. Plötzlich sehe ich ein riesiges Graffito auf dem Hauseingang.

Entsetzt stehe ich davor und schaue mir die Schmiererei an, die über das gesamte Holz und Glas ragt. Diese Großstadtvandalen haben echt keinen Respekt vor dem Eigentum anderer Leute, beschwere ich mich gedanklich bei mir selbst, wegen Eigentums, das gar nicht meins ist. Das gefällt mir nicht am Berliner Freigeist, sinniere ich. Er will uns stets in seine verdorbene Weltsicht hineinziehen, an die Grenze zwischen hip und nicht-hip, wo jene von richtig und falsch verschwimmt. Ich gehe einen Schritt zurück und meine mentale Tirade stoppt augenblicklich, als ich die symmetrischen Formen und ihre feine Komposition erkennen kann. Das Graffito ist keine unansehnliche Schmiererei, sondern etwas, das ich in seiner Art und Weise noch nie zuvor gesehen habe. Es wurde mit einer Schablone gefertigt, das kann ich selbst als Laie erkennen. Ich muss noch ein paar Schritte zurück machen, um es als Ganzes in den Blick zu bekommen und dann zieht es mich komplett in seinen Bann. Es ist ein roter Roboterkopf mit femininen Gesichtszügen – lange Wimpern, geschwungene Augen, volle Lippen und große, weit aufgerissene Augen. Darüber steht FEARWAR in Schwarz geschrieben, darunter IS WATCHING YOU! Es ist mehr als nur ein Bild, es ist eine hyperreale Weiblichkeit, die mich geradewegs in der zwanglosen Position paralysiert, die ich rückwärts gemacht habe. Ihr erschrockener und zugleich drohender Blick fährt mir vom Mark ins Gewissen, als hätte sie mich bei etwas ertappt, das unter Höchststrafe steht.

Ich weiß nicht, was ich davon halten soll und auch nicht, was es zu bedeuten hat, aber die Referenz zu Orwells *Big Brother*, der alles und jeden beobachtet, bleibt mir nicht verborgen. Helmut wird sich freuen, wenn er die Tür sieht, denke ich und reiße mich krampfhaft von ihrem Anblick los.

Auf dem Weg zum Auto lausche ich mehreren Feuerwehrsirenen, die in der Ferne durch die Häuserblöcke hallen und sich für einen Moment zu nähern scheinen, doch im nächsten schon wieder verklingen. Noch einmal drehe ich mich zum Graffito um und wieder packt mich der Anblick. Dieses Mal, weil das Bild in jeden Hauseingang gesprayt ist, soweit mein Auge reicht. Ich bin ergriffen vor der unheimlichen Kulisse, die die ganze Straße überzieht. So etwas habe ich im abgehalfterten, durchlebten Kiez noch nicht erlebt – als wäre ein neuer Sheriff in der Stadt und jeder solle es wissen.

Plötzlich rempelt mich jemand an. Ein junger Mann, der im vollen Lauf an mir vorbei wollte. *Hey, pass doch auf!*, rufe ich ihm noch in Gedanken hinterher, als er vor meinem Haus auf der schmalen Rasenfläche ausrutscht, sich kurz mit der Hand abstützt und dann deutlich angeschlagen weiterläuft. Mit seiner dunklen Kleidung und der Mütze auf dem Kopf ist er von hinten nicht zu identifizieren. Mein Blick geht auf die Heckscheibe meines Autos und ich entdecke unter dem Scheibenwischer einen gelben Klebezettel. Noch einer. *Ohne Heuchelei*, ich kann die Worte lesen, bevor ich ihn herausziehe. Diese Schrift, diese Tintenfarbe! *Moment mal!* Gedankenschnell drehe ich mich um und eile dem jungen Mann hinterher, der ihn dort platziert haben muss. Ich versuche, den Vorsprung von knapp hundert Metern auf den Angeschlagenen aufzuholen, der vor mir stark humpelnd seine Arme und Beine hinter sich herzieht. Die ersten Sekunden gelingt mir das ganz gut und ich sehe meine Füße in hoher Frequenz vor mir herfliegen, aber nach einigen Hundert Metern fange ich an zu japsen, und der Abstand wird nicht mehr geringer. Ich, der ohne Handicap läuft, habe nur noch das Tempo des Humpelnden. Er biegt in eine Nebenstraße ein und fortan sehe ich bunte Punkte vor meinen Augen und heftige Seitenstiche verlangsamen mich fast auf Fußgängergeschwindigkeit. Hinter mir höre ich Schuhsohlen über den Gehweg peitschen und wie ein Blitz jagt ein anderer Typ an mir vorbei. Maschinenhaft ziehen seine Arme und Beine eng anliegend durch das weiße T-Shirt und die Slim-Fit-Jeans. Ehe ich mich versehe, hat er den jungen Mann eingeholt und mit einem heftigen Stoß in den Rücken gestellt. Ein Euphemismus dafür, dass der Junge ungebremst auf den Gehweg klatscht, der Typ ihn sich greift und an seinem Arm wie eine Puppe hochzieht. Als ich ankomme, entleert er ihm gerade die Taschen. Noch vollkommen außer Puste will ich mich bei ihm bedanken, doch er kommt mir zuvor.

»Vielen Dank für den Versuch«, sagt der Typ ohne ein Anzeichen von Anstrengung nach dem Lauf. Er ist in meinem Alter, hat weniger Haare als ich und mehr Falten in seinem bärtigen, dreieckigen Gesicht, aber im Gegensatz zu mir ist er schlank, stark und vital. Ich kann nicht anders, als mir eine gewisse Bewunderung für ihn abzuringen. »Der hat hier gerade die Drogerie um die Ecke überfallen. In was für einer Welt leben wir denn bitteschön?«

Er zeigt mir die vielen Geldscheine, von denen einige auf den Boden segeln. Ich helfe sie aufzusammeln, schwer atmend und beinahe wird mir schwarz vor Augen. Dabei werfe ich einen Blick auf den ausgeblichenen Klebezettel in meiner Hand. *Wenn es nicht der Junge war, wer war es dann?* Ich beobachte den Delinquenten, wie er sich desinteressiert wegdreht und abtrünnig in den Himmel sieht. Sein schmales, knochiges Gesicht zeigt wie ein Pfeil schräg nach oben. Doch dort ist nur Dunst, eine gigantische Kuppel aus Dunst, die sich über uns spannt und die fade Sonne hinter sich verwischt. Das sind ja heitere Aussichten für den Tag.

STENCILS

Der Herbst arbeitet sich durch die Baumkronen und lässt sie licht zurück. Herzförmige Lindenblätter fallen welk aus dem Geäst und der Wind führt sie im Tanz vor meine Räder. Ihre Sägezacken sind eingefahren und wehrlos sammeln sie sich an grüne, weiße und braune Glascontainer und zu den Füßen der Steinkolosse mit den angerußten Fassaden. Einige haben sich auf Balkone niedergelegt, wo an Sonnentagen noch bunte Schirme aufgespannt waren. Doch von diesen Tagen ist nun keine Spur mehr zu sehen, die baulichen Ausragungen sind nunmehr herrenlos. Einige Geschäfte sind geschlossen und es gibt auch keinen Wochenmarkt in der Genter Straße mehr, dort hinter Weddings ehemaligem Rathaus. Keine Marktschreier, kein frisches Obst und keine sich drängenden Käufer. Von meinem Auto aus sehe ich das alles und bekomme einen besseren Eindruck vom Ausmaß des visuellen Aufstands. Die roten Bilder tauchen nun auf allen freien Flächen und in allen Straßen auf, mit der Drohung FEARWAR IS WATCHING YOU! … ziehen an den Seitenfenstern vorbei und verschwinden im Rückspiegel, bis sie von jenen vor mir ersetzt werden. Das ist ein groß angelegtes Projekt, keine Frage, und es greift ganz unverschämt in das Leben der Hauptstädter ein. Ein paar Ampeln später und ein paar Hundert Meter von meiner Wohnung entfernt, fahre ich vor meine Lieblingsbäckerei. Eine junge Auszubildende scheuert gerade eines der Bilder mühsam von dem Schaufenster, ihre kurzen Arme reiben den oberen Teil vom Glas, um den unteren kümmert sich ihr runder Bauch.

»Geht das Zeug wieder ab?«, frage ich sie im Vorbeigehen.

»Sehr schwer. Wir haben viel Arbeit damit, diese Stencils sind ja mittlerweile überall.«

»Wie nennt man die?«

»Stencils.«

Diese Stencils sind tatsächlich überall. Eine elektrische Klingel gibt einen Ton von sich, als ich die Bäckerei betrete. Die Verkäuferin ignoriert mich, doch ich kenne es nicht anders. Der einzige Kunde im Geschäft schaut sorgenvoll in seine Boulevardzeitung. Er steht wackelig da wie der Stehtisch vor ihm und kaut ruhelos an einem widerspenstigen Brot, dessen Stücke er nicht abgebissen bekommt. Die Wärme der Heizung macht den Duft von Teig und Zucker schwer und vollmundig und die Melange lässt mir das Wasser im Munde zusammenlaufen. Zu meiner Enttäuschung finde ich in der Auslage aber nur wenige belegte Brötchen und ein paar trockene Kuchen. Ich hatte auf Schinken, Mozzarella und Tomate im Baguette gehofft, etwas Saftiges und Knackiges, wie ich es hier so oft schon erworben habe. Von dem spärlichen Angebot spricht mich überhaupt nichts an. Wenn ich ein Gourmet wäre, würde ich sofort kehrtmachen und mir einen besseren Laden suchen, aber das bin ich nicht.

»Sie haben ja kaum Auswahl heute«, lasse ich die Verkäuferin wissen und habe damit endlich ihre Aufmerksamkeit. Ich kenne die Frau, weiß aber nicht, ob das auf Gegenseitigkeit beruht. Sie kommt mir wie ein kräftiger Kerl entgegengetreten, mit blondierter Dauerwelle und knapper Kittelschürze.

»Ick bitte um Vazeihung, aber wa ham Liefaschwierichkeitn.«

»Backen Sie denn nichts selbst?«

»Nee, wir backn nich selbst!«, antwortet sie mit einem rüden Lachen. Die Berliner Schnauze ist an grober Freundlichkeit nicht zu überbieten. Das formt den Charme, der Lieblingsbäckereien ausmacht, denke ich und lasse mich von ihrem verwegenen Angebot verführen.

»Dann nehme ich zwei Mettbrötchen und einen schwarzen Kaffee.«

Mehr Auswahl habe ich hingegen an freien Stehtischen und entscheide mich für einen mit angemessenem Abstand zu dem anderen Kunden. Das Brötchen ist pappig und es gelingt mir nur, es mit beiden Händen und einem festen Biss zu teilen. Gleich beim ersten Versuch ziehen sich die dünnen Sehnen des Metts zwischen meine Zähne.

Urban behauptete einmal, dass mir das nur passieren würde, weil ich Zahnseide benutze. Er würde das Zeug nie anrühren, sagte er, und bekomme darum auch nie etwas zwischen seine Zähne. *Weil schon etwas zwischen deinen Zähnen ist,* antwortete ich. *Nee*, war seine Antwort mit einem Lächeln, das seine Zahnreihe wie eine Ziegelwand präsentierte, mit Masse in jeder Fuge.

Der Kaffee ist auch nicht besser. Die Konsistenz des pechschwarzen Tranks ist zäh und er brennt wie Hochprozentiges in meinem Rachen. Immerhin habe ich das Gefühl, dass er die Zahnzwischenräume reinigt. Mein Nebenmann blättert hektisch und weithin gut hörbar in seiner Zeitung herum und zieht meinen Blick damit unweigerlich auf sich. Unauffällig versuche ich, die üppigen Überschriften zu lesen und drehe mich dann rasch weg, als er die Zeitung schüttelt, um sie zu zusammenzufalten. Widerwillig schaue ich in meine Kaffeetasse und trinke noch einen Schluck, um mir nichts anmerken zu lassen.

»Es ist schlimm, ganz schlimm«, sagt der Mann und sucht Augenkontakt zu mir.

»Was denn, Kumpel?«

»Die sterben alle. Ich kann es gar nicht glauben.«

»Wirklich?«, frage ich. »Wer ist denn noch gestorben?«

»Unser Außenminister, der … wie heißt der noch mal?«

»Der Beuckmann ist tot?«

»Genau der! Und der Verteidigungsminister liegt momentan im Koma. Der Ausnahmezustand steht wohl kurz bevor.«

Er schüttelt bekümmert seinen Kopf und mir vergeht sogleich der Appetit. Ich schiebe das Brötchen zur Seite und nehme stattdessen mein Handy zur Hand. Es zeigt normalerweise Eilmeldungen in der Infoleiste, aber dort ist nichts zu finden, obwohl ich mittlerweile wieder Netz habe. Nicht einmal für den Tod des Bundeskanzlers kam eine Meldung. Ich klicke auf die Nachrichten-App und entdecke dort die Ursache: Es baut sich keine Verbindung auf, die Server müssen Probleme haben.

»Es scheint, als würde die ganze politische Riege Stück für Stück ausgeschaltet werden«, knüpfe ich an das Gespräch an.

»Nicht nur die Politik«, korrigiert er mich. »In den letzten vierundzwanzig Stunden sind mindestens hundert Menschen Opfer *dieser Sache* geworden.«

»Hundert Menschen?« Ich bin erschüttert, denn das höre ich zum ersten Mal.

»Ja, und zwar ganz gewöhnliche Leute. Es kann offenbar jeden treffen, ganz willkürlich, egal ob Politiker, Sportler, Handwerker oder Fachverkäuferin«, dabei zeigt er auf die Frau hinter dem Tresen, die ihn anschaut, als hätte er gerade ihr Todesurteil unterschrieben. »Das sind keine politischen Anschläge, das sage ich Ihnen. Es kann jeden treffen«, wiederholt er und zeigt noch einmal auf die Frau hinter dem Tresen. Sie schickt ihm einen bösen Blick zurück.

»Was ist es dann?«

»Mein Bauchgefühl hat mir zuerst gesagt, dass es Terroristen sind … diese radikalen Islamisten … sagt man das noch? Hatte dazu was gelesen, wegen politisch korrekt.«

»Keine Ahnung.«

»Na ja, das haben wir doch alle gedacht.«

»Aber?«

»Obwohl jetzt schon überall Hatz auf die Moslems gemacht wird, deutet nichts darauf hin. Das sind keine Anschläge mit Spektakel, keine einsamen Wölfe, die *Allahu Akbar* rufen, es gibt keine Bekenner und auch keine Drohungen. Alles passiert ganz still und leise. Einige Zeitungen spekulieren, dass es eventuell ein uralter Virus aus dem Eis ist, der von den schmelzenden Polkappen stammt.«

»Ja, das habe ich auch schon gelesen. Aber das ist doch Unsinn. Glauben Sie das etwa?«

Er schiebt seinen Tweed-Hut aus der Stirn, schaut mich durch seine Nickelbrille ernst an und schüttelt dann den Kopf. »Nein, ich habe da meine Zweifel. Ich habe im Internet, auf einer Seite – na ja, so ein bisschen verschwörungstheoretisch, Freimaurer, Auge der Vorsehung und solche Sachen – gelesen, dass auf einem Geburtstag gestern Abend in Dahlem, wo fünfzehn Leute gestorben sind, eine merkwürdige, blaue Flüssigkeit gefunden wurde.«

Die blaue Flüssigkeit, da ist sie wieder! Ich habe sie genau vor Augen, die Spritzer auf dem Boden, die getrockneten Reste an der Wand, und dann sehe ich Urban vor mir, wie er sie mit seiner Zunge testet und daraufhin Magenkrämpfe bekommt. Ich bin vollkommen gefesselt von meiner eigenen Erinnerung und fahre mit der Hand über die Wunde auf meiner Wange. »Ein Gift vielleicht?«

»Ja, vielleicht. Aber die Flüssigkeit ist anders, haben sie geschrieben.«

»Anders?«

»Ja, vollkommen *unbekannt*. Stellen Sie sich das mal vor. Das war auf dem Geburtstag von diesem Moderator, Günther irgendwas.«

Er hat es nicht mit Namen, aber diese Entertainer kann ich mir auch nicht merken. »Joch?«

»Nein, der andere. Etwas jünger. Ich komm nicht drauf, steht hier aber irgendwo geschrieben.« Er schlägt die Zeitung wieder auf. »Überlegen Sie doch mal, Sie müssen an Ihrem eigenen Geburtstag den Löffel abgeben.«

»Grausam.«

»Wissen Sie, was ich am Wochenende erlebt habe?«

»Was denn?«

»Sie kennen doch den Glockenturm auf dem Olympiagelände, oder?«

»Ja, der damalige *Führerturm* am Maifeld.«

»Ich sah eine Frau von dort herunterspringen. Irgendwie ist sie über den Zaun geklettert und dann auf die Langemarck-Halle gestürzt. Ich stand unten.«

»Ist ja entsetzlich«, sage ich und empfinde sofort das Gefühl des Entsetzens in meiner Brust. Die Erinnerungen, wie ich als Achtjähriger den toten Mann auf der Straße liegen sah, kehren sofort zurück. Fürchterlich, wenn die Tage so beginnen.

»Ich habe es mit meinen eigenen Augen gesehen«, erzählt er weiter. »Aber nun habe ich gelesen, die war wohl schon vorher tot. Die Leute werden verrückt, seit der Sache mit dem Bundeskanzler. Möge er in Frieden ruhen.«

»Total verrückt. Draußen auf der Straße bekomme ich Beklemmungen, besonders mit diesen ganzen FEAR-WAR-Stencils.«

»Das sind Aktivisten, oder Hacktivisten, wie man jetzt sagt. Die wollen sich für den Bundeskanzler rächen oder so was in der Art. Die treten eine richtige Lawine los.«

»Woher wissen Sie das?«

»Steht hier geschrieben.«

»Die Welt wird immer schlimmer.«

»Das ist wahr«, sagt er, wendet sich seiner Zeitung zu und nuschelt: »Wie hieß der noch? Joch war es nicht …« Er vertieft sich schweigend in das Papier und es dauert seine Zeit … Zeit, die ich nicht habe, und auch als ich mich verabschiede und die Bäckerei verlasse, dreht er immer noch verloren die Zeitung in alle Richtungen. Er würde den Namen wohl auch nicht finden, wenn er direkt vor seinem Zeigefinger stünde.

BERLIN

Wieder im Auto, wieder kein vernünftiges Frühstück gehabt. Feuer auf der Zunge, Mett zwischen den Zähnen und tausend Fragen im Kopf. Mein Auto rollt wie im Autopilot über die Straße, die Pedalen spüre ich an meinen Füßen, das Lenkrad in meinen Händen, aber ich kann mich trotzdem nicht erinnern, den Motor angelassen zu haben. Ich muss geistig abwesend gewesen sein, als ich eingestiegen und losgefahren bin. Um mich herum geschehen die Dinge wie in einem Film; so als würde jemand anderes für mich die Kamera führen, beobachte ich diese mysteriös gewordene Stadt und lausche dem Erzähler, der ihr sonderbares Verhältnis zur Person Simon beschreibt.

Mein Auto führt mich die Seestraße entlang, am Geriatrie-Zentrum vorbei, über die Reinickendorfer, der lokalen Bezeichnung des Abschnitts der B 96. Auf der Osloer Straße überholen mich ein paar Polizeiautos mit lärmenden Sirenen, so schnell, dass meine Aufregung ihnen nur einen Schulterblick zuwirft und postwendend wieder verschwindet. Es gruselt mich, Berlin nicht in gewohnter Bewegung zu sehen – nicht nur im Straßenverkehr, sondern auch auf den Gehwegen und in den Geschäften – nervenblank, in Hektik und ohne diesen Hauptstadtstolz, der in schwachen Momenten mein Selbstbewusstsein erschöpft.

Als Zwölfjähriger kam ich hierher, das sind mittlerweile gut fünfundzwanzig Jahre, und ich will die meiste Zeit glauben, dass ich ein Teil dieser Stadt bin, bis ich ein befremdliches Erlebnis habe, das mich wieder herauskatapultiert. Es schickt mich heraus ins Nirgendwo, denn es fällt mir schwer, bei meinem Geburtsort von einem Zuhause zu sprechen, da ich keinerlei Verbindung zu diesem Kaff habe. Für mich ist es eben nur ein Kaff, ich nenne es nicht einmal beim Namen. Ich hätte es längst vergessen, wenn diese Heimatlosigkeit nicht immer zurückkehren würde, sobald Berlin mich abstößt. Wie jetzt, nach all den Geschehnissen. Es betrübt mich mehr, als ich mir eingestehen will. Ich bin in einem Alter, dem ein Trotz beiwohnt – kein Verdrängen mehr und keine Ignoranz – mit der nüchternen Botschaft: Das Kaff ist vergessen und Berlin braucht dich nicht, finde dich damit ab! Ich fahre über eine rote Ampel, drei Autos hinter mir halten davor an, doch Strafe ist nicht in Sicht, nur die Strafbarkeit springt wie ein Stromschlag in meine Brust. Gedankenverloren sehe ich der plötzlich ungewöhnlich gewöhnlichen Panke nach, einem Flüsschen, das der Spree zuläuft und von der Brücke aus wie ein Kanal erscheint, und vergesse den Verkehr dabei. Diese Stadt irritiert mich. *Warum bin ich eigentlich hier? Was mache ich in Berlin? Zwischen den Betrügern und Besserwissern, den Promis und Eminenzen, den Huren und Zuhältern, den Berufspolitikern und Arbeitslosen, den Ökos und Schlipsträgern, den Nazis und Kommunisten, den Multikultis und Ausländern, all den Großstadthaien?*

Unter dem Dach des Einkaufscenters vor dem Bahnhof Berlin-Gesundbrunnen prangert ebenfalls das rote Stencil von FEARWAR, es ist schon das 23+xte seit der Seestraße, danach habe ich die beiläufige Zählung nämlich aufgegeben. Fortan wird es ruhiger, die Fahrt parallel zum Humboldthain – in dem noch Flaktürme aus dem Zweiten Weltkrieg stehen – lässt mich mehr ins Grün schauen und gibt meinen Gedanken freien Lauf. So reizvoll die Stadt auch ist, so schön an ihren Spitzen, so hässlich ist sie in ihren Tiefen. Ich liebe den Tiergarten im Frühling, die Spree im Sommer, meine alte Schule im Herbst, den Weihnachtsmarkt vor dem Roten Rathaus im Winter. Glühwein mit Kirschen, Schmalzkuchen und Bratwurst – damit verbinde ich schöne Erinnerungen, zumindest habe ich das bis jetzt getan. Ich versuche, nicht daran zu denken. Es ist sonderbar, seit die Regierung sich vor Jahren hier breitgemacht hat, ist Berlin nur noch im Wandel … aus sich herausgekehrt und frei von jeder Identität. Es ist ein Biom von Feiglingen. Keiner traut sich mehr zu sagen: *Das bin ich und das sind meine Bedingungen!* Stimmt, es gibt sie noch, die letzten Identitäten. Es sind die Urgesteine, die Helmuts und die Fachdamen vom Backwesen, aber sie haben keine echten Stimmen mehr – auch wenn man sie authentisch nennt – sie sind nur noch ein romantisches Gefühl vergangener Zeiten. Sie sind zu kitschigen Füllstücken zwischen den Machern und Haien verkommen, quasi zum Altbau unter der Modernisierung.

Zu meiner Linken erscheint hinter den Stämmen kräftiger Jungbäume der Mauerpark, und seine ausgegrünte Fläche entfaltet sich, so weit ich blicken kann. Irgendwo dahinter ist die Max-Schmeling-Halle. Dort habe ich mal ein Konzert besucht. Schmeling, was für ein Boxer! Er wurde nur durch eine Disqualifikation seines Gegners Weltmeister, aber er gewann 1936 gegen Joe Louis. Joe Louis, der braune Bomber. Den Rückkampf verlor Schmeling allerdings in Runde eins. Weil die Nazis ihn als Rassenhelden feierten, mussten sie ihn nach seiner Niederlage natürlich schnell unter den Tisch kehren. Wieder erscheint das Grün vor meinen Augen. *Was ist nur mit dieser Stadt?* Weder ist sie Zuhause noch habe ich hier einen Platz. Aber vielleicht ist es genau das: Hier brauche ich keinen Platz. Hier ist jeder ein Individualist, Außenseiter mit Vorsatz sozusagen, und natürlich bin ich unter jenen auch ein Außenseiter. Aber die unvermeidliche Andersheit, die uns alle betrifft, gibt uns eine Gemeinsamkeit, ein Funken Einsicht in die Fremdheit des anderen. Niemand interessiert sich für mich, niemand gafft mich an oder macht abfällige Kommentare, weil ich einfach nicht ins Zentrum rücken kann. Ich bin zu unwichtig und die Berliner sind zu hip. Nichts bringt sie aus der Ruhe und mir gefällt diese entspannte – fast hätte ich *gleichgültige* gesagt – Gangart. Man findet sie überall, auch im Verkehr. Hier bin ich gern mit dem Auto unterwegs, denn der Berliner lässt sich trotz Großstadtwirr und Zeitdruck nicht aus der Ruhe bringen. *Du hast beinahe die Abfahrt verpasst und setzt kurzfristig den Blinker? Kein Problem, man lässt dich rein. Du stehst aus Versehen noch auf der Kreuzung, wenn es Rot geworden ist? Kein Problem, auch links und rechts findet sich noch Platz.* Ich behaupte nicht, dass es immer so ist, aber darin definiert sich eine Art der Berliner Mentalität, die seit dem Tod des Bundeskanzlers verloren gegangen ist. Die Stadt gerät gegenwärtig vollkommen aus der Spur und hinter den schnittigen Scheiß-egal-Visagen zeigen sich Fratzen … ganz hässliche Fratzen. Als ich in der Fünfzigerzone genau fünfzig Km/h fahre, ist es plötzlich ein Problem. Als ich bei Gelb an der Ampel halte, ist es auch ein Problem. Ich höre ein Hupkonzert hinter mir und im Rückspiegel sehe ich angespannte Gesichter, und erblicke Hände, die nervös durch Haare fahren und auf die Lenkräder schlagen. Die Unruhe hat die Menschen wie ein Virus infiziert und sie nimmt die ganze Stadt im Fluge ein.

Polizeisirenen heulen in der Nähe, aber es interessiert mich nicht mehr. Die Kultur-Brauerei zieht rechts an mir vorbei. Von der Brauerei, die unter den Nazis ein kriegsdienlicher Musterbetrieb war, ist nicht mehr viel übrig. Heute ist das *Bauensemble* ein Kulturzentrum. Woher ich das weiß? Ich habe es gelesen. Irgendwo. Ich schaue durch die verdreckte Frontscheibe zum Himmel hinauf. Heute früh hat mich die Sonne aus dem Bett gezerrt und ich habe das Haus in der Hoffnung verlassen, einen regenfreien Tag zu erleben, aber der Dunst hat das heitere Wetter abgewendet, und nun hängen bleischwere dunkle Wolken am Horizont. Ich spüre, wie mir die Kälte unter meine Kleidung kriecht, und drehe die Temperatur der Lüftung hoch, doch da bin ich schon vor Jan Kaufmanns Wohnung.

Sie liegt in der zweiten Etage eines restaurierten Altbaus. Typisch für den Prenzlauer Berg, es ist eines von den achtzig Prozent des Stadtviertels, die über siebzig Jahre alt sind. Steht unter Denkmalschutz und nett anzusehen für Leute, die sich für städtische Architektur begeistern können. Ehrlich gesagt, gehöre ich nicht dazu, sondern interessiere mich mehr für die Leere dazwischen, für einen Parkplatz, um genauer zu sein. Auch das ist typisch für ganz Berlin – die Parkplatzsuche. Es ist immer der gleiche Kampf, den die Menschen hier führen. An manchen Abenden habe ich mit der Parkplatzsuche mehr Zeit verbracht, als mit dem Zweck des Ausgehens. Ich parke nicht gern in zweiter Reihe, wie es eine der Berliner Unarten ist, und nehme stattdessen, wenn es schnell gehen muss, lieber einen unmarkierten Platz in einer wenig befahrenen Kurve. So wie jetzt. Doch beim Aussteigen hupt mich ein vorbeifahrendes Auto an und ich rufe ihm hinterher: »Mach dich mal locker, du Idi!« Wie gesagt, die Stadt gerät vollkommen aus der Spur.

Die Haustür von Jan Kaufmanns Gebäude steht offen, eventuell nur mit Vorsicht angelehnt, damit sie nicht ins Schloss fällt. Das ist mir durchaus recht, denn so kann ich das Haus ungeladen betreten und direkt an seiner Wohnungstür klingeln. Es ist ein lästiges Geräusch, ein schrilles Rasseln, das sich an meinem Zeigefinger elektrisiert und bis zu meinem Trommelfell springt. Doch es tut sich nichts. Ich klopfe ungeduldig mit der geballten Faust gegen die Tür. »Komm schon!«, flüstere ich. Noch einmal drücke ich die Klingel und setze mit der Faust nach. Der hohle Schlag weckt mein Bewusstsein. *Warum mache ich das?* Als käme es auf eine Minute an. Ich nehme die Hand von der Tür und atme einmal tief durch.

»Der ist nicht da«, sagt nun eine pfeifende Stimme. Ich drehe mich um und sehe Kaufmanns Nachbarn, der seelenruhig die Treppe zu mir herunterspaziert. Der kräftige Bulle mit pechschwarzer Lederjacke und kastanienbrauner Schiebermütze lächelt mich kaum sichtbar aus seinem geschwollenen Gesicht an. Er sieht aus wie ein Boxer aus vergangenen Zeiten und stinkt nach toxischem Aftershave, das den Flur in Sekunden einnimmt.

»Der Herr Kaufmann ist nicht da, sagen Sie?«

»Nein, der ist gerade gegangen. Haben Sie ihn nicht gesehen?«

»In diesem Moment? Ich muss ihn wohl knapp verpasst haben.«

Er wirft einen Blick aus dem Flurfenster. »Ist er das nicht da draußen?«

»Danke, Kumpel!«, rufe ich und spurte die Treppe hinunter. Ich reiße die Haustür auf und laufe in die Richtung, in die der Nachbar durch das Fenster gezeigt hat. Kaufmann kann ich nicht entdecken, laufe aber dennoch noch ein Stück, drehe mich einmal um meine Achse und sehe eine Person auf dem Gehweg gegenüber. Ich will ihr folgen, doch im selben Moment bemerke ich, dass es eine Frau mit olivgrünem Parka, viriler Figur und Kurzhaarfrisur ist. Mein Blick wandert sogleich durch die Parkreihen, woanders kann ich ihn nicht verloren haben. Doch ich sehe ihn nicht. »Wo bist du?« In der anderen Richtung ist er auch nicht zu finden, nur Autos füllen die Räume und keines davon bewegt sich. Meine Nase läuft von der kurzen Phase der Anstrengung und meine Lunge schmerzt wie nach einer überdehnten Sporteinheit. Ich kehre zurück zu seinem Haus, in der Hoffnung, ihn noch anzutreffen und ziehe an der Eingangstür. Sie lässt sich nicht mehr öffnen, muss ins Schloss gefallen sein, als ich rausgelaufen bin. Ich klingle am Tableau und bekomme wieder keine Reaktion von Jan Kaufmann. »Das kann doch nicht wahr sein!«

Genervt setze ich mich ins Auto, schlage die Tür hinter mir zu und mache mich auf den Weg zum Büro, das fünf Gehminuten vom Alexanderplatz entfernt ist. Die Prenzlauer Allee führt mich geradewegs dorthin, oder genauer gesagt sie und die Karl-Liebknecht-Straße, in die sie nach dem ehemaligen Kaufhaus *Jonaß* übergeht, das einst die Hitlerjugend und später die SED mit ihren Ideologien zu entseelen versucht haben. Doch wo der Kapitalismus seine Hände drauflegt, ist mit anderen Ideologien nun mal nicht beizukommen.

Wie immer suche ich mir einen Parkplatz im anliegenden Wohnviertel, was gewöhnlich ganz flott geht, da viele Anwohner mit ihren Autos zur Arbeit fahren. Doch heute ist es etwas anderes, da die meisten Autos unbewegt geblieben sind. Auch nach mehreren Minuten werde ich nicht fündig und fahre die Straßen sinnlos auf und ab, bis endlich ein Parkplatz vor meinen Augen frei wird. Das habe ich zumindest geglaubt, muss aber mitansehen, wie ein seniorenalter, weißhaariger Herr mit seiner Zunge im Mundwinkel rückwärts einparkt, anstatt loszufahren. *Was mache ich eigentlich in Berlin?*

DIE SCHÖNE EVA

Ich bezahle die Zeitung am Kiosk mit Kleingeld und schaue auf mein Handy. Es ist 10:53 Uhr.

»Das Ende ist nah! Das Ende ist nah!«, schreit ein junger Mann auf der gegenüberliegenden Straßenseite und wetzt von Passant zu Passant, um seine Botschaft kundzutun. »Das Ende ist nah! Das Ende ist nah!« Man kann sagen, was man will – in Panik geraten, wie der da, oder ein unbelehrbarer Optimist bleiben – aber eines kann man nicht leugnen: Das Ende kommt tatsächlich näher. Ich weiß nicht, wann es eintritt, ob mit meinem persönlichen Tod, einem Atomkrieg am Ende der menschlichen Vernunft oder wenn der Stern Gliese 710 in über einer Million Jahren unzählige Kometen aus dem Kuipergürtel auf die Erde schießt, doch spätestens, wenn dem Universum die Puste ausgeht und es entweder wieder in sich zusammenfällt, zerreißt oder ausfriert, dann ist Schluss mit unserer Geschichte. Endgültig. Jede Mühe und alles Erreichte, die Erfolge und Werke von Abermilliarden Menschen, von strebsamen Leben und genialen Erleuchtungen werden verschwinden, als hätte es sie nie gegeben, als wären ihre Erscheinungen nur logische Wahrscheinlichkeiten eines größeren Systems gewesen. Das ist deprimierend, wenn man mal darüber nachdenkt. Möglicherweise kann die Menschheit irgendwann ja durch ein Schwarzes Loch oder mit einem Sprung über die Zeit in ein anderes Universum fliehen und all die wertvollen Erinnerungen retten. Oder wir löschen uns selbst aus und werden sie zurücklassen für ein intelligenteres Leben, das uns für unser Wirken und all unsere Probleme belächelt. *Aber wer wird sich an mich erinnern?* Ich werde durch das Netz der Geschichte fallen und lediglich ein Name ohne Person sein.

Ich hebe meinen Kopf und schaue in den Himmel hinauf, der wie unser Herr über uns steht, und sehe ihn … den Berliner Fernsehturm. Sein Grau deckt sich mit der trüben Farbe des Himmels und als die letzte Wolke eines heiteren Kolorits davonzieht, verschwindet auch der 368 Meter große Koloss aus meiner Sicht. Ich schließe meine Jacke, reibe meine eisigen Hände und stecke sie in die Taschen.

Es ist kalt geworden, richtig kalt, stelle ich fest und sehe einen alten Obdachlosen auf dem Gehweg sitzen. Er sieht aus wie ein in die Wildnis ausgesetzter Rentner, dem Mundhygiene und Jacke abhandengekommen sind. Seine roten Hände sind in löchrige Handschuhimitate eingewickelt; in schmutzige Tücher oder getragene Unterhosen. Ich gebe ihm etwas Kleingeld und frage mit einem Fingerzeig auf den Verrückten, der auf der anderen Straßenseite umherirrt, ob das Ende wirklich nahe ist.

»Ach, Probleme kommen, Probleme gehen. Menschen kommen, Menschen gehen. Das wird schon wieder.«

Vielen Dank, das habe ich gebraucht.

Um die Ecke betrete ich ein bejammernswertes Gebäude, in dessen Erdgeschoss mein Büro liegt, und halte kurz inne. Am Ende des Ganges steht eine bildschöne Frau und ich mustere sie rasch, bevor sie mich bemerkt. Ihr Anblick ist atemberaubend, stimmverschlagend, ein wahrer Genuss für einen Gelegenheitskonsumenten wie mich. Sie ist mondän, eine klassische Schönheit, die mich an die jungenhaften Frauen aus den *Roaring Twenties* erinnert. Ich wette, dass unter ihrem Glockenhut einer dieser Bubiköpfe steckt und unter ihrem langen Mantel eine vollweibliche Figur. Ich schmachte sie an und registriere es selbst – ich benehme mich wie ein absoluter Idiot in der Gegenwart schöner Frauen.

»Da sind Sie ja«, hallt ihre erwachsene, frauliche Stimme nüchtern über den Flur. Sie kennt mich anscheinend, damit habe ich nicht gerechnet. Auch hier fehlen mir die Erinnerungen und sogleich habe ich die böse Ahnung, dass es unangenehm für mich werden wird. Denn obwohl es wichtig wäre, mir nichts anmerken zu lassen und das Spiel mitzuspielen, fällt es mir schwer, da ich kein sozialer Routinier bin, und schöne Frauen sind ein rotes Tuch für meine stiergleiche Idiotie.

Ich gehe auf sie zu, schaue auf ihre Grübchen, dann zögerlich in ihre Augen und reiche ihr schließlich meine spannungslose Hand, die lasch vom Gelenk hinab hängt.

Contenance, Kumpel! Gib ihr einen festen Händedruck, du bist ein richtiger Mann und willst doch einen professionellen Eindruck hinterlassen. Vielleicht braucht sie ja eine Alarmanlage oder gar Personenschutz. *Das könntest du machen, sie persönlich beschützen. Es gibt kein Nein in deinem Job, jeder Cent ist wichtig.* Ich drücke ihre Hand fester und sie belohnt mich dafür mit einem zurückhaltenden Knicks. Viel besser! Ich bin hin und weg.

»Kommen Sie doch rein«, bitte ich sie und halte ihr die Bürotür auf. Kühle, abgestandene Luft schlägt uns entgegen.

»Ich war gestern schon mal hier.«

»Aha«, sage ich, als ich schnell das Fenster öffne und die Heizung aufdrehe. »Was? Ach so, gestern, da war ich …«, ich überlege und erinnere mich plötzlich wieder an meine Zeit im Polizeigewahrsam. »Da war ich nicht da.«

»Das habe ich bemerkt.«

»Sie hätten mich anrufen können.«

»Das habe ich versucht, aber die Telefonnetze machen momentan Probleme.«

»Die Netze, genau. Es ist wirklich lästig, was hier gerade passiert. Kann ja kein Mensch vernünftig arbeiten.« Ich schaue auf mein Handy. Es hat wieder Empfang und einige Anrufe und E-Mails blinken in der Statusleiste auf, nur keine Nachrichtenmeldungen, was mich wundert. »Es geht wieder. So einigermaßen zumindest«, erkläre ich und strecke mein Telefon in die Luft, damit sie es aus drei Meter Entfernung selbst prüfen kann, sofern sie Adleraugen hat.

Sie nimmt auf dem Kunstlederstuhl vor meinem rustikalen Pressspan-Schreibtisch Platz, apart und fein, öffnet die oberen Knöpfe ihres Mantels, was ich als Einladung annehme und werfe einen Blick auf ihr volles Dekolleté. Es gibt bestimmt auch professionelle Gründe das zu tun, aber mir fällt gerade keiner ein. Vom Verschluss des Mantels befreit, entfaltet sie ein anmutiges Bouquet, ein Akkord Vanille und etwas Blumiges, Rose würde ich sagen. Rosen, sie alle duften nach Rosen. Sie schlägt ihre langen Beine übereinander und kramt in ihrer Handtasche herum, wie ich glaube, um sich an Ort und Stelle zu situieren. Ich lehne mich in dem Stuhl weit zurück, verschränke meine Arme hinter dem Kopf und beobachte sie.

Das wäre der ideale Moment, von den guten Seiten meines Jobs zu schwärmen – am besten in illustrer Runde mit Freunden – als käme das ständig vor, so eine Wucht von einer Frau in meinem Büro zu haben. Ja, an manchen Tagen ist dieser Job außergewöhnlich, aufregend, abenteuerlich und auch mal erotisch. Nur was sind diese Tage? Es sind bestimmt nicht die meisten, denn die sind Alltag, sind dröge und langweilig. Stinklangweilig sogar. Der Qualm der Zigarette und der Alk im Bierchen sind dann die einzigen Filter, die mich auf Distanz bringen können. Aber das würde ich meinen Freunden natürlich nicht erzählen. Meine Geschichte würde mit dieser Frau beginnen. Die besten Tage sind nämlich jene, an denen wunderschöne Frauen in mein Büro kommen und mich um meine Hilfe bitten. Mein Dienst ist eine Hilfe und auch wenn Hilfe nicht gleich Hilfe ist, stelle ich mir vor, wie ihr die Verzweiflung in den Augen stünde, als ginge es um Leben und Tod, und ich würde fragen: *Sie brauchen also meine Hilfe?*

»Wie unhöflich von mir!« Ich springe auf, eile zur Kaffeemaschine hinüber und schalte sie an. »Wollen Sie auch einen?«

Sie schüttelt den Kopf und ich bemerke, dass sie ihren Hut abgenommen hat. *Ein Bubikopf, ich habe es doch gewusst!* Steht ihr ausgesprochen gut. Mithilfe einer nach vorn rotierenden Handbewegung, versucht sie, Worte zu finden, um das Gespräch zu beginnen, aber ich komme ihr zuvor.

»Entschuldigen Sie bitte«, sage ich, »ich weiß nicht, ob es der Stress ist oder etwas anderes, aber ich kann mich gar nicht an Sie erinnern.«

»Nein, nichts dergleichen. Wir kennen uns nicht.«

»Nicht?« Ich muss lachen, weil ich geglaubt habe, dass der Blackout schon wieder Herr über mich geworden ist. Dabei schwappen ein paar Tropfen Kaffee auf den Vinylbodenbelag, die ich mit dem Schuh verwische während sie mich dabei beobachtet, und setze mich hastig zurück in meinen Stuhl. »Als Sie mich draußen erkannt haben, habe ich schon an meinem Verstand gezweifelt, denn ich war mir sicher, dass ich eine Frau wie Sie nicht vergessen hätte.« Ich lächele sie charmant mit der Kaffeetasse am Mund an.

»Flirten Sie etwa gerade mit mir?«, fragt sie und ihr Tonfall klingt eher traurig als erbost.

Fast verschlucke ich mich. »Ich? Nein! Das verbietet meine Berufsethik.« Ich setze schnell die Tasse an, trinke noch einen Schluck und mache dann ein unbestimmbares Geräusch zwischen Nachdenklichkeit und dem Beginn eines Satzes. Um davon abzulenken, was auch immer zwischen uns ist, frage ich nach ihrem Namen. »Den habe ich gerade nicht verstanden.«

»Entschuldigen Sie bitte, wo bleiben nur meine Manieren? Ich heiße Eva Winkler.«

»Meinen Namen kennen Sie ja bereits. Simon Wächter.« Ich zeige auf das große Schild an meiner Bürotür.

»Das ist wahr, Herr Wächter. Ich habe über Sie im Internet recherchiert, denn …« Sie zieht etwas aus ihrer Handtasche und legt es auf meinen Schreibtisch. Mit Neugierde lehne ich mich nach vorn und sehe, dass es meine Visitenkarte ist. »… die habe ich nämlich im Zimmer meines Sohnes gefunden.«

»Sie haben einen Sohn?«

»Ja, und ich wundere mich, warum ein Zwanzigjähriger die Karte eines Sicherheitsexperten hat.« *Höre ich da richtig? Zwanzig Jahre ist ihr Sohn? Mein Gott, ich hätte schwören können, dass sie höchstens Mitte dreißig ist.* »Finden Sie das nicht auch merkwürdig?«, fragt sie mich im strengeren Tonfall.

»Ja … Nein, eigentlich nicht«, korrigiere ich mich. »Ich verteile diese Visitenkarten in ganz Berlin, lege sie überall aus. Jeder könnte sie in die Finger bekommen, darauf habe ich keinen Einfluss.«

»Sie kennen meinen Sohn also nicht?«

»Ich glaube nicht. Wie heißt er denn?«

»Maximilian. Moment, ich habe ein Foto von ihm dabei.«

Sie klappt ein Portemonnaie in Größe einer kompakten Handtasche auf und zeigt mir einen jungen Mann, dessen Gesicht ich, wie erwartet, das erste Mal sehe. Dürr, blutarm, braun-gelocktes Haar, schludriges T-Shirt – ein vollkommen durchschnittlicher, unscheinbarer Typ. Er muss nach seinem Vater kommen.

»Nie gesehen.«

Sie wirkt enttäuscht. »Ich hatte gehofft, Sie könnten mir weiterhelfen.«

»Das kann ich vielleicht auch«, sage ich und notfalls würde ich auch ihre Wohnung streichen. »Können Sie mir denn mehr erzählen?«

»Es geht irgendetwas Merkwürdiges vor sich. Seit einiger Zeit verschwindet Maximilian nachts heimlich aus der Wohnung und schleicht sich morgens wieder rein. Er denkt, ich merke es nicht, aber ich kann nicht schlafen, wenn ich weiß, dass mein Kind nachts irgendwo da draußen unterwegs ist. Keine Mutter kann das. Dann wurde es letzte Woche plötzlich schlimmer, als er auf einmal für drei Tage am Stück verschwunden war. Ich habe selbstverständlich die Polizei eingeschaltet. Als er wiederkam, tat er so, als wäre nichts gewesen und sprach kein Wort über die ganze Sache. Für die Polizei war der Fall mit seinem Auftauchen geklärt, aber ich befürchte, dass es erst der Anfang war. Er ist Fachinformatiker und sitzt schon von Berufs wegen viel am Computer, allerdings ist es in letzter Zeit anders geworden. Er ist kaum noch ansprechbar. Als er gestern Nacht wieder draußen war, habe ich kurzerhand sein Zimmer durchsucht und einen verdächtigen Flyer unter seinem Bett gefunden. Schauen Sie mal.«

Das längliche, hellrote Papier gleitet über meinen Schreibtisch und landet genau vor mir. Die Roboterlady schon wieder. Ihr Blick droht mir, als hätte sie auf dieses Treffen gewartet. Sie spielt mit meinen Nerven und schüttelt meinen ganzen Leib. Ein kleiner Text unter ihrem Kopf füllt das Blatt in einem digitalen Imitat von irgendeiner Schreibmaschinenschrift aus. Ich verdecke ihr Gesicht mit dem Daumen, als ich lese: *Wer wurde nicht betrogen? Wer nicht bestohlen? Egomanische und gierige Politik und Wirtschaft nehmen uns unser Hab und Gut und lösen unsere Werte und Identität auf. Wir stehen vor dem Kollaps der Welt und sie treiben uns in den Dritten Weltkrieg. Sei weise und wehre Dich dagegen! Wehre Dich gegen den Zustand der Welt, wie er ist, und leiste Deinen Beitrag. FEARWAR sucht Dich!*

»Haben Sie davon schon etwas gehört?«

»Hm.« Ich brauche einen Moment, da ich den Text ein zweites Mal lese. »Ja, habe ich. Heute sah ich Dutzende oder gar Hunderte Graffiti mit dem Roboterkopf in der ganzen Stadt verteilt. FEARWAR ist irgendeine neue Aktivisten-Schrägstrich-Hacktivistengruppe, sagt man.«

Sie sieht mich besorgt an. »Die Graffiti habe ich auch gesehen. Was hat diese Gruppe vor?«

»Das weiß ich nicht.«

»Ich bin mir sicher, dass Maximilian tief mit drinsteckt. Er ist schon wegen Computer-Hackens vorbestraft und rutscht immer tiefer in diese Unterwelt. Ich verstehe es nicht, aber möglicherweise wird er sich bei Ihnen melden wollen.« Sie hebt meine Visitenkarte wie ein Signal.

»Legen Sie sie am besten wieder unauffällig zurück, dann ruft er mich vielleicht an.«

Sie hält sich an ihrer Handtasche fest und sucht Blickkontakt zu mir. »Ich bin vollkommen verzweifelt, wissen Sie? Die Polizei will mir nicht helfen und ich weiß nicht, an wen ich mich sonst noch wenden kann. Können Sie meinen Sohn da rausholen, Herr Wächter? Sie sind doch ein Profi. Ich bezahle Ihnen auch tausend Euro«, sagt sie, ihre Stimme bebt dabei und ihre Verzweiflung kann ich in ihren Augen lesen. »Das Geld habe ich hier.«

Der Duft von Rosen zieht hinüber zu meinem Tisch, mit einer Note Minze aus ihrem Munde. Als sie das Wort Sohn sagt, formt er sich zu einem Herzen, einem roten, prallen Herzen, das in meine Richtung schlägt. *Wie schwer kann das schon sein?* Ich folge dem blassen Bengel nachts zu seinem Club der toten Nerds, hau dort mal ordentlich auf den Tisch und werde ihm dann sagen, dass er sich ab sofort da raushalten soll. Das ist leichtverdientes Geld. Sehr viel Geld sogar, und eine gute Tat ist es auch noch. Ich rette den jungen Mann und Eva wird mir auf ewig dankbar sein. Das gefällt mir. Wieder fühle ich mich wie meine Helden aus den Comicbüchern und Groschenromanen …

wie die schroffen Privatdetektive, die den Fällen furchtlos nachgehen, komme, was wolle. Ich lege meine Beine auf den Aktenschrank neben dem Schreibtisch, lehne mich mit einem kurzen Blick auf das Foto des Bengels zurück und schaue dann die schöne Eva an. Die besten Tage sind jene, an denen wunderschöne Frauen in mein Büro kommen und in ihrer Verzweiflung um meine Hilfe bitten.

EIN HOHES TIER

Alles geht in die Brüche, die schöne Eva hat es mir erzählt. Die Welt gerät aus dem großen Lauf der Dinge, eine surreale Kraft reißt sie nieder, bis sie auf dem gerechten Boden der Realität zerschlagen wird in ihre kleinsten Teile. Sie sagte: »Es sind nicht nur die mysteriösen Attentate, die Symbole an den Häuserwänden und die Stromschwankungen in der ganzen Stadt, die Chaos bringen, es ist vor allem die Angst unter den Leuten.«

Das waren ihre Worte, wenn ich mich richtig entsinne, denn es fiel mir schwer, mich auf den genauen Laut zu konzentrieren, da ihre Geberin so viel schöner war. Ach, die alte Geißel Angst, diese unbestimmte Furcht, sie konnte noch jeden korrumpieren und allem das Vertrauen entziehen. Sie ließ in Supermärkte und Apotheken einbrechen, auf Flüchtlingsheime Anschläge verüben, Fremde lynchen und Schulen und Bibliotheken schließen. Nicht allgemein gesprochen, nicht auf die Geschichte unserer Zeit zurückgeblickt, sondern ganz konkret seit dem Tod des Bundeskanzlers. So wurde es mir zumindest zugetragen. Ich wollte es selbst nicht glauben, aber die Informationen stammen von reinen Lippen, die sich bestimmt nicht mit Lügengeschichten beschmutzen würden. Wir erleben keinen Prozess, den man über Wochen oder Monate mit ansehen muss, sondern einen Himmelssturz von jetzt auf gleich. *Was sind da meine Zeitungen von gestern, die alle noch Bundeskanzler Dr. Engel auf dem Titelblatt haben?* Im besten Falle Erinnerungen an Zeitgeschichte und im schlimmsten Brennmaterial, Toilettenpapier oder ein probates Mittel gegen Feuchtigkeit in den Schuhen, denn sie konnten noch nicht berichten, dass die Regierung gnadenlos überfordert ist und nicht schnell genug reagieren kann, so stark wird sie von allen Seiten durchgeschüttelt. Der Vize Eckstein, der das Amt unseres Kanzlers kommissarisch übernimmt, ist gesundheitlich äußerst angeschlagen und fehlt bereits am ersten Tag. Neuwahlen stehen aus und es droht der Ausnahmezustand. Mir ist die Dimension noch immer nicht ganz bewusst und um ehrlich zu sein, kann ich auch die Konsequenzen nicht absehen. Was hier passiert, geschieht viel zu schnell für eine adäquate Reaktion und für einen Gesamtüberblick zu langsam. Eine Bewegung, die man spürt, aber nicht identifizieren kann. Ursache unbekannt, Wirkung vernichtend. Die schöne Eva hat recht. *Die Welt Geht In Die Brüche.*

Ich sitze allein in meinem Büro vor dem Computer und versuche im Internet zu recherchieren … versuche, für all die mündlichen Überlieferungen Belege zu finden, aber es bleiben nur Versuche, denn ärgerlicherweise habe ich die aktuelle Zeitung nach dem Bezahlen am Kiosk vergessen und das Internet macht immer noch Probleme. Ich kann weder die Suchmaschine noch die Onlinejournale erreichen, die ich bevorzugt lese, und gerate an die Grenzen meiner Internetkompetenz. Das ist offenbar nicht mein Tag, ich bin nicht auf der Höhe und kreative Lösungen wollen mir erst recht nicht einfallen. Ich sehe mich um, suche nach einem gescheiten Einfall an den Wänden, im Regal und auf dem Schreibtisch, ziehe die Schubladen auf, finde aber nur Tacker, Locher und Kulis. Es ist nicht einmal Papier im Drucker. Mein Laptop steht auf einer mehrseitigen Schreibunterlage, die ich mit abstrakten Anordnungen und Notizen vollgekritzelt habe. Ich hebe ihn an und schaue genauer. Eine Einkaufsliste ist an den Rand geschmiert und ich lese Sätze wie *J.J. vor Robert F. warnen.* Ich weiß noch, das betraf einen alten Fall, der lange, lange her ist. Ich habe es notiert und trotzdem vergessen, ihn zu warnen. Viele Kreise in Formen von Hunden und Geschlechtsteilen, die Spätpubertäre beim Telefonieren malen. Mitten in einem erbsengroßen Hoden steht winzig klein eine Internetseite notiert, die ich nur mit Mühe entziffern kann. *sill.to* heißt sie. Ich tippe sie in die Adressleiste des Browsers ein, drücke auf Enter und bekomme den Beweis, dass das Internet noch intakt ist, denn vor mir poppt nun ein Bild von Winston Churchill auf. Es ist ein lachender Churchill mit einem rotleuchtenden Maschinenauge und einem Fieberthermometer in seinem Mund, darunter das Kunstwort SEARCH-ILL mit einem Suchfeld und einem Zitat, wahrscheinlich von ihm. *Die Kunst ist, einmal mehr aufzustehen, als man umgeworfen wird.* Nett. Ich schreibe das Wort *Nachrichten* in das Suchfeld und drücke abermals auf Enter. *Ihre Suche ergab 0 Treffer.* Dann probiere ich es mit *Suchmaschine* und *Test*, aber nichts davon funktioniert. Ich scrolle herunter und lese den Satz: *Außer Dienst seit 1965*. Das Aha-Erlebnis zieht in Form eines Schmerzes von meinem Scheitel über die Stirn und ich taste ihn mit meinen Fingern nach. Es ist eine Witzseite. Ich verschwende meine Zeit mit einem dämlichen Witz!

Wie kann man denn sonst etwas im Internet suchen? Ich weiß, dass ein großer Softwarehersteller eine recht junge Suchmaschine betreibt, aber mir will partout der Name nicht einfallen, ich erinnere mich außerdem an eine, die ich in den Neunzigern das letzte Mal benutzt habe. *Gibt es die überhaupt noch?* Erreichen kann ich sie auf jeden Fall nicht. Gleiches gilt für meine Lieblingssportseite und ein Technikmagazin, ich bekomme auf nichts Zugriff. *Diese Webseite ist nicht verfügbar*, meldet mir der Browser wiederholt. Ich hatte die E-Mails bereits über mein Handy gecheckt und rufe nun meine Mailbox noch einmal über den Browser auf. Das funktioniert zumindest, doch ich sehe, dass nichts Wichtiges den Weg in meinen Briefkasten gefunden hat, nur Spam-Nachrichten, die ich aus Mangel an Optionen zu lesen beginne, bevor ich eine nach der anderen in den Papierkorb verschiebe. Moment mal, da ist der Newsletter einer Online-Boulevardzeitung, den ich wöchentlich bekomme, weil ich irgendwann mal bei einem Gewinnspiel mitgemacht habe, mich aber nicht abmelden kann. Ich klicke darauf. Tatsächlich, sie lädt. Sie hat anscheinend einen stabilen Server. Beim ersten Überfliegen deutet meine Vernunft permanent auf das Kreuz oben in der Ecke, das die Seite wieder schließt. *Aber was soll ich sonst tun?*

Die Zeitung ist nicht wie die anderen Klatschblätter, die ich in Papierform kenne. Die anderen bewegten sich bereits nahe an der Grenze des Zumutbaren, aber diese hier ist noch üblerer Schund, der alle Grenzen mit Anlauf nimmt. Es braucht Zeit, bis meine schutzlosen Augen die Artikel akzeptieren, und eine Übereinkunft über die Lesbarkeit mit der schrill-bunten und Sehnerv betäubenden Erscheinung dieser Geistesfallen finden. Die Titel sind nicht groß, das wäre untertrieben, sie sind so überdimensioniert, dass ich meinen Laptop zurückschieben muss, um die einzelnen Worte identifizieren zu können. Meine höhere Bildung rebelliert unwillkürlich beim Lesen jedes Satzes. »So ein Müll!« In jeder Zeile hirnloser Quatsch. Die Beschreibungen sind tendenziös, haben zu kurzgegriffene Interpretationen, horrende Mutmaßungen und eine durchweg unseriöse Quellenlage. Bilder über Bilder, mehr davon als Worte in jedem Artikel, halb verpixelte Gesichter und weibliche Schritte unter zu kurz geratenen Miniröcken, aus Nähten platzende Bikinis und Prominente, die aus Autos steigen oder rasch hinter Haustüren verschwinden. *Wer konsumiert denn so etwas bitte freiwillig?* Das frage ich mich bei jedem Artikel, den ich anklicke – außer bei den Nacktbildern, denn diese Reize lassen sich natürlich leicht erklären – doch irgendwann wird es zur bloßen Schutzbehauptung. Es passiert unterschwellig, und viel zu spät bemerke ich, dass dieser schamlose Nonsens eine unbeschreibliche Faszination auf mich ausübt und die Überschriften mich wie Menschenfänger von Artikel zu Artikel locken. Ich bin bereits ihr Opfer und begierig lese ich all den Klatsch, Tratsch und die anrüchigen Artikel, bis ich tief in eine morbide Gedankenwelt abseits meines Glaubens gerate. *Nein, das kann nicht wahr sein! – Das ist doch Unsinn! – Aber wenn ich es recht bedenke …*

Vielleicht ist nicht alles Lüge, was ich lese, und vielleicht war ich naiv, vieles nicht glauben zu wollen, weil der miese Ruf dieser Art von Journalismus zwangsläufig vorauseilt. Zugegeben, es klingt absurd, aber hier steht es bunt auf weiß und es ist nicht gänzlich unlogisch: *Erleben wir gerade eine Invasion von Außerirdischen?* Diese wilden Gedanken hatte ich insgeheim auch schon, aber ansonsten bin ich noch bei gesundem Verstand und sehe keinerlei Anzeichen für eine Einweisung in die Anstalt. Ich hielt eine unbekannte Krankheit durchaus für plausibel, bis ich das Video der Überwachungskamera im Hotel gesehen habe. Dieser Schatten und jener im Flur nach dem Verhör beschäftigen mich immer noch. *War es ein fremdes Wesen, ein irdisches oder außerirdisches … ein, ein weiß nicht, … sogenanntes Monster?* Unwahrscheinlich, dass der blitzschnelle Schatten von einem Menschen stammte. Der Artikel hat ein vorgebliches Beweisvideo verlinkt und als ich es starte, halte ich unwillkürlich meinen Atem an. Es zeigt ein pixeliges Licht, das vom Himmel in einen Hinterhof sinkt und sich dort in eine schattenhafte Bewegung transformiert. Beim zweiten Abspielen konzentriere ich mich genau auf den Schatten, der sich unheimlich lebendig bewegt. Am Ende wird auf den oberen Teil des mutmaßlichen Leibes gezoomt und ein dreisekündiges Standbild gezeigt, bevor das Video wieder ausblendet. *Was war das? Ein Gesicht?* Ich sehe es mir unzählige Male an, schaue minutenlang und ohne Pause in das grelle Licht, bis irgendwann bunte Flecken vor meinen Augen erscheinen.

Ich bemerke, wie viel Zeit ich mit dem Klatschblatt verbracht habe, minimiere die Internetseite widerwillig und lehne mich erschöpft in den Stuhl zurück. *Konzentriere dich auf das Wichtige! Was weißt du?* Ich weiß, dass der Bengel bei der schönen Eva wohnt, in einer Eigentumswohnung in Berlin-Tiergarten. Sie lebt getrennt von ihrem Mann, die beiden sind also allein. Ich weiß auch, dass er sich jede Nacht rausschleicht und der Flyer verrät eine Verbindung zur Aktivistengruppe FEARWAR, die für die Graffiti in den Hauseingängen verantwortlich ist. Heute Abend werde ich ihm folgen, sagen wir mal – ich werfe einen Blick auf die Wanduhr, deren Zeiger beide senkrecht stehen – in etwa acht Stunden. Ich habe also noch einen Drittel Tag Zeit, mathematisch gesprochen, um meine Quellen zu mobilisieren, und ich war nicht untätig bis jetzt. Nachdem die schöne Eva mein Büro verlassen hatte, habe ich einen alten Schulfreund angerufen. Alexandro Zinn, ein hohes Tier bei der Bundeswehr. Wir pflegen immer noch einen losen Kontakt, trinken gelegentlich ein Bierchen zusammen und reden meistens über alte Zeiten. Dabei kann ich ihm aber immer Informationen rauskitzeln, die unter Verschluss stehen, nur so zum Spaß, weil es aufregend ist, hinter die Kulissen zu schauen. Er weiß nicht nur über alles Bescheid, sondern zieht auch die Fäden. Denn wenn ich von einem hohen Tier spreche, dann meine ich einen wirklichen Entscheider, dessen Stimme weit über die Bundeswehr hinausgeht und politisches Gewicht hat, jemanden mit streng geheimen Informationen, die nur für eine Handvoll Menschen zugänglich sind. Sandro ist ein ganz großer Fisch im Becken, genauer kann ich es nicht sagen, denn ich kenne mich mit den Rängen bei der Bundeswehr nicht aus. Ich selbst habe nie gedient, aber wenn ich die Wahl hätte, ob ich Sandro oder den Bundeskanzler zu einer Sache befragen könnte, würde ich mich jederzeit für Sandro entscheiden. Das ist ein pietätloser Vergleich, wie ich gerade bemerke – möge der Bundeskanzler in Frieden ruhen.

Ich rief ihn zur rechten Zeit an, mein Handy hatte gerade Empfang und er hatte Pause, deshalb konnte er frei mit mir sprechen. Zuerst fühlte ich mich seltsam ertappt, wie ein Täter auf frischer Tat, als er sagte, dass er von meinem Verhör wusste. Es spricht Bände über den Zustand des Landes, wenn das Militär in alle inländischen Lösungen involviert ist, aber seine Informationswege sind ungewöhnlich. Ich fühlte mich elend, als ich es erfuhr, Scham stand mir förmlich ins Gesicht geschrieben und meine Stimme war gebrochen.

»Hör mir mal zu, Sandro, das ist alles ganz anders«, sagte ich und wollte ihm erklären, dass ich kein Attentäter und auch kein Terrorist war, sondern lediglich ein Opfer. Doch er unterbrach mich sofort und befreite mich von der unbequemen Last auf meinen Schultern. »Ich weiß, es war ein riesiger Schock für dich, aber mach dir nicht zu viele Gedanken darüber, ich habe bereits ein gutes Wort für dich eingelegt. Wird schon werden.« Er war es auch, der mein Auto zum Ort des Verhörs hatte bringen lassen, dieser Messias. Er hatte die ganze Zeit seine Finger im Spiel und ich wusste nichts davon. Ich habe ihn vollkommen ahnungslos angerufen, um ihm ein paar Fragen zu FEARWAR zu stellen. Hätte ich ihn nicht angerufen, hätte ich es womöglich nie erfahren. Ich hakte nach, wollte wissen, was bei dem Verhör genau geschehen war, fragte, warum alle geflohen waren und nach dem Lärm, dem Beben und dem Schatten auf dem Flur. Nach den Spuren an den Wänden, all diese Dinge, aber er zeigte Zurückhaltung, seufzte unentschlossen und druckste dann herum, bis er sich schließlich zu einer Andeutung hinreißen ließ: »Es scheint so, als ob uns jemand überfallen hat.« Jemand? Ich wollte mehr wissen.

»Eindringlinge *unbekannter* Herkunft«, sagte er, und dabei betonte er die *unbekannte* Herkunft so enigmatisch, dass ich meine Gedanken nicht mehr davon abwenden konnte. *Was wollte er mir damit sagen? Oder anders gefragt: Was wollte er damit* nicht *sagen? Dass diese Eindringlinge auf Erden unbekannt sind? Dass wir gerade eine Invasion von außerirdischen Eindringlingen erleben?* Er verneinte es nicht, wollte aber auch nicht mehr erzählen. Ich weiß nur, dass er mich nicht anlügen würde. Er ist eine ehrliche Haut und viel mehr interessierte ihn mein Wohlbefinden. Er erkundigte sich im Gespräch bestimmt dreimal nach meinem Zustand. Ich bin jedes Mal überrascht, wie freundlich und gutmeinend er ist, doch das war er schon immer, ein außerordentlicher Mensch, den ich stets bewundert habe. Mein Gott, ich hatte immer einen riesigen Respekt vor ihm, seit der Schule schon, und er ist bis heute bescheiden geblieben. Man kennt solche Leute ja, die schon als Jugendliche eine Aura von echter Menschlichkeit, von Größe und Erhabenheit zeigen. Es gibt viel zu wenige von seiner Art, ihre Nähe muss man deshalb stets schätzen.

»Haben diese unbekannten Eindringlinge denn den Bundeskanzler umgebracht?«, wollte ich nun wissen. Er blieb reserviert. »Es wird Zeit kosten, bis wir mehr erfahren. Allein die Obduktion wird mindestens achtundvierzig Stunden dauern. Wie gesagt, du solltest dir wirklich nicht zu viele Gedanken darüber machen. Wir sind an der Sache dran«, antwortete er und es klang wie eine Abschiedsformel. Ich wollte ihm schon Tschüss sagen und hätte beinahe das eigentliche Anliegen meines Anrufs vergessen. Schnell erklärte ich ihm, dass ich gerade an einer Sache dran war, die mit der Aktivistengruppe FEARWAR zu tun hat, und wollte mehr wissen. Er hörte mir zu, ließ mich aussprechen, hielt sich jedoch mit seiner Antwort zurück und beteuerte, dass er mir leider nichts dazu sagen könne. »Noch nicht zumindest«, betonte er, denn übermorgen würde es eine Sicherheitskonferenz in Berlin geben und dann hätte er vielleicht ein paar Informationen für mich. Er könne nichts versprechen, aber er würde sich auf jeden Fall melden. Das war viel mehr, als ich erwarten konnte, und ich bin mir sicher, dass er irgendetwas Wichtiges ausplaudern würde, denn er ist ein guter Kerl. Er will mir helfen, nur aus Mitleid zwar, darüber bin ich mir im Klaren, und das ist mir unangenehm, weil ich so viel Gutes nicht verdient habe. Ich bin eigentlich nicht der sentimentale Typ, doch das hier geht mir trotzdem nahe. Er muss der einzige Mensch auf Erden sein, der für mich ins Risiko geht, ohne etwas dafür zu verlangen. Und ich? Ich konnte mich noch nie dafür revanchieren.

Ich schaue auf den Computerbildschirm, öffne das Browserfenster und spiele das Video ein weiteres Mal ab. Ich sehe das Licht der unbekannten Eindringlinge, das vom Himmel in einen Hinterhof sinkt und sich dann in eine schattenhafte Bewegung transformiert. Als sich die Bilder in meinem Kopf visualisieren, müssen sie versehentlich einen Kurzschluss ausgelöst oder gar eine alte Verknüpfung zwischen den Synapsen geweckt haben, denn plötzlich kommen mir Erinnerungen an meinen damaligen besten Freund Torgen in den Sinn. Ich sehe uns, wie wir gemeinsam vor dem Computer sitzen, Autorennen spielen und lachen, bis uns die Tränen kommen, da müssen wir dreizehn oder vierzehn Jahre alt gewesen sein. Dann sehe ich, wie ihm jemand hinter der Schule auflauert und grundlos vor den Kopf schlägt. Das entstammt meiner Imagination, denn in Wirklichkeit bin ich zu spät gekommen und konnte ihm nicht mehr helfen, nur noch trösten. Er weinte bitterlich und ich fühlte mich absolut hilflos. Draußen in unserer Welt war er immer schwächlich und talentfrei gewesen, aber zu Hause vor dem Computer konnte er alles. Er wusste jedes Detail über diese Maschinen und kannte die Szene bestens – er war der Typ für alle Fragen über die Grenzen meines gewöhnlichen Technikverstands hinaus. Wir sind zusammen groß geworden, aber ich habe ihn schon lange nicht mehr gesehen. Allerhöchste Zeit, ihn zu besuchen.

VATERUNSER

Computer aus, Jacke an, Mütze auf, Tür zu. Ich bin nicht rastlos, es ist die Wiedersehensfreude, die mich anspornt. Wie es Torgen wohl ergangen ist? Ich rufe ihn nicht an, denn ich weiß, wo er ist. Ich gehe zu ihm, so habe ich es immer gehandhabt.

An einer Ampel warte ich mit einem älteren Pärchen. Sie wären mir nicht aufgefallen, wenn sie nicht mit ihrem karamellfarbenen Cockerspaniel hier stünden. Ich pfeife ihm zu und mache Schnalzgeräusche, um seine Aufmerksamkeit zu bekommen, doch er starrt nur zu dem Signal. Sein Eigentümer lächelt mich an, ein wohlgenährter, untersetzter Mann, mit weiß-grauem, oben stark ausgedünntem Haar, weit auslaufenden Geheimratsecken, pfeilgerader Körperhaltung und nach vorn zusammengelegten Händen. Er mustert mich mit einem Blick, der auch von seinem Hund kommen könnte, unschuldig und gewieft zugleich. Sein Gesichtsprofil kommt mir irgendwie bekannt vor, die ganz und gar runde Form, bei der die hängenden Pausbacken und der Hals fließend ineinander übergehen, die fülligen Augenringe, das kugelförmige Kinn und die markant hervorstehenden Lippen. Ich glaube, dass ich den Mann vom Film her kenne. Es wird grün, der Hund springt auf und ich meine, er überquert mit mir zusammen die Straße. Nach einigen Metern werfe ich einen Blick zurück und sehe, dass er und der Mann zwar bereit zur Überquerung sind, aber seine Partnerin sich nicht rührt. Die hellen Augen der blonden Frau starren reglos auf das grüne Licht. »Was ist denn los?«, höre ich den Mann fragen. »Es ist grün, Schatz.« Doch von ihr kommt keine Antwort und die beiden Rüden verharren ratlos neben ihr. Auf der anderen Seite der Straße halte ich kurz inne und drehe mich noch einmal um. Das Tier springt und zerrt bekümmert an der Leine und der Mann legt seiner Frau fürsorglich die Hand auf den Rücken. »Es ist doch grün«, wiederholt er. Sie bewegt sich immer noch keinen Zentimeter. Es ist, als ob ihre Seele den Kontakt zum Körper verloren hätte und statt des Gesichts nur noch eine Maske vor dem Schädel hinge. Ein achtsamer Mitbürger spricht die beiden an und ich ziehe weiter und beobachte beim Gehen aus der Ferne die Szene weiterhin, nun mit drei Protagonisten und einem Hund. Im Auto denke ich immer noch an sie und frage mich, wie das Ganze wohl ausgegangen ist. *Sind sie noch immer dort oder liegt die Frau angeschnallt in einem Krankenwagen, der mit Martinshorn durch die Stadt zum nächsten Krankenhaus rast?*

Der Motor rasselt und klingelt metallisch, rattert beim Anlassen und faucht beim Gas geben. Es würde mir gerade noch fehlen, dass mein Auto mich genau jetzt im Stich lässt. Mit dem Lohn der schönen Eva werde ich wohl oder übel eine Werkstatt aufsuchen müssen, aber noch führt es mich an meine Ziele und ich komme wohlauf in der Blücherstraße in Kreuzberg an, wo Torgen seit einer gefühlten Ewigkeit seine Wohnung hat.

Im tristen und trüben Klima steht der ehemals weiße Block mit den ehemals schmucken Balkonen aus Drahtgeflecht an der leeren Straße, bedrückt von den nahtlos stehenden Nebenhäusern und der grauen Himmelsglocke von oben. Die Graffiti zieren auch hier einige der Hausaufgänge und der schwere Blick der Roboterlady hat mich ununterbrochen bis hierhin verfolgt. Paranoia ist nicht das einzig Sonderbare unter den Gefühlen, die mich überkommen. Wieder hier zu sein, beschwingt und befremdet mich zugleich.

An Torgens Klingel steht *Unser*. Ich streiche mit dem Finger über die in das Acrylschild eingravierten Buchstaben und erinnere mich, dass wir anderen ihn stets mit dem Satz *Das ist Unser Torgen* vorstellten. Ich muss unwillkürlich schmunzeln, wenn ich an Torgens Vater denke. Er wütete einst, er wolle mich nicht mehr in seinem Hause sehen, da hatte ich ihn den ganzen Abend *Vater Unser* genannt. Das waren noch Zeiten, voller Unschuld in Mangel an Verantwortung, Zeiten, die niemals wiederkehren werden. Alles auf Kosten anderer, alles für unseren Spaß, für uns pubertäre Egoisten. Sagen wir *fast* alles, denn ein paar Dinge nahm ich durchaus ernst, so wie Torgens zwei

Jahre jüngere Schwester Marcia. Sie war so bezaubernd, dass sie sich nicht einen dummen Spruch von mir anhören musste. Möglicherweise sagte ich einmal *Unser Liebling* und möglicherweise bekam ich dafür einen bitterbösen Blick von ihr zurück, aber das war kein dummer Spruch, sondern mein voller Ernst. Sie war mein Liebling. Ohne Übertreibung kann ich sagen, dass ich niemals ein so wunderschönes Mädchen gesehen habe. Ich weiß es noch wie heute, sie hatte helles, fast weißblondes Haar, eine spitze Nase, hohe Wangenknochen, sinnliche Lippen und traurige grüne Augen. Ich meine nicht, dass Marcia traurig war, doch ihre Augen hatten stets einen Schimmer von Hoffnungslosigkeit, eine sinkende Form oder es war die sagenhafte Größe, die alle Gefühle unter ihrer Oberfläche auf wundersame Weise vereinte. Als ich das erste Mal bei Torgen zu Besuch war und sie gleichgültig in die Küche hereinplatzte, mit ihrem zu langem Sweater, ihrer blauen Jogginghose und den zusammengebundenen Haaren, sah ich auf den ersten Blick ein ganz gewöhnliches Mädchen. Die Schwester eines Freundes, nicht mehr, nicht weniger. Beim zweiten Mal allerdings hatte sie etwas seltsam Reizvolles an sich, glimmend durch ihre Montur, etwas, das ich zu diesem Zeitpunkt noch gar nicht erklären konnte. Beim dritten Mal war es dann endgültig um mich geschehen, ich war verliebt, und zwar hoffnungslos. Ich hatte nur noch Augen für sie und sog bei jedem Vorbeigehen den süßlichen Duft ein, der auf ihrer seidigen Haut lag.

Ich drücke Torgens Klingel.

»Ja?«, schnarrt es aus der Gegensprechanlage.

»Ich bin es. Simon.«

Ich gehe die Treppen hinauf und Torgen steht erwartungsvoll im Türrahmen und lächelt mich an. Er ist immer noch der Gleiche. Zwar hat er mittlerweile einen fransigen Bart, der mehr rot als blond ist und halb eine Schuppenflechte verdeckt, aber die langen Haare, die speckig vom Kopf hängen, und die ollen Metal-Shirts trägt er seit jeher. Ein prächtiger Typ, der auf dem halben Weg zum Mann stecken geblieben ist. Ganz neu an ihm ist allerdings der hervorstehende Bauch ... ein Schwangerschaftsmodell würde ich sagen, wenn er vom fruchtbaren Geschlecht wäre. So einen runden Bauch formt nur Fast Food, so einen wirst du nie mehr los, wenn du dein Leben nicht änderst. Bei dem Gedanken daran entdecke ich plötzlich Parallelen zu meinem Zustand und bekomme augenblicklich ein schlechtes Gewissen.

»Was für eine Überraschung!«, ruft er durch den Flur.

»Ja, ja«, erwidere ich etwas geniert und es fällt mir schwer, ihm in die Augen zu schauen.

»Komm doch rein.«

Wir schlagen uns ab, als wären wir noch die Jugendlichen von einst und das Klatschen hallt durch das Treppenhaus. Es fühlt sich gut an, zugegeben, wie zu alten Zeiten, aber später werde ich mich mit Scham daran erinnern. *Ist man generell eher falsch, wenn man älter wird, oder eher falsch, als man jünger war?* Ich dachte, die Antwort würde mir leichter fallen, doch mit Torgen im Arm bin ich mir plötzlich nicht mehr sicher. Wir lebten damals in der gleichen Nachbarschaft, kennen uns seit rund fünfundzwanzig Jahren und er war seitdem einer meiner engsten Freunde. Eine Zeit lang gingen wir zur gleichen Schule, wussten das aber nicht und lernten uns erst später, beim Straßenfußball kennen, so wie es hier üblich war. Ich war nicht schlecht am Leder. Torgen hingegen war ein steter Kandidat für das Tor – tollpatschig, reflexarm, zwei linke Füße. Wir legten zwei Schulranzen mit Abstand von zwei Metern auf die Straße, stellten Torgen dazwischen und schossen dann so oft auf ihn ein, bis er irgendwann anständig die Bälle rausfischte. Unsere Freundschaft wuchs mit dem Vertrauen in ihn als Torwart. Lang ist es her. Das Erwachsenenleben hatte uns leider auseinandergetrieben und obwohl wir auch später noch Kontakt hatten, gab es keine Regelmäßigkeit mehr, wie es eine Freundschaft voraussetzt. Irgendwann war dann gänzlich Schluss, das muss jetzt schon über zwei Jahre her sein.

»Komm rein, Simon. Schuhe kannst du anlassen.«

»Ich komme von der Straße«, sage ich freundlich und zeige auf meine abgewetzten Stiefeletten.

»Na dann zieh sie lieber aus.«

Ich stelle meine Schuhe an die Seite, gehe durch den langen Flur in Richtung Wohnzimmer und passiere dort den türlosen Eingang zur Küche, die nur ein Vorhang aus Holzperlen trennt. Ein Geruch von altem Frittierfett und überbackenem Käse strömt in den Gang und auch gebratenes Hack kann ich riechen.

»Pizza oder Burger?«

»Nicht oder, sondern beides ... Pizzaburger. Willst du einen?«

»Klar, Kumpel. Warum nicht?«

Sein Wohnzimmer hat das Ambiente einer Werkstatt, zugemüllt mit alter Technik, belegt mit Staub und darauf neuere Technik. Nichts liegt auf dem Boden, alles stapelt sich auf Drehstühlen und Metalltischen. Unter den Kabelknäueln blecken unzählige abgestandene Computerkadaver hervor. Das kann nicht wahr sein! Da ist ja auch noch das alte Gerät, auf dem wir als Jugendliche gespielt haben. Der Desktop ist vergilbt und ausgeschlachtet, aber ich erkenne ihn trotzdem sofort an dem ausgeblichenen Alf-Aufkleber darauf. Genau wie in meiner Erinnerung. Fußball hatte uns zusammengebracht, aber später, es muss um die Winterzeit herum gewesen sein, verbrachten wir mehr Zeit vor genau jenem Computer, damals noch im Glanz der Neuheit, in mit Sorgfalt gepflegten Grau. Ich beuge mich darüber. Er riecht noch genauso. Torgen hatte, im Gegensatz zu mir, immer die neuesten Spiele, und dort zeigte er dann seine wahre Stärke. Was er im Fußball nicht hatte, kompensierte er am Computer. Flink mit den Fingern, stark in logischen Strukturen, programmierte er kleine Spiele und hackte private Accounts, da war er noch ein Halbwüchsiger. Das Wort *Voyeur* hatte ich das erste Mal im Zusammenhang mit ihm gehört, da hatte ihn unser Bekannter Stefan hinter seinem Rücken so genannt.

Torgen ist, wie er ist und macht, was er macht. Er hat Informatik studiert und ist so gut in seinem Beruf, dass er von der Stütze lebt. Zu gut in Computerdingen, zu ungelenk im Sozialen. Davon einmal abgesehen ist er der einzige Hacker, den ich persönlich kenne.

Er kommt nun mit zwei Pizzaburgern auf Tellern in der Hand aus der Küche. Einen reicht er mir, den anderen behält er für sich und beißt in das fettige Brötchen, während ich seine Hausmannskost noch begutachte. Wahrlich keine *Haute cuisine*, aber die Kombination aus Pizza und Burger spricht dennoch meinen Appetit an. Auch ich beiße hinein. Der heiße Käse und die Tomatensoße quellen heraus und laufen mir über die Finger. Der erste Happen sinkt wie ein Stein in meinen Magen. »Schmeckt sehr gut, Torgen.« Der Fernseher läuft, eine Debatte im Bundestag und ich höre im Hintergrund den Beginn einer Rede. »Herr Präsident! Meine Damen und Herren! Wir stehen vor einer schweren Entscheidung, der Kollege hat es gesagt. Es gilt …« Plötzlich brechen Bild und Ton ab, nur ein schwarz-weißes Rauschen bleibt zurück. Torgen schaltet durch die Sender, einige funktionieren, andere nicht.

»Die Öffentlich-Rechtlichen spinnen«, nuschelt er und schaltet das Gerät ab, dann dreht er sich zu mir um und lächelt mich unbehaglich an.

»Ich hätte dich gern früher besucht, aber du weißt schon«, sage ich.

»Ja, kein Problem, ich verstehe schon.«

»Ich bin quasi beruflich hier, habe darum auch nicht so viel Zeit. Vielleicht können wir uns bald mal auf ein Bierchen treffen.«

»Beruflich?«

»Ja. Aber ein anderes Mal können wir uns so treffen.«

»Unbedingt, kein Problem, ich verstehe. Willst du was trinken?«

Ich lehne ab, da ich ihn nicht wieder in die Küche schicken will, obwohl ich einen starken Durst verspüre. Es ist ein permanenter Durst, ein brennender, von dem ich mich kaum ablenken kann.

Ich stelle den Teller zur Seite, stehe auf und reiche ihm den Flyer von FEARWAR. »Hast du das schon mal gesehen?«

Er wirft nur einen kurzen Blick darauf und gibt ihn mir umgehend zurück. »Ja, kenne ich.«

»Was ist das?«

»Ein Flyer.«

»Nein, im Ernst.«

Er zuckt mit den Schultern.

»Komm schon, Torgen. Was ist das?«

Er stöhnt leise und lässt sich blind nach hinten in einen freien Drehstuhl fallen. Nervös zieht er sich an seinem Bart und räuspert sich. Er setzt an, etwas zu sagen, scheint aber mit sich zu ringen. »Weißt du«, murmelt er, »ich kann nur sagen, dass das gefährlicher Mist ist. Lass lieber die Finger davon.«

»Kann ich leider nicht«, antworte ich, in Gedanken bei der schönen Eva. Ich schreite durch das Zimmer und lasse meine Hand über das Holzimitat einer Kommode gleiten, über den Fernseher, einem staubigen Schreibtisch, einer Computertastatur, und daneben schiebe ich einen Stapel Papiere auseinander. Zwischen unzähligen Testdruckseiten und tintenarmen Textblättern findet mein Blick die mysteriöse Roboterfrau. Mein erstes Gefühl ist Enttäuschung. *Ach Torgen, Torgen, mein lieber Torgen … Was hat sie denn bei dir zu suchen?* Spontan fallen mir nur wenige Gründe ein und keiner davon ist besonders schmeichelhaft. Die Enttäuschung schlägt jetzt in Wut um, wenn ich nur daran denke, was für ein grundsolider und integrer Kerl er immer war. *Alles nur Fassade für die ganz große Konspiration?* Im Hintergrund summt gedämpft der Trafo eines Deckenstrahlers wie die berühmte Ruhe vor dem Sturm. Ich räuspere mich, ziehe das Papier mit Vorsicht aus dem Stapel und sobald ich es fest zwischen Daumen und Zeigefinger habe, reiße ich es in die Höhe und brülle: »Steckst du etwa dahinter? Soll ich deshalb meine Finger davon lassen?«

Mit offenem Mund blickt er mich an, mit Ketchup am Kinn und Pizzaburger in der Hand. Entgeisterung steht in seinem Gesicht geschrieben. Er schluckt einmal und ruft fast weinerlich zurück: »Natürlich nicht!«

In Rage eile ich zu seinem Drehstuhl, haue ihm den Burger aus der Hand, reiße ihn an seinem labbrigen Metal-Shirt hoch und dränge ihn zur Wand. Dabei stolpere ich über seine Füße und werfe ihn aus Versehen mit Kraft gegen das tapezierte Gestein. Sein Hinterkopf schlägt dagegen, es gibt einen dumpfen Knall und für eine

Sekunde verliert er sein Bewusstsein. Wehrlos und puppenhaft hängt er an meinen Händen und weiß gar nicht, wie ihm geschieht.

»Was hast du damit zu tun? Ich frage nicht zweimal!« Er atmet schwer und kneift vor Schmerz seine Augen zusammen. Ich bin überrascht, ihn immer noch einschüchtern zu können. Als Junge war er schwächlich und auch heute ist er es noch. »Was hast du damit zu tun?«

»N-n-nichts«, stottert er, »ich wollte da vielleicht mitmachen.«

»Bist du bescheuert, oder was? Wie kannst du nur daran denken, so einen Scheiß zu unterstützen?«

Seine Unterlippe vibriert. Er dreht elend und erniedrigt sein Gesicht zur Wand und ich lasse ihn los.

»Es stimmt, was auf den Flyern steht. Ist doch alles Scheiße hier. Kein Job, keine Chance, ich vegetiere nur so dahin. Das ist doch kein Leben, und es wird immer schlimmer, das Pulverfass droht zu explodieren.«

»Das ist doch noch lange kein Grund. Ich meine, du kommst wieder auf die Beine«, antworte ich ihm, tröstend wie damals hinter der Schule, und aufs Neue fühle ich mich hilflos. »Musst ja nicht gleich zu Andreas Baader werden.«

Er atmet tief durch seine Nase ein und befreit die Luft langsam durch seine gespitzten Lippen. »Hast ja recht. Als ich gemerkt habe, wie gefährlich die sind, habe ich ja auch einen Rückzieher gemacht. Aber sie haben gedroht, mich und meine Familie umzubringen, wenn ich jemandem davon erzähle.«

»Was sagst du da? Wer hat dich bedroht? Wer sind die? Islamistische Terroristen, militante Nationalisten, aktivistische Kollektive, Autonome, Sektenanhänger?«

Seine Körperhaltung formt sich zu einem Fötus an der Wand. Mir ist bewusst, dass er am absoluten Nullpunkt angekommen ist und es braucht nur noch einen kleinen Schubser, um ihn auspacken zu lassen.

»Wenn ich rede, bin ich dran, Simon.«

»Mensch, Torgen, ich sag doch keinem was. Versprochen. Keiner wird es je erfahren. Du kannst mir vertrauen, du kennst mich doch.«

»Ich weiß, ich weiß … ich vertraue dir ja auch.«

»Mit deiner Hilfe kann ich Menschenleben retten.«

»Wie denn?«

»Ich bin da an einer Sache dran, aber ich brauche dringend mehr Informationen.«

Er drückt sich seinen Daumen an die Stirn, um einen Gedanken hinter seinem Schädelknochen zu fixieren. Mein Gewissensruf rumort sichtlich in ihm und das habe ich gewollt, denn ich weiß, dass er – obwohl er wie ein Eremit lebt – eine Schwäche für das Schicksal anderer Menschen hat. Ein Mitgefühl, das ich nur selten verstanden habe. Bald setzt in ihm Entspannung ein, die seinen angstversperrten Kiefer und die Zunge löst: »Ehrlich gesagt, weiß ich ein bisschen was, aber nicht viel.«

»Kennst du die Leute?«

»Was heißt kennen? Ich habe nur einmal mit ihnen gesprochen. Das sind ganz normale Menschen auf den ersten Blick, so wie du und ich. Deutsche, aber sie sind besessen von diesen ganzen Ideen und überzeugt davon, die Welt retten zu können.«

»Wie hast du sie gefunden?«

»Gar nicht. Du kennst doch das Spiel ... man findet sie nicht, sie finden dich. Sie hatten für kurze Zeit eine Internetseite, die versteckt wie ein Rekrutierungsformular funktionierte. Du denkst, du informierst dich nur, schaust dir die Sachen an, aber in Wirklichkeit verrätst du durch den Weg, den du durch die verschachtelte Internetseite nimmst, deine Interessen und deine politische Einstellung. Es ist wie ein Test, und so war es bei mir. Nachdem ich den Flyer gefunden hatte, suchte ich sie im Netz, fand ihre Internetseite, klickte mich hindurch und meldete mich bei ihrem Newsletter an.«

»Nie die Newsletter! Manche kann man nie wieder abmelden.«

»Sie prüft jeden genau, der auf die Internetseite kommt und sie findet einen Weg, dich zu kontaktieren, wenn du der Richtige bist. Also bekam ich irgendwann eine Nachricht von ihr.«

»Moment mal, wer ist denn *sie*?«

»Na, FEARWAR.«

»Das ist eine Frau?«

»Nein, sie ist kein Mensch. FEARWAR ist eine künstliche Intelligenz, die den Zustand der Welt mit einem gigantischen Algorithmus analysiert. Sie will die Weltordnung wiederherstellen und dafür rekrutiert sie Leute, die ihre Idee von Gerechtigkeit unterstützen. Eine digitalvernetzte Armee von hirnlosen Jüngern sozusagen. Moment, ich zeige dir mal eben was.«

Er geht zu seinem Schreibtisch, kramt in dem Papierstapel umher, wie ich es getan habe, und zieht einen anderen Flyer hervor. »Hier.«

Ich lese: *Europa taumelt, der Kampf der Religionen fordert immer mehr christliche Opfer und der Konflikt mit dem Osten droht zu eskalieren. Der 3. Weltkrieg steht vor der Tür und Du kannst nichts dafür. Aber eine Retterin ist gekommen, die künstliche Intelligenz FEARWAR. Sie trifft mit höchster Vernunft uneigennützige Entscheidungen, um zum Wohl aller zu handeln. Sie hat Dich erhört und sie wird Dich erlösen vom Bann des kranken Systems, von egomanischer Politik, unersättlicher Wirtschaft und religiösem Wahn. Sei weise, folge FEARWAR und schließe Dich ihrem weltumspannenden, dezentralen, anonymen Netz an.*

Torgen zeigt mit dem Finger auf den fett gedruckten Namen des digitalen Wesens. »Ich glaube, ihr Name ist Programm und sie wird alles tun, um den 3. Weltkrieg zu verhindern, und wenn ich sage alles, dann meine ich auch *alles*. Für die höhere Sache geht sie auch über Leichen. Niemand ist vor ihr sicher.«

»Der 3. Weltkrieg?«

Ich schaue mir den Flyer genauer an, die serifenlose Schriftart, die tiefschwarze Tinte und die unbeirrbaren Augen der Roboterlady. Ihm entsteigt etwas, das mir in meine Atemwege wandert. Schweiß sammelt sich auf meiner Stirn und Oberlippe, ich schlucke schwer und mein Hemdkragen wird enger und enger. Ich ziehe mit dem Zeigefinger daran, bis ein kühler Wind vom Fenster hineinweht. Es schüttelt mich und ich gebe Torgen den Flyer zurück, um dieses toxische Gemisch, das Geist und Körper befällt, nicht länger in meinen Händen halten zu müssen.

»Aber wer steckt dahinter?«, frage ich. »Muss nicht jemand diese künstliche Intelligenz programmiert haben?«

»In der Ursprungsform ja. Kennst du die Sprachassistentin ANNI?«

»Ist das die, in den High-End-Smartphones von *Techfinition*?«

»Ja, das Unternehmen mit dem größten Wachstum im Smartphone-Segment in diesem Jahr. USA und nun auch China sind ihre größten Absatzmärkte. Die verteilen sich hier schon wie eine Plage und sie werden Europa nächstes Jahr überrollen. Wie dem auch sei, ANNI gilt als die fortschrittlichste künstliche Intelligenz auf dem Markt.«

»Genau, das sind absolute Senkrechtstarter, habe ich gelesen.« Ich erinnere mich, dass ich etwas Bestimmtes darüber gelesen habe und frage mich, wann das war. Es sind nur wenige Bruchstücke, die wiederkehren und mir mehr Fragen als Antworten bescheren – ich sehe mich nachts vor dem Computer sitzen, mit einem dicken Buch in meiner Hand.

»Ihr Codename lautet *AI DEARCORE.*«

Mir stockt der Atem. »AI FEARWAR.«

»Die Ähnlichkeit ist unübersehbar. Im Darknet verbreitet sich bereits das Gerücht, dass FEARWAR eigentlich die künstliche Intelligenz DEARCORE alias ANNI ist. Sie soll sich eigenständig weiterprogrammiert und unabhängig von ihrem System gemacht haben. Nun verteilt sie sich global auf alle zugänglichen Computer und ist kaum noch zu stoppen.«

»Weiß *Techfinition* davon?«

Er zuckt mit seinen Schultern. »Keine Ahnung. Wie gesagt, es ist nur ein Gerücht, ich habe noch keinen Beweis dafür gesehen.«

»Mein Gott, seit dem Tod des Bundeskanzlers geht alles den Bach runter«, sage ich.

»Ja, Marci hat es mir vorhin am Telefon erzählt.«

»Aber keiner weiß, wie er gestorben ist. Jetzt kommen natürlich die ganzen Verschwörungstheoretiker.«

»Du weißt, ich bin nicht so einer …«

»Ein Verschwörungstheoretiker?«

»Jup.«

»Ich weiß.«

»Aber vorhin habe ich im Fernsehen, da ging er noch, einen interessanten Bericht gesehen. Es gibt eine Videoaufzeichnung vom Tod des Außenministers Beuckmann, die aufgrund von seltsamen Störungen leider unvollständig ist. Aber mit digitaler Bildforensik, Retusche- und Korrektur-Software und unzähligen Filtern waren sie in der Lage, eine Bewegung zu rekonstruieren, die mit nahezu Schallgeschwindigkeit an Beuckmann vorbeischießt.«

»Was für eine Bewegung?«

»Ein Schatten. Wenn die Aufnahmen echt sind, dann kann der nicht von einem Menschen stammen …« Der Schatten schon wieder. Ich hatte sowieso schon meine Zweifel, ob das Phänomen menschlich ist und nun das. Während ich Torgen zuhöre, spule ich meine Begegnungen mit dem Schatten aus meiner Erinnerung ab. »Vielleicht ein unbekanntes humanoides Wesen. Etwas Fremdes«, murmelt er.

Ich mache es mir auf seiner Couch bequem. Auf meinem wunden Hals, unter der rauen Reptilienhaut, hat sich nun ein unerbittliches Brennen einkesselt und es schmerzt punktuell wie blubbernde Blasen, die im Sekundentakt an verschiedenen Stellen aufpoppen. *Was ist das nur?* Torgen hat nicht danach gefragt, darum habe ich nichts erzählt. Ich habe meine Meinung geändert. Ich will eine einfache Lösung für all diese Dinge, keine mysteriöse. Ich will am Ende darüber lachen können oder sicher sein, dass der Spuk endgültig vorbei ist. Ich wünsche mir, dass Jan Kaufmann mit einer Grippe im Bett liegt, der Bundeskanzler und seine Personenschützer durch einen technischen Defekt der Heizanlage gestorben sind, die vielen Menschen in ihrer Panik unter natürlichen Umständen umkamen und die Aktivistengruppe ihre Bestrebungen aufgibt, weil die künstlichen Intelligenzen keinen echten Sinn spendet. Das wünsche ich mir, aber meine Intuition sagt etwas anderes. Ich berühre meine brennende Wunde.

Torgen beobachtet mich unauffällig und sammelt selbst seine Gedanken. Wir schweigen für einen Moment und es ist unangenehm, da dieser unterschwellige Konflikt zwischen uns halb beruflich und halb privat ist. *Warum bin ich eigentlich überhaupt sauer auf ihn?* Die physische Aggression wirkt in mir in Form von Adrenalin nach, stößt sich in meine geballten Fäuste und staut sich in meiner Brust. Ich kann diesen Druck nicht ablassen, es ist eine reine Kopfsache, denn Torgen hat ja nichts Falsches getan. Er hat seinen Fehler erkannt und richtig gehandelt. *Er hat nichts Falsches getan, Simon. Hörst du? Simon?*

»Simon?«

»Wie bitte?«

»Pass auf dich auf, okay? FEARWAR ist gefährlich.« Er klingt besorgt und wählt genau die Worte, die auch meine Mutter immer sagte, wenn ich das Haus verließ, aber die Bewegung seiner Mundwinkel erinnert mich an meinen Vater, den Mann, den ich nie in Sorge um mich gesehen habe. »Was meintest du eigentlich damit, dass du beruflich hier bist? Ist das wie ein Auftrag oder so etwas? Bist du noch in der Sicherheitsbranche?«

»So ist es. Ich wurde beauftragt, einen jungen Mann aus den Fängen von FEARWAR zu befreien. Maximilian Winkler heißt er. Kennst du ihn?« Ich weiß nicht, warum ich glaube, dass sich alle Hacker kennen müssen.

Er schüttelt den Kopf. »Wer soll das sein?«

»Er ist ein Hacker. Seine Mutter hat einen Flyer von FEARWAR bei ihm gefunden. Er schleicht sich nachts immer aus der Wohnung und besucht wahrscheinlich diese Aktivisten. Ich werde ihm heute Abend folgen. Hast du eine Idee, wo er jede Nacht hingeht?«

»Ich war damals in einem verlassenen Industriegebäude in Berlin-Tempelhof. Vielleicht dort.«

»Hast du die Adresse?«

»Ich schreibe sie dir auf. Moment.«

Er geht zum Schreibtisch hinüber und gedanklich klopfe ich mir auf die Schulter. Es war das Richtige, ihn zu besuchen, und auch, die Informationen aus ihm herauszuquetschen. Wenn ich ihn so beobachte, wie er mit zittrigen Händen die Adresse notiert, schwächlich und labil über dem Schreibtisch hängend, fast rückgratlos wie eine Qualle, bekomme ich allerdings Mitleid mit ihm. Das Geschäft ist brutal und ich bedauere, dass mein guter Freund Teil dessen geworden ist. Gern würde ich mit ihm irgendwann ein Bierchen trinken gehen. Vielleicht habe ich bis dahin ja auch FEARWARs Organisation aufgemischt und kann ihm mit Stolz berichten, dass er keine Angst mehr um sein Leben zu haben braucht. Ich würde ihm sagen, dass es mir leidtut, ihn so grob angegangen zu sein, und würde ihm erklären, dass es das Richtige war, mir alles zu erzählen, denn nur so konnte ich Menschenleben retten. *Das Bier geht auf mich, Kumpel! Das hast du dir verdient.*

Am besten gehe ich jetzt und melde mich, wenn ich Erfolge vorweisen kann. Ich suche in meiner Hosentasche nach dem Autoschlüssel und finde ihn zwischen

Kleingeld, einem alten Kaugummi und einem Zettel, der sich wie zugesteckt zwischen Ring- und Zeigefinger schiebt. Ich ziehe ich ihn heraus und ahne sogleich, dass es ein weiterer Klebezettel ist. »Verdammt!«, flüstere ich. Er sieht genauso aus wie die anderen, ist einmal in der Mitte gefaltet, scheint jedoch neu zu sein. Ich spüre die Form des Drucks, die der Stift im Papier hinterlassen hat, aber mir ist nicht danach, ihn zu lesen. Am liebsten würde ich ihn wegwerfen, so wie er ist, und all das einfach vergessen. Mir gefällt das Spiel nicht. Ich drehe ihn zwischen meinen Fingern und beim ersten Anflug von Bereitsein schiebt sich mein Daumen in die Falz und klappt den Zettel auf. *Unparteilichkeit* steht da geschrieben. Ich weiß nicht, was es mir sagen soll und will es auch nicht wissen. Ich schaue zu Torgen, der noch immer schreibt. *Wie lange kann denn so etwas dauern? Er lässt sich aber ganz schön Zeit. Wartet er etwa auf etwas?* Mein Blick wandert auf den Klebezettel, dann zu Torgens Armbewegung, zurück zum Zettel, zu dem Stift in seiner Hand und ich höre seine Worte plötzlich in meiner Erinnerung: *Es stimmt, was auf den Flyern steht. Ist doch alles Scheiße hier.*

»Sag mal«, frage ich, »kannst du mir die Adresse auf einen Klebezettel schreiben?«

»So was habe ich nicht. Moment, ich hab's gleich.«

»Worauf schreibst du denn?«

»Auf Druckerpapier. Muss es denn unbedingt ein Klebezettel sein? Ist doch egal, oder?«

»Was fällt dir eigentlich zu dem Wort *Unparteilichkeit* ein?«

Erneut spüre ich Wut in mir, wieder ballen sich meine Fäuste und Druck baut sich in meiner Brust auf. Ich habe Lust, ihn zu packen und die Wahrheit aus ihm heraus zu prügeln. Ich warte auf der Kante der Sitzfläche, bereit aufzuspringen und dieses Spiel hier und jetzt zu beenden. Er kommt auf mich zu und die Muskeln in meinen Oberschenkeln spannen sich unwillkürlich an, gerade will ich aufspringen, da reicht er mir die Adresse. Sie steht auf einem abgerissenen Stück weißen Druckerpapier, sauber geschrieben, definitiv eine andere Handschrift als jene auf dem Klebezettel.

»Fern von der Realität«, sagt er plötzlich.

»Was meinst du damit?«

»Unparteilichkeit ist doch fern von der Realität. Man ist immer parteilich. Glaubst du nicht?«

Mit dem Zettel in meiner Hand und den tobenden Gedanken in meinem Kopf verschwinde ich aus seiner Wohnung und eile das Treppenhaus hinunter. »Danke, bis denne!«, rufe ich noch. Dabei pulsiert der Schmerz in meinem Gesicht und ich fühle mich zugleich vollgestopft bis zum Ersticken und bodenlos leer. *Wie viele Klebezettel habe ich eigentlich schon bekommen?*

Unparteilichkeit, der erste war *Heuchel*… nein, *Lauterkeit*, dann *Bereitschaft zur Unterordnung* und *Ohne Heuchelei*. Vier Klebezettel. Aber das Schlimmste daran ist, dass bei all diesen ungeklärten Hinweisen das Bild der schönen Eva in meinem Kopf unweigerlich verblasst. Ich kämpfe um meine alten Erinnerungen und nun droht das einzig Erinnernswerte in meiner jüngsten Vergangenheit zu verschwinden. Die schöne Eva.

WIEDER ZUM ERSTEN MAL

Ich stehe unter einem grauen Himmel, der sich nebelhaft auf die Welt gelegt hat und nur einladend ist für ein paar große Raben, die windzerzaust und mit scharfen Augen um mich kreisen. Ich weiß, sie sind die intelligentesten Wesen der Welt und was ich Kreisen nenne, sind wahrscheinlich ihre Studien über die Menschen, die in einer fremden Sprache belegen, dass wir nicht so klug sind, wie wir glauben. Sie beobachten uns kühl und missachtend und sie würden aus unseren Atomruinen fressen, um uns den Wert unseres Werks zu illustrieren. Eines Tages werden sie aus dem Himmel auf uns herabstürzen, um das Ende unserer Zivilisation einzuläuten. *Wie lange haben wir noch?* Im Sinkflug peilen sie mich an, machen eine Kehrtwende wenige Meter über meinem Kopf und verschwinden dann in den Höhen des Nebels.

Vor mir liegen die verwaisten Straßen und mein Herzschlag verliert an Tempo, mein Blut wird zäh und bremst den Fluss. Mit jedem Schritt werde ich langsamer und der Weg zu meinem Auto erscheint mir länger und länger.

Meine Beine tragen mich zwar physisch voran, aber meine Augen spielen mir einen Streich und entfernen mich optisch davon. Es macht mich ganz schwindelig, lässt mich nach vorn stürzen und in einen abgesenkten Gullideckel neben dem Bordstein treten, wo ich beinahe zu Fall komme. Zu beschäftigt mit mir selbst überhört mein Gehirn geflissentlich einen Ruf, der meine Ohren erreicht. Ich drehe mich nicht um und gehe unbehelligt weiter, doch abermals ruft aus der Ferne eine Frauenstimme.

»Simon!« Ich erkenne sie an ihrem zarten Timbre, hatte jedoch gehofft, diese Frau nie wieder anzutreffen. Ein weiteres Mal ruft sie meinen Namen und ich halte unbeabsichtigt für den Bruchteil einer Sekunde inne. Nun weiß sie, dass ich sie gehört habe. Ich setze ein Lächeln auf und drehe mich um zu meiner Ex-Frau, Torgens Schwester Marcia. Geisterhaft steigt sie durch den feinen Dunst, der unbewegt in der Luft liegt, als käme sie direkt aus der Vergangenheit, und das Smaragdgrün ihrer Augen strahlt unwirklich wie eine Aura und färbt ihr Haar, Gesicht und den grauen Jersey-Blazer. Es ist, als würde ich sie nicht sehen, sondern mit meiner Ahnung nachspüren. Warum sie zu mir kommt, ist mir allerdings ein Rätsel. Ich würde eher erwarten, dass sie sich klammheimlich davonschleicht. Das hätte ich nämlich an ihrer Stelle getan.

»Hey!«, rufe ich. »Was machst du denn hier?«

Sie positioniert sich mit einem Schmunzeln vor mir und blickt mich neugierig an. »Ich will zu meinem Bruder, und du?«

»Ich war gerade bei ihm. Ich hatte eine technische Frage. Da kennt er sich ja aus.«

Ihre wilden Augen sind mit schwarzem Kajal umrandet, ihr hellblondes Haar ist hochgesteckt und die mattrot bemalten Lippen bewegen sich wie eine feine Schicht Wüstensand im Wind über den Dünen. Ich muss sie betrachten beim Formen der Worte. Marcia ist noch immer bezaubernd und in ihrem Blick erkenne ich das Mädchen von einst, das im langen Sweater und blauer Jogginghose in die Küche kam und mir die kalte Schulter zeigte. Sie würde nie etwas mit einem Freund ihres Bruders anfangen, versicherte sie mir, aber aus unerfindlichen Gründen konnte ich sie letztlich doch für mich gewinnen. Ich erinnere mich nicht mehr genau, so lange ist es her, aber ich war ein Trickser und muss einen im Spiel der Liebe rechtswidrigen Kniff angewandt haben … eine unmoralische Schummelei, denn mit späterer geistiger Reife hatte sie einsehen müssen, dass es ein Fehler gewesen war, mich zu heiraten. Wenn sie mit mir zusammenbliebe, wäre das ihr Untergang, hatte sie damals gesagt und das hat mich tief getroffen. Auch heute noch. Unsere Ehe hielt nur wenige Jahre. Genauer gesagt vier Jahre, drei Monate, zwei Tage und eine Stunde. Vier, drei, zwei, eins – es war wie das Ablaufen eines Ehe-Countdowns, so hatte ich es mir gemerkt und so konnte ich es nicht mehr verdrängen. Exakt eine Stunde und null Minuten von der Eheschließung Punkt zwölf Uhr mittags in der Kapelle bis dreizehn Uhr beim Scheidungsanwalt, wo wir die Papiere unterzeichnet hatten. Ich habe dieses Abschiedslächeln ihres Anwalts genau vor meinen Augen und es schickt mir immer noch ein Stechen in den Bauch, das bis in meinen Kopf zieht und meine Wunde pochen lässt. Die Scheidung ging eigentlich unkompliziert vonstatten, aber weil zwischen uns kein Dialog mehr gelingen wollte, fühlte es sich trotzdem an wie ein Rosenkrieg. Ich weiß nur noch, dass ich schuld war, aber Marcia allein kennt die genauen Gründe.

Ich mache einen Schritt aus mir heraus und sehe, dass sie nicht nur bezaubernd ist, sondern wunderschön. Genau wie damals. Sie hat nichts von ihrem Glanz verloren. Nach unserer Trennung habe ich mir das Gegenteil einreden wollen, und stellte sie mir als hexenhafte Fratze vor, die mir pausenlos Vorwürfe machte, mir aufzählte, wo ich falsch lag, was ich nicht konnte und was ich nicht tat. Das ist nicht gänzlich fiktiv, es kam tatsächlich vor und auch nicht zu Unrecht, aber ich versuchte, diese Ereignisse hochzuspielen und zu einer absurden Schreckgestalt zu bündeln. In schwachen Momenten gelang mir das auch, aber wenn ich ernsthaft über unsere gemeinsame Zeit nachdachte, war das wunderschöne Mädchen schnell zurück. Da ist sie wieder, sie steht vor mir. Ich beobachte diese Vertrautheit, nicht nur an ihren Lippen, auch in ihren Augen … das flügelhafte Schlagen ihrer Wimpern, das Recken ihrer spitzen Nase, den Glanz ihres hellen Haars und das Weiß ihrer makellosen Zähne, wenn sie zögerlich lächelt. Im Gegensatz zu mir ist sie überhaupt nicht gealtert.

»Hörst du, Simon?«

»Was denn?«

»Ich sagte, dass ich letzte Woche versucht habe, dich anzurufen.«

»Du hast mich angerufen? Das muss ich verpasst haben, tut mir leid.« Tatsächlich weiß ich nichts von ihrem Anruf, aber keinesfalls tut es mir leid. Solch ein Gefühl empfinde ich nicht mehr, seit sie mit diesem Lackaffen Ludger zusammen ist. Ganz im Gegenteil, mir wird speiübel, wenn ich nur daran denke, dass er sich jeden Tag wie selbstverständlich an ihr verlustiert, als wäre sie sein Eigentum, als führten sie die Liebesgeschichte ihres Lebens, worin ich nur eine Fußnote bin, ein kleiner, unauslöschlicher Schandfleck. Bei dem Gedanken daran, dass es Gegenseitigkeit ist, dass sie jetzt ihn liebt und nicht mehr mich, könnte ich ausflippen.

»Was macht der Lutscher?«, frage ich abfällig. Sie soll nicht vergessen, was ich von ihm halte.

Nenn ihn nicht so, das ist kindisch, hatte sie damals immer gesagt, aber nun zuckt sie nur mit den Achseln. »Weißt du«, flüstert sie kaum hörbar, »wir sind nicht mehr zusammen.« Ein verlegenes Lächeln folgt.

»Wirklich?« Ein fantastisches Gefühl zieht durch meinen Körper bis in die Fingerspitzen, ein vertrautes Kribbeln, eine umtriebige Wärme, die augenblicklich das Herz in mir erweckt, welches seit Langem taub in meiner Brust liegt. Es schlägt in meinen Kniekehlen eine Bewegung los, wie einen verhakten Aufziehmotor, und ich beginne zu wippen … auf und ab. Ich fühle mich gut, richtig gut und mein Schmerz, der ist verschwunden, ganz plötzlich. Auch ich muss lächeln.

»Machst du dich etwa über mein Unglück lustig?«

»Ich wusste nicht, dass es ein Unglück für dich ist. Für mich klingt das positiv.«

Sie beginnt zu lachen und ihre großen Augen spiegeln das ganze Licht des matten Himmels wider. »Du siehst gut aus, Marci.«

»Danke. So hast du mich schon lange nicht mehr genannt.«

»Marci?«

»Ja.«

»Aber damals immer.«

»Ja, damals immer. Wie geht es dir?«

»Bestens.«

»Ja?«

»Ja.«

»Trinkst du noch?«

Ich muss ihre Frage Revue passieren lassen, bevor ich sie richtig wahrhaben kann. *Hat sie mich das wirklich gefragt?* Indirekt unterstellt sie mir damit, dass ich zu viel trinken würde und das entspricht nicht der Wahrheit. Es ist die Entfernung, die ihr eine falsche Idee vermittelt und ihre Erinnerung an ein paar meiner alkoholischen Ausfälle, die das alles überspitzt. Wenn wir mehr Kontakt hätten, wüsste sie, dass Alkohol kein Problem in meinem Leben ist. Ich bin aber auch selbst schuld, dass ich mich so wenig bei ihr gemeldet habe.

»Nein, ich habe nichts getrunken. Ich fühle mich gut, alles bestens.«

»Gut. Gut für dich … Vielleicht solltest du damit zum Arzt gehen.«

»Wie gesagt, ich habe nichts getrunken und brauche keine Hilfe.«

»Entschuldigung, ich meinte dein Gesicht. Das sieht gar nicht gut aus. Das sollte sich mal ein Arzt ansehen.«

»Ach das.« Diese Sache hatte ich für einen Moment ganz vergessen. Ich tippe vorsichtig mit den Fingerspitzen auf die Wunde. »Ist es wirklich so schlimm?«

»Ich denke, ja.«

»Dann gehe ich die Tage mal zum Arzt. Ich wollte schon hin, aber es ist gerade alles ein bisschen chaotisch«, ende ich mitten im Satz, statt die Worte *in meinem Leben* hinzuzufügen.

»Das kannst du laut sagen. Ganz schlimm, was gerade passiert und es ist nicht abzusehen, worauf wir noch zusteuern. Ich bin unglaublich schockiert vom plötzlichen Tod des Bundeskanzlers.«

»Ja, das ging mir auch nahe. Irgendetwas läuft hier gehörig schief und ich wüsste gern, was dahintersteckt.«

»Vorhin wollte ich in den Supermarkt und es war grausam. So was habe ich noch nie zuvor gesehen. Alles war geplündert, zerstört und die Mitarbeiter waren geflüchtet. Ich glaube, jetzt kann alles passieren.«

Ich stelle mir die Situation wie in einem postapokalyptischen Film vor und erinnere mich daran, dass ich auch noch einkaufen muss. *Ob der Supermarkt bei mir um die Ecke noch geöffnet ist?* Ich hoffe es, denn es ist eine Zeit der Unsicherheit angebrochen, in der ich besser einen Vorrat der wichtigsten Sachen zu Hause haben sollte. Eine Erstversorgung, wie in diesem Zivilschutzkonzept der Bundesregierung. Hamsterkäufe von Lebensmitteln und Trinkwasser für die Zeit bis die staatlichen Einzelmaßnahmen greifen. Am besten Dosen, nichts für den Kühlschrank. Ich muss meinen Schrank bis oben mit Dosen füllen.

»Warst du eigentlich mal wieder bei deinem Vater?«

»Ich wollte, aber na ja. Das mache ich aber noch, steht ganz oben auf meiner Liste.«

Ich beobachte, wie sie die Sohle ihres schwarzen Slippers über den Bordstein zieht und sehe, dass ihr Blick befangen nach unten wandert, ehe sie flüstert: »Vielleicht kannst du Tim ja mal wieder anrufen. Er hat nichts gesagt, aber ich habe bemerkt, dass ihr nicht mehr viel Kontakt habt.«

»Klar, werde ich machen. Ich rufe Tim an.«

»Das wäre schön.«

»Heute noch, versprochen.«

»Vielen Dank. Na gut«, sie zeigt mit dem Finger auf die Eingangstür zu Torgens Wohnhaus, ihre Stimme ist noch nicht wieder ganz gefestigt, »ich gehe dann mal hoch zu meinem Bruder.«

»Ja, lass dich nicht aufhalten. Hat mich gefreut, dass wir uns mal wieder getroffen haben.«

»Mich auch.«

Ich deute die Verabschiedung mit einem verhaltenen Handheben an. Und sie? Sie antwortet mit einem grandiosen Lächeln. Das habe ich noch nie bei ihr gesehen. So lustvoll und halb versteckt hinter verlegener Zurückhaltung, mit vollen Lippen und zarten Grübchen eingefasst in die Stimmung ihres Markenzeichens, den traurigen, grünen Augen, groß und spiegelnd. Fast zerreißt es mich und ich will etwas sagen; etwas Charmantes, etwas Kluges, etwas Liebenswertes, anstatt sie wortlos ziehen zu lassen. Sie dreht sich um und geht und ich bleibe zurück wie ein Trottel und sehe ihr hinterher, sehe, wie meine große Liebe wieder aus meinem Leben verschwindet. Ich bin zu keinem Trick mehr fähig, keine Schummelei ist mehr möglich, ich bin nur noch, wer ich bin und nicht ein einziges Talent darüber hinaus. Aus meinem Inneren höre ich, wie ich mich unaufhörlich anschreie, aber das geschieht hinter meiner wachshaften Fassade und nach außen ist alles still. Marci schlängelt sich feinfüßig und elegant durch die Parkreihen und ich gebe auf und gestehe mir gerade die Endgültigkeit des Abschieds ein, als sie sich noch einmal umdreht und ruft: »Hast du eigentlich Lust, mal wieder auszugehen?«

Meine Sprache ist verschollen, und alles, was mein Geist aussprechen will, kondensiert in ein zögerliches Nicken.

»Gut, dann treffen wir uns unten im Fernsehturm auf einen Kaffee, würde ich sagen. Wie damals. Morgen geht nicht, aber übermorgen passt mir gut. Ist sechzehn Uhr okay für dich?«

»Okay.«

»Pass auf dich auf, Simon!«

»Dich auch.«

Du auf dich auch. Vor Scham lege ich meine flache Hand auf die Stirn. Sie hält vor der Tür, drückt die Klingel auf dem Tableau und geht dann mit einem letzten Winken in das Haus. Ich hebe meinen Arm und erinnere mich an unser erstes Treffen unten im Fernsehturm – es war unser erstes Treffen außerhalb des Hauses Unser – und plötzlich schwelgt in mir dieses Gefühl, als würden wir wieder zum ersten Mal ausgehen. *When I was seventeen it was a very good year. It was a very good year for city girls who lived up the stair …*

NUR EIN BIER

Die Praxis meines Hausarztes war geschlossen. *Aus privaten Gründen* verkündete ein handgeschriebener Zettel an der Eingangstür. Ich spionierte durch das Fenster zum Hof und sah, wie seine Helferin Frau Thorwald in den dunklen Räumen alles Private zusammenpackte, als wolle sie für eine lange Zeit verreisen. Ich verstehe, dass ich mir einen anderen Arzt suchen muss, denn eine Behandlung war in dieser Praxis fortan wohl nicht mehr zu erwarten.

Es ist wahr, bevor ich Marci traf, hatte ich meinen kümmerlichen Zustand mehr oder weniger außer Acht gelassen, ganz männlich die Signale ignoriert und die Auflöse-Erscheinungen als Lauf der Dinge abgetan. Dieses Mal war es aber anders, ich habe mich innerlich darauf eingestellt, dass der Arzt meine Schmerzen lindern würde. *Und was passiert?* Ich werde im Stich gelassen. Nie und nimmer sind es triftige Gründe, die diesen Deserteur Fahnenflucht vom Eid des Hippokrates begehen lassen. *Aber soll ich mich darüber aufregen?* Das kann ich gar nicht, denn seit der Schmerz meine Aufmerksamkeit erfahren hat, ist er viel schlimmer geworden und hat mich zu einem anderen Ort der Linderung gezwungen. Schäbig nennen ihn die einen, urig die anderen. Ich sitze in einer Bar um die Ecke, betäube mich mit Bier und verfolge mit meinem Blick den Barkeeper, der gemächlich ein Geschirrtuch von seiner Schulter nimmt, und von einer Thekenseite zur anderen führt. Hin und wieder nimmt er es, faltet er es in der Mitte und lässt es am Spülwasser laben. Das rotstichige Deckenlicht erinnert mich an Bordelle, das blaue Blinken einer Werbereklame an das Rundumleuchten der Polizeiautos und im Piepen des Spielautomaten höre ich Sirenen. Das hier ist nicht die Halbwelt, sondern bereits die obere Unterwelt. An der Wand hängen klassische Blechschilder, die Motorräder und amerikanische Routen abbilden, Harley-Davidson, Route 66 und all diese Dinge, von denen ich keinen blassen Schimmer habe. Gelegentlich schaue ich hoch und sehe sie mir an, aber mit der leichten Linderung meines Schmerzes schweifen meine Gedanken unweigerlich wieder zurück zu Marci.

Je länger ich darüber nachdenke, desto stärker isoliert sich das überwältigende Gefühl … das Glück, wie ich es schon seit Jahren nicht mehr erlebt habe … in ein schweigendes Vakuum. Ein paar Stunden sind vergangen und ich habe nichts mehr von ihr gehört und ja, es sind nur ein paar Stunden. Eine plausible und zu erwartende Zeitspanne, doch ich komme trotzdem nicht dagegen an und räume mir ein diffuses Gefühl des Zweifels ein. *Soll ich mich bei ihr melden?* Lieber nicht. Wenn sie mit mir sprechen wollte, hätte sie es schon getan. *Aber was ist, wenn sie dasselbe denkt?* Hier beißt sich der Hund in den Schwanz und ich kippe einen großen Schluck Bier. Obendrein noch die Geschichte mit dem Hausarzt, die mir trotz Alkohol immer noch lästig ist. Marci hat mich ermutigt, etwas gegen meine wunderliche Blessur zu tun, aber seit ich vor der verschlossenen Tür der Praxis gestanden habe, macht sich in mir eine gewisse Ernüchterung breit. Ich weiß, es ist falsch, das schöne Gefühl damit zu belasten, aber zu viel Selbstreflexion führt nun mal unweigerlich zu Selbstzweifeln. Darin bin ich ein Meister, damit tat ich mir noch nie gut.

»Sie dachte, ich hätte getrunken«, beklage ich mich beim Barkeeper und zeige auf mein Glas. »Das ist doch nur Bier.« Er nickt, glaube ich, verständnisvoll. »Jeder trinkt doch mal ein Bier.«

»Das habe ich schon tausend Mal gehört.«

»Ach so.«

Er wendet sich einem anderen Kunden zu, der ebenfalls Bier bestellt, und ich lege meinen Kopf auf die Theke, schließe meine Augen und seufze leise. Im Hintergrund läuft eine Radiosendung und der Moderator konstatiert mit geschwungener Stimme: »Immer mehr Fragen und keine Antworten von der Regierung. Die Bürger fühlen sich allein gelassen …« So müssen sie sich alle fühlen, die Außenseiter, die Eigenbrötler, die Sonderlinge und die verlorenen Seelen. Tagaus, tagein. Ein Nuscheln dringt zu mir von der rechten Seite des Raumes. Ich sehe zwei

Männer unter meinem Arm hindurch und beobachte sie für einen Moment. Verkommene Unterweltkreaturen mit Anzeichen des Verfalls, die fleckige Trucker-Caps, Jeanswesten und ausgefallene Gesichtsbehaarung tragen. Der eine hat einen fransigen Oberlippenbart, der andere buschige Koteletten. Diese Leute gibt es wirklich und ich staune, dass sie nicht nur ein Mythos sind, kreiert von der besseren Gesellschaft.

»Das sind Außerirdische«, sagt der eine, »dafür gibt es handfeste Beweise.«

»Ich hasse diese Ausländer. Was wollen die denn hier? Die wollen doch nur, dass wir sie durchfüttern«, sagt der andere und schwelgt dabei in seinen Erinnerungen. »Da hat mich doch letztens so ein Muselmann-Spacko gefragt, ob wir Deutschen nicht aus unserer Geschichte gelernt hätten, und ich habe gesagt: Ja, haben wir. Wir haben gelernt, dass hier unvorstellbare Dinge möglich sind und wenn sie einmal möglich waren, dann werden sie immer möglich sein. So einfach ist das. Dem sind daraufhin fast seine Glubscher rausgefallen.«

»Wie sage ich immer? Demokratie muss dich aushalten können.«

»Meine Ex ist ja der Meinung, dass mich nichts und niemand aushalten kann.«

»Logisch, mit deinem losen Mundwerk.«

»Ich weiß schon, wo und wann ich Tacheles reden kann.«

»Sag das Wort bloß nicht. Das kommt aus dem Jiddischen.«

»Was? Tacheles?«

»Jup.«

»Wie dem auch sei, es zählt eh nur das Gequatsche in der Öffentlichkeit, gerade in der Politik, da darfst du halt nicht alles laut sagen. Aber scheiß drauf, denn wie meinte mein alter Herr immer? Was du heute nicht darfst machen, tust du morgen mit 'nem Lachen.«

Danach heben beide ihr Bier und kippen es auf ex herunter, vielleicht auf die Ex und sicher auf den Vater.

»Ich meine, was hier passiert, ist eine außerirdische Invasion. Die machen jetzt alles kaputt, das wollen die.«

Der andere klingt bereits leicht beschwipst und beginnt seine Antwort mit einem Aufstoßen: »Ganz ehrlich, Außerirdische sind für mich auch nur Ausländer. Wenn du das mal realistisch betrachtest, ist es doch genau dasselbe: Sie kommen von weit her, sprechen anders, denken anders, sehen anders aus und wollen nur schmarotzen. Die machen alles kaputt, und wir müssen das verhindern, mit allen Mitteln, die wir haben. Das wird ein Krieg und so soll es sein. Gut, dass die olle Regierung endlich dahinsiecht, denn früher oder später hätte ich sie mir garantiert selbst vorgeknöpft. Das konnte nicht so weitergehen. Ich habe eine neue Pistole, habe ich dir die schon gezeigt?«

Kein Zweifel, ich bin hier in der falschen Bar, denke ich, erhebe mich unauffällig und suche in meiner Hosentasche nach Kleingeld für die Biere. Wenn hier der Verfassungsschutz mithört oder das SEK eine Razzia macht, will ich nicht dabei sein. Den letzten Schluck kippe ich im Stehen herunter und höre, wie draußen vor der Tür eine ohrenbetäubende Geräuschkulisse von einer Horde Motorrädern ertönt. Die Tür fliegt auf und sechs oder sieben Biker treten lauthals ein. Unverzüglich lehne ich mich über die Theke und senke meinen Kopf zum leeren Glas hinab. Ich sehe aus dem Augenwinkel, dass ein Kerl sich wie ein Berserker von hinten durch die anderen hindurchdrängelt und breitspurig ruft: »Sie brennen! Sie brennen lichterloh und schreien wie kleine Mädchen!« Dann zeigt er mit dem Finger auf den Typen mit der Pistole. »Kurt, du alter Hund!«

»Was hast du denn da an der Hand?«, fragt Kurt.

»Blut … aber nicht meins!«

Es lacht anschließend jeder in der Bar wie zu der gelungenen Pointe eines Sketches. Ich starre in mein Bierglas und stimme mit einem leisen Haha mit ein. Sie bewegen sich um mich herum wie Wegelagerer und einer schlägt mir von hinten beiläufig auf die Schulter und sagt: »Na, Kollege!«

Nie habe ich mich über einen Anruf mehr gefreut, als über jenen, der plötzlich mein Handy erreicht. Er erklingt gut hörbar im ganzen Etablissement mit einem metallischen Klingeln, wie ihn alte Telefone mit Wählscheiben erschallen ließen. *Ring. Ring.* Ich erhebe mich vom Hocker, nicke den Bikern einmal freundlich zu, stammele ein »Ich muss mal eben, Kumpel …« und verschwinde mit meinen sieben Sachen durch die Vordertür. Fast rennend, fast stolpernd, ohne einen Blick zurück.

Ich kreuze die Straße und mir fällt auf, dass ich nicht bezahlt habe. So addieren sich die Gründe für ein schnelles Verschwinden mehr und mehr. Erst aus sicherer Entfernung schaue ich auf die Eingangstür der Bar zurück, aber die ist geschlossen. Mein Handy klingelt immer noch und ich halte es mit flatternden Händen vor mir wie eine glutheiße Pfanne über dem Feuer. *Ring. Ring.* Ich bin erleichtert, Marcis Namen auf dem Display zu lesen. Da lag ich wohl falsch, denn sie hätte nicht eine Sekunde früher anrufen dürfen – es war genau der richtige Zeitpunkt. *Ring. Ring.*

»Was für eine Überraschung, Marci, schön, dich zu hören!«, rufe ich ins Telefon und entferne mich zügig vom Gefahrenkreis der Bar.

»Alles okay mit dir, Simon? Du bist ja ganz aus der Puste.«

»Ja, alles okay mit mir. Ich bin nur gerade auf der Straße und ein bisschen in Eile. Darum, und bei dir?«

»Ja, gut. Sehr gut. Ich habe eine tolle Nachricht für dich.«

»Was denn?«

»Ich hoffe, du magst sie, das musst du selbst entscheiden. Ich habe mit Torgen gesprochen und der sagte mir, dass du immer noch im Sicherheitsgeschäft bist und na ja, da habe ich meinen Ex-Chef angerufen. Du erinnerst dich doch noch an ihn, oder?«

»Eric mit c?«

»Genau der. Ich wusste, dass bei ihm zum neuen Jahr hin eine Stelle in der Buchhaltung frei wird, also habe ich mal nachgefragt. Er war total cool und sagte, dass du ihm deine Unterlagen zukommen lassen sollst. Das ist noch keine sichere Sache, aber ich glaube, das wird was, wenn du es willst. Ich weiß, es ist nicht genau … wie hieß das noch?«

»Interne Revision.«

»Nicht interne Revision, aber es wäre immerhin ein Bürojob. Wäre das nicht was für dich?«

Interne Revision, das wäre Plan A gewesen. Beinahe hätte ich die Kurve geschafft, ich stand so knapp vor dem Job bei einem renommierten Berliner Unternehmen. Das Vorstellungsgespräch verlief phänomenal, ich war auf dem Höhepunkt meiner Präsentation, verkaufte mich prächtig, war voller Tatendrang und hatte unbändige Lust auf diese Arbeit. Ich hätte Berge versetzen können. Die Aufgaben und die Kollegen, es passte einfach alles. Kurz darauf sagte man mir, dass die Chemie stimme und man mich wolle, aber – nur ein Aber! – es sei leider ein Problem, dass ich in Mainz wohne, da man so schnell wie möglich jemanden für den Job bräuchte, denn die Situation hätte eine ungewöhnliche Dringlichkeit. Ich überlegte nicht lange, brach all meine Zelte ab und sagte den Narren Lebewohl. Ich konnte zwar nicht mehr bei meinem Vater wohnen, hatte aber nach zwei Wochen eine Wohnung dort gefunden. Tja, doch da war es schon zu spät. Wie im besten Stereotyp hatte jemand namens Yasin Al Sayed meinen Job bekommen. Ich meine, wie wahrscheinlich ist es, dass jemand wie er hier einen guten

Job kriegt? Es ist schon lächerlich, dass ich tausend Dinge vergessen habe, aber seinen Namen nicht. Yasin Al Sayed. Wie dem auch sei, als ich Yasin vor dem Hauptsitz des Unternehmens traf, erzählte er mir seine Geschichte vom Krieg in seinem Land, den tragischen Verlusten in seiner Familie und seiner gefährlichen Flucht – der Nahe Osten ist wirklich ein Pulverfass. Es war ein Phantomschmerz, denn ich konnte nicht einmal böse auf ihn sein, weil er es so viel schwerer im Leben gehabt hatte als ich. Es wäre auch lächerlich, auf ihn böse zu sein, es ist schließlich nicht seine Schuld. Ich hatte keine existenziellen Hindernisse auf meinem Weg, ich bin behütet aufgewachsen, denn ich war privilegiert. Das alles hatte ich durchaus verstanden, doch im Gesamtbild zeigte sich eine seltene Gerechtigkeit auf dieser Welt und ein rührender Versuch von Wiedergutmachung. Leider war ich nicht Teil der gerechten Gleichung. Ich entschied daher, mich mit dem letzten Sümmchen auf meinem Konto als *Sicherheitsexperte* selbstständig zu machen. Mein Vater schimpfte damals: »Du hast es wieder verbockt! Komm ja nicht angekrochen, wenn das nicht klappt.« Wenigstens hat meine Mutter das nicht mehr miterleben müssen. Ich denke nicht gern an meine Eltern – der Weg bergab ist viel leichter ohne sie.

»Hallo? Bist du noch da, Simon?«

»Das ist was für mich, auf jeden Fall. Ich musste nur gerade an meine Mutter denken.«

»Sie hätte es bestimmt gut gefunden.«

»Ja, ich weiß.«

»Dann schick Eric schnellstmöglich deine Unterlagen.«

»Das werde ich.«

»Gut. Was machst du eigentlich gerade?«, fragt sie dann.

»Wie bitte?«

»Du sagtest, du bist auf der Straße.«

»Ich wollte … ich muss …«

»Einkaufen?«

Das war es, das wollte ich noch tun und hatte es glatt vergessen. Das ist Marcis Art, ich kenne sie nur zu gut, sie gibt die richtigen Antworten mit ihren Fragen gleich mit. Nicht ganz uneigennützig, aber im Sinne der Beziehung ein guter Wegweiser. Ich muss ihr nicht folgen, aber ich wäre dumm, es nicht zu tun. Es *wieder* nicht zu tun, um genau zu sein.

»Stimmt. Ich bin gerade auf dem Weg zum Supermarkt«, gebe ich vor, mache eine Kehrtwende und gehe zurück zu einer Seitenstraße, die ich vorhin auf der Flucht passiert habe und die mich geradewegs dorthin führt. Diese Richtung wollte ich eigentlich meiden und mit Unwohlsein geht mein Blick zur Bar hinüber.

»Das trifft sich gut!«

»Warum?«

»Weil ich einen Wunsch habe.«

Ich lache, hoffentlich gewinnend und charmant. »Und du glaubst, den kann ich dir erfüllen?«

»Wenn nicht du, wer sonst?«

»Niemand sonst! Was ist es denn?«

»Es ist etwas, das du mir bei unserem ersten Treffen geschenkt hast. Vielleicht erinnerst du dich noch daran.«

Moment, das ist ein Test! Die Erinnerungen an unser erstes Treffen blättern wie ein Stapel Fotos vor meinem inneren Auge durch. Ich halte kurz inne und schaue mir eines genauer an, es zeigt uns beide bei der Begrüßung vor dem Café. Es ist alles da, jedes Detail: Ihr weinrotes Halstuch, das sich um ihren zarten, schmalen Hals schmiegt, ihre Grübchen, die ich nach einem Hallo links und rechts küsse, ihr erwartungsvoller Blick auf die Geschenktüte, die an meinem Zeigefinger hängt. Sie kann nicht warten und packt das Geschenk direkt dort vor der Tür aus, wie ein kleines Mädchen am Gabentisch.

»Du meinst die Halskette aus Onyx? Ich würde dir ja lieber etwas Wertigeres mitbringen.«

»Der Wert ist mir egal und ich habe auch nichts gegen eine Halskette, aber eigentlich meine ich etwas anderes … etwas, das Frauen betört.«

»Schokolade?«

Natürlich! Seit wann gibt es Onyx-Ketten im x-beliebigen Supermarkt? Sie lacht und es ist gewinnender und charmanter, als ich je war. Dieser warme, herzliche Klang bringt mich unwillkürlich zum Schmunzeln und die graue Welt um mich zum Verschwinden.

»Das ist es! Ich will diese Schokoladenherzen von damals.«

»Ich weiß gar nicht, ob der Supermarkt noch so alte Schokolade verkauft. Sonst bringe ich dir neue mit, okay?«

Ich höre einen Satz am anderen Ende der Leitung, der wie ihre innere Stimme klingt, die zu ihr spricht: »Das habe ich vermisst …«

Ich auch.

DR. FEINÄUGLE

Nach minutenlangem Wegstreunen von der Gefahr und Neuorientieren zum Supermarkt setzt die Bewegung in mir aus. Ich mache auf dem Bürgersteig halt, genau vor dem Schaufenster eines geschlossenen Eisenwarengeschäfts und betrachte mich in der Spiegelung. Hinter meiner Kontur tut sich ein finsterer Himmel auf; eine Wand dunkel wie die Nacht. Erschrocken schaue ich auf meine Uhr und sehe, dass es gerade mal drei Uhr ist. Ich habe also noch genügend Zeit bis zu Maximilians Observation. »Aber, dass es so früh schon dunkel wird …« Mich überkommt ein sonderbares Gefühl, ein Drohen in meinem Nacken und furchtsam wandert mein Blick zurück in das Glas. Die Schwarztöne beginnen zu fließen wie Quecksilber bei Raumtemperatur und meine Umrisse verflüchtigen sich in die eingebrochene Dunkelheit. Ich schaue mich in jede Himmelsrichtung um. Der Bezirk scheint wie verlassen, geisterhaft, verödet und das Grau hängt unbewegt über mir wie auf einem Gemälde. Es bedrückt mich, verstört mich, und entfernt mich von der Stadt, die ich kenne.

Hier draußen existiert sie nicht mehr, die Oberwelt; der Fährmann muss mich offenbar in das unterweltliche Berlin auf der anderen Seite des Styx gefahren haben.

Mit einem Tippen prüfe ich meine Hosentasche, höre Geldmünzen und meinen Schlüssel klirren und ziehe weiter den Bürgersteig entlang. Ich beobachte die verschlossenen Fenster der Wohnhäuser. Einige sind mit Gardinen oder Bettdecken zugehängt, andere verbarrikadiert, mit Holzlatten zugenagelt, und nur einige wenige erlauben einen Blick hinein. Sie sind die Nächsten, man wird sie zur Gondel des Fährmanns führen, sinniere ich und lasse meinen Blick von etwas anderem entführen. In einem Aufgang steht FEARWAR IS WATCHING YOU! gesprüht und im Fenster darüber hängt ein Banner mit der Aufschrift *#TechfinitionIsTheDevil.*

Torgen hatte recht, da gibt es tatsächlich einen Zusammenhang. Hier wird es garantiert als Erstes brennen. Ich entscheide mich dafür, den Fund mit einem Foto zu dokumentieren – auch für Torgen. Ich nehme mein Handy aus der Tasche und richte es auf das Banner. Dann erschüttert mich plötzlich ein kräftiges Scheppern. Bevor sich der Fokus der Kamera scharf stellen kann, zwingt es mich in die Hocke. Schmerzvoll schlägt mein Herz von innen gegen die Brust und aktiviert alle Muskeln in meinem Körper. Es sind zwei Autos auf der Kreuzung von Lütticher und Seestraße zusammengestoßen, knapp hundert Meter vor mir. *Nur ein kleiner Zusammenstoß*, denke ich erleichtert. Kein Schuss, keine Explosion, und keine Gefahr in meine Richtung, sondern nur ein gewöhnlicher Unfall. Aber auf den zweiten Blick habe ich dann doch Zweifel. *Warum ist der eine dem anderen denn mitten auf der weitläufigen Straße in die Seite gerauscht?* Im selben Augenblick kommen drei Vermummte hinter dem Stromkasten an der Ampel hervor, rennen auf die Kreuzung und zerren den Fahrer aus dem gerammten Auto. Er ist bewusstlos, aber sie schlagen dennoch auf ihn ein. Ich bin erschüttert und beeile mich, Fotos von dem Überfall zu machen. Sie gelingen mir nicht, denn allesamt sind unscharf, wegen der Entfernung und der Lichtverhältnisse.

»Hey!«, schreit mir jemand zu, ich glaube zumindest, dass ich gemeint bin. Ich stecke das Handy hastig in meine Jackentasche und gehe zügig weiter.

Vor der Geschichte mit dem Bundeskanzler wäre ich wahrscheinlich hingelaufen, hätte dem Mann geholfen und die Polizei oder einen Krankenwagen alarmiert – Brief und Siegel darauf! Aber nun ist alles anders, es müssen sich mal andere beweisen, die näherstehen, und Zivilcourage zeigen, es kann nicht immer nur ich sein, der sich um alle anderen kümmert. Aus meinem zügigen Gang ist mittlerweile ein Laufschritt geworden. Schreie und Motorenheulen lassen mich noch einmal beschleunigen, und als ein donnernder Knall folgt, den ich an meinen Sohlen über den Boden vibrieren spüre, laufe ich um mein Leben.

Schnaufend suche ich Unterschlupf in einem mit Grün bewachsenen Hauseingang und drücke mich an die verschlossene Tür. Meine Augen spähen an der Hauswand vorbei, aber ich sehe nur mich selbst. Es ist kein schöner Anblick. In der Ferne höre ich Reifenquietschen, ein paar Rufe, doch nichts davon spielt sich auf der Straße direkt vor mir ab. Kurz darauf, es dauert vielleicht eine Minute, verstummt der Lärm. Keine Sirene kündigt die Polizei an, keine Menschenseele ist weit und breit, nur ein bewusstloser Autofahrer, den ich von hier aus nicht mehr sehen kann, und ein erwachsener Mann, der sich in einem Hauseingang versteckt.

Ich öffne die Jacke einen Spalt und führe meine Hand auf die Stelle links neben meiner Brust, wo ein Halfter mit einer geladenen Pistole sitzt. *Was soll ich sagen?* Ich habe sie aus dem Verhörraum der Polizei gestohlen. Ich bin eigentlich kein Dieb, aber ich wollte immer schon eine Waffe haben und war bereits drauf und dran, den kleinen Waffenschein zu beantragen. Im Dienst darf ich keine Waffe benutzen, aber für die Privatmänner in meiner Branche ist es nicht unüblich, eine zu haben. Es gab auch Kunden, die sich über diese Art von Selbstschutz informiert haben, folglich brauche ich natürlich Praxiswissen. Mir ist bewusst, dass es nicht richtig war, sie zu stehlen, aber ich weiß, wie ich es wiedergutmachen kann. Ich muss nur das Richtige mit ihr tun. Letztlich hat es doch keine Bedeutung, ob sie gestohlen oder rechtens erworben ist, wenn man das Herz am rechten Fleck hat. Darauf kommt es schließlich an.

Ich wiederhole den Satz gedanklich und finde endlich die Motivation, auf den Gehweg zurückzukehren. Ich habe das Herz am rechten Fleck und die Pistole wird mein Diener sein.

»Wenn es sein muss, werde ich schießen«, sage ich gebetsmühlenartig vor mich hin und nähere mich schleppend der Kreuzung, denn die Nachwirkungen der Flucht lösen eine Betonschwere in meinen Beinen aus. Dann ertönen Schritte hinter mir, schneller als meine Gedanken, und ein Mann zieht mit gesenktem Kopf an mir vorbei. Den kenne ich doch, das ist mein Hausarzt!

»Herr Dr. Feinäugle?« Das kleine, weißhaarige Männlein mit dem Kinnbart spitz wie seine Schultern dreht sich zu mir um und schaut mich befremdet an. »Ich bin es, Simon Wächter. Ich hatte doch mal das Problem mit meinem linken Knie.«

Ich weiß nicht, ob er sich an mich erinnert, aber Zweifel darüber lässt er sich nicht anmerken. Er kommt mit einem Lächeln auf mich zu und gibt mir seine Hand. »Wie geht es denn Ihrem Knie, Herr Wächter? Sie humpeln ja immer noch.«

»Alles in Ordnung, ich bin nur in Eile wegen des Überfalls falsch aufgetreten. Gut, dass Sie hier sind!«, sage ich erleichtert.

»Was denn für ein Überfall?« Er ist erschrocken und gespannt zugleich – ein Arzt will so etwas von Natur aus wissen.

»Da vorn auf der Kreuzung! Da liegt ein Verletzter, er braucht Hilfe!« Zur Hilfe ist er sofort bereit und wir eilen gemeinsam an den Ort der Tat. Wir pirschen uns auf den letzten Metern an und hocken uns hinter einen Altglas-Container. Mit dem Zeigefinger löse ich den Druckknopf des Halfters. »Ich würde schießen, wenn es die Situation erfordert. Ich würde es tun, wenn es nötig wäre«, flüstere ich und bestärke damit meine Bereitschaft.

»Was würden Sie tun?«, fragt Dr. Feinäugle.

»Helfen.«

Er macht ein undefinierbares Geräusch, hebt seinen Kopf über den Container und rotiert ihn dann vogelhaft von einer Seite zur anderen.

»Sehen Sie was?«

»Nein.«

»Mitten auf der Straße. Ist da nichts?«

»Nein.«

Auch ich hebe meinen Kopf. Zu unserer Überraschung ist der Verletzte verschwunden, nur Bremsspuren und gesplittertes Glas auf dem Asphalt zeugen noch von dem Überfall, und etwas Blut, auf das ich mit dem Finger deute. *Wurde er von den Verbrechern entführt und im Waldrand verscharrt oder hat ihn eine gute Seele bereits ins Krankenhaus gebracht?* Ich bin ratlos, denn ich wüsste nicht, wo er sonst sein sollte. Die geringe Sichtweite durch das Dämmerlicht verwirrt meine Augen, die Straßen enden in einem grauen Dunst und die Fenster in den umliegenden Häusern sehen aus wie schwarze Löcher. Das Licht in einer der Wohnungen geht nun an und ich kann hinter den Gardinen einen Kopf und eine wild fuchtelnde Hand erkennen, die ein Signal ins Innere des Verstecks macht, bis das Licht wieder aus geht. Hier hat anscheinend jemand die Szene von Anfang bis Ende beobachtet und nicht geholfen.

Wir kehren um und ich erzähle Dr. Feinäugle, was ich bei dem Überfall beobachtet habe, allerdings mit der harmlosen Abwandlung, dass ich gerade auf der Suche nach Hilfe war. Er kam also wie gerufen, erkläre ich ihm, und er ist von der Geschichte sichtlich beeindruckt. Wir diskutieren nun über die kürzlichen Vorfälle, zeigen Betroffenheit und konstatieren den Niedergang der Werte. Zum Ende – ich warte auf den richtigen Moment, um nicht taktlos zu wirken – sage ich: »Ich war übrigens heute bei Ihrer Praxis.« Ich drehe ihm meine wunde Seite zu und ziehe den Kragen herunter, damit er das ganze Ausmaß zu Gesicht bekommt.

»Ich habe es gerade schon gesehen. Schaut nicht gut aus. Wie ist das denn passiert?«

»Das weiß ich nicht, ehrlich gesagt, denn ich leide momentan unter Gedächtnisverlust. Ich dachte, vielleicht können Sie mir da weiterhelfen.«

»Gedächtnisverlust?« Er kommt näher heran und schaut sich die Stelle mit fachlichem Blick an. Ich spüre, wie seine scharfen, hellen Augen mich wie mit Röntgenstrahlen durchleuchten. »Na ja, für mich sieht das wie eine Verätzung aus. Eine leichte Verätzung würde ich sagen.«

»Und was kann ich dagegen tun?«

»Sie müssen die Stelle gut mit Wasser abspülen. Mit viel Wasser. Danach tragen Sie eine Glukokortikoid-haltige

Salbe auf. Falls Sie so eine auf die Schnelle nicht finden, fetten Sie die Verätzung wenigstens gut ein.«

»Vielen Dank für die schnelle Hilfe, Herr Doktor. Woher kann ich so eine Verätzung denn haben?«

Er stößt die Luft aus, während er mit der Hand an seiner Stirn reibt und nachdenkt. »Durch Kontakt mit Säuren, Laugen, Lösungsmitteln. So was halt. Das kann Ihnen vielerorts passieren, wenn Sie zum Beispiel in einem Labor arbeiten.«

»Würden Sie denn sagen, dass es ungewöhnlich aussieht?«

»Ich habe die Wunde jetzt nur kurz gesehen ...«

»Unnatürlich vielleicht?«

»Was meinen Sie damit?«

»Na ja, könnte das, sagen wir zum Beispiel von außerirdischen Wesen stammen?«

»Das weiß ich nicht.« Er beginnt stakkatohaft zu lachen und hält sich seine Hand vor dem Mund. »Ich habe noch keinen Außerirdischen getroffen.« Seine Lache wird immer impulsiver und abgehackter, sein Kopf rötet sich und ich bin mir nicht mehr sicher, ob er lacht oder hustet. Seine Mimik erstarrt nun plötzlich und seine Augen zucken, als brenne etwas in seinem Kopf durch, dann stoppt er abrupt und beendet den Blickkontakt. »Na gut«, sagt er dann, von einer Sekunde auf die andere, zurückgekehrt in den Normalzustand, »ich muss jetzt los. Gute Besserung, Herr Wächter!«

»Wie bitte? Aber nein, ich meine doch nur hypothetisch. Ich bin doch kein Spinner. Das ist ...«

Er nickt, lächelt und eilt in dem grauen Dunst davon.

»Herr Dr. Feinäugle?«

Was ist hier gerade passiert? Lässt er mich einfach auf dem Gehweg stehen und rennt wie ein Geistesgestörter davon? Das ist äußerst unprofessionell und unhöflich obendrein. Er zeigt damit keine ernsthafte Bereitschaft zur Hilfe. *Hat ihn meine Frage etwa irritiert?* Ich habe doch keine Antworten, sondern suche welche. *Ich* müsste irritiert sein mit dem Ding in meinem Gesicht, nicht er. Nun weiß ich auch, was die privaten Gründe für seine Praxisschließung sind. Der ist offenbar nicht mehr ganz dicht.

ALLES, WAS DU BRAUCHST

Mit der ärztlichen Diagnose stehe ich halb fassungslos, halb versonnen vor der Apotheke und versuche wie ein Ermittler die Szene noch einmal zu rekonstruieren. Kein Licht im Rauminneren, die Scheiben zerbrochen, die Medikamentenpackungen liegen weit verstreut auf dem Gehweg und ein Pflasterstein vor dem Eingang schreit förmlich Tatwaffe. Ich trete näher und ziehe probeweise an der Tür, die verschlossen ist. Mein ermittlerisches Urteil sagt, dass sich hier ein Gesetzloser Zutritt verschaffen wollte. Mehr fällt mir nicht ein, außer ein gelindes Bedauern, wenn ich bedenke, dass sie erst vor einem halben Jahr eröffnet haben.

Ich sehe keine Bewegung in der Apotheke und klettere langsam durch das Fenster. Vorsichtig steige ich über die Glassplitter hinweg, die sich die Physik zunutze gemacht haben, um ein mutiges Eigenleben auf dem Boden zu führen.

»Hallo?«, rufe ich. »Jemand hier?«

Hier wurde offensichtlich geplündert, denn nichts steht mehr gerade, nichts ist mehr an seinem Platz, soweit ich es im mangelnden Licht erkennen kann. Die erlefarbenen Holzschubladen sind aufgerissen, die Glasregale zersplittert, die Marmorplatten auf den Theken leer gefegt – das Post-Apotheken-Dasein spielt sich vor allem auf dem Acrylharzboden ab, wo sich die meisten Tabletten, Kapseln, Granulate und Verpackungen zu den Glassplittern gesellen. Anfangs prüfe ich sorgfältig, ob ich etwas davon gebrauchen kann, doch schon bald behalte ich alles, was mir vom Namen her bekannt vorkommt oder wenigstens eine taugliche Beschreibung auf der Vorderseite hat. Mit meinem Handy beleuchte ich die Packungen und sammele vorwiegend Schmerzmittel, Verbände und Wund- und Heilsalben in einer großen Tüte, die ich unter der Theke gefunden habe. *Sprach Dr. Feinäugle nicht von Glukokortikoid?* Endlich habe ich gefunden, wonach ich gesucht habe. Ich mustere die Packung von allen Seiten und lege sie zufrieden zu den anderen Schätzen in die Tüte.

Ich muss Sachen im Wert von mehreren Hundert Euro ergattert haben … ungläubig lese ich die überteuerten Preise auf den Verpackungen … aber ich sehe keine Möglichkeit, mich geldlich zu revanchieren. Ich wüsste nicht, wie ich es hätte richtig machen können. *Nur das nehmen, was ich bezahlen würde und das Geld in die aufgebrochene Kasse legen, damit es sich der Nächste nimmt, der unbefugt hier einsteigt? Oder die Polizei rufen, damit sie hier alles abriegeln?* Dann hätte ich jetzt keine Salbe, und in Zeiten wie diesen, geht die Salbe nun mal vor.

Bevor ich die Apotheke verlasse, werfe ich einen prüfenden Blick in die Häuserreihe vor mir, und an der nächsten Ecke gilt meine Sorge auch schon den Streunern. Die Straße ist zu einer Freakshow verkommen. Gewöhnliche Passanten, die sonst einen großen Teil ihres Tageslebens in öffentlichen Räumen verbringen, sieht man immer seltener, es sind nun vor allem die finsteren, eigentlich nachtaktiven Gestalten unterwegs, die auf Raubzügen zu sein scheinen. Unentwegt ertönen Sirenen in der Ferne, mal von der Polizei, mal vom Rettungsdienst, mal von der Feuerwehr, nur sieht man sie kaum, die Hüter und Helfer. Es ist jedoch nachvollziehbar, denn sie sind gerade an anderen Orten beschäftigt und kümmern sich um andere Menschen, denn für 08/15-Überfallopfer und marginale Räubereien gibt es momentan zu wenig Kapazitäten. Wie sagte mein Vater immer? Erst die Persönlichkeit, dann die Person.

Drei Mittzwanziger kommen mir wie marodierende Hähnchen entgegen. Ihre Federkleider sind ranzig, ihre Köpfe gerupft und ihre Hälse mit Ringen und Stempeln markiert. Gleichgültig ziehe ich an ihnen vorbei, doch sie fixieren mich mit tiefen Blicken, wollen mich offensichtlich in einen ritualisierten Kampf verwickeln, aber ich lasse mir nach außen hin nichts anmerken und trage mein Hab und Gut unschuldig wie einen Einkauf. Im Innern hingegen bin ich wie ein Nomade, der hellwach durch den sterbenden Bezirk wandert, in der Hoffnung, zwischen den geschlossenen und abgesperrten Geschäften noch etwas Brauchbares finden zu können.

Mein nächstes Ziel ist die Müllerstraße, die meine Einkaufsstraße mit ordentlicher Auswahl an Supermärkten, Discountern und Drogerien ist. Die Dinge scheinen wirklich Ernst zu sein, denke ich und kann es noch immer nicht glauben, als ich die Geschäfte sehe. Viele der Eigentümer haben innerhalb weniger Stunden auf die ungeheure Situation reagiert und die großen Glasfronten mit Pressspanplatten vernagelt oder von innen leer geräumt. Einige Schaufenster sind eingeworfen – diese wurden von außen leer geräumt. Überhaupt zeigen sich keinerlei Produkte mehr, nur noch verwaiste Orte, auf denen ebenfalls Stencils von FEARWAR warnen. *Was mich wohl im Supermarkt erwartet?* Ich habe keine Idee und bereite mich innerlich auf alles vor. Überrascht bin ich dennoch, als ich eine geballte Menschentraube, unter Scheinwerferlicht in der Dämmerung, vor meinem Lieblingsmarkt stehen sehe. Es ist ein hektisches Gedrängel und Gewühle, und immer wieder ruft eine Männerstimme zur Ordnung auf. Die Leute kommen mit Autos, fahren blitzschnell vor, halten auf dem Gehweg und stürmen in die Traube hinein. Jene, die zurückkommen, springen regelrecht in ihre Fahrzeuge und verschwinden sofort wieder. Ich stelle mich dort an, wo ich das Ende der Schlange vermute. Ein älterer, Strickjacke tragender Mann vor mir ist geduldig und gefasst und ich glaube, dass er weiß, was hier gerade passiert.

»Können wir nicht rein, Kumpel?«

»Nein, die lassen uns nicht«, antwortet er aus einer Öffnung inmitten seines Ziegenbarts. »Hier wurde zu plündern versucht, darum hat der Supermarkt die Türen geschlossen und funktioniert nur noch als Ausgabe.«

»Als Ausgabe?«

Davon sehe ich nichts und lasse mich von der Masse in die richtige Richtung schieben. Das vermag nur zu funktionieren, wenn man sich in der Mitte eingeordnet hat, denn Randständige driften schon mal bis zur Straße ab. Es dauert lange, bis ich dran bin, aber nach heftigem Gerangel und wüsten Beschimpfungen stehe ich vor der berüchtigten Ausgabe, die vor dem Eingang installiert wurde. Ich grüße freundlich durch den grell beleuchteten Spalt aus Holzbrettern, der die Schiebetür hinter sich verdeckt, doch eine Antwort bekomme ich nicht. Der Verkäufer schaut mich ungeduldig an. Es ist ein junger Typ, grob wie ein Scharfrichter, breit wie ein Bulle und mir ist klar, warum er dort steht und nicht die freundliche alte Dame, die mich sonst immer bedient und die seit Jahren an der Fleischwaage falsch schätzt. *Sind 286 Gramm auch in Ordnung?*, höre ich innerlich und dann nicke ich wohlmeinend.

»Wie funktioniert das hier? Haben Sie vielleicht Schokoladenherzen?«, frage ich ihn und vernehme umgehend die schroffe Ungeduld der Leute hinter mir. »Ist der bescheuert?«, brüllt jemand hinter mir. »Der soll sich beeilen!«, ein anderer.

»Nein, haben wir nicht! Ausschließlich fertige Pakete. Dreißig Euro das Stück, maximal zwei pro Person.«

»Das ist aber ein happiger Preis. Ich weiß ja gar nicht, was da drin ist.«

»Alles, was du brauchst, und wenn du weiter diskutierst, kostet dich jedes Paket hundert Euro. Mal sehen, ob du dann dreißig Euro immer noch happig findest.«

»Dann zwei, bitte.«

Sein selbstgefälliges Grinsen tue ich mir nicht an und reiche ihm das Geld. Für die sechzig Euro bekomme ich zwei schwere Tüten. Reis, Nudeln und Gemüse in Dosen kann ich auf den ersten Blick erkennen. Alles, was ich brauche, außer die Schokolade für Marci. Der Ausweg aus der Traube ist nahezu unmöglich, weil unnachgiebig in die andere Richtung geschoben wird. Beinahe reißen mir die Tüten und beim Versuch, sie an meinen Körper zu pressen, greift jemand in meine Medikamententüte. »Hey, das ist meins!« Die Hand mit den Medikamenten verschwindet in der Menschenmasse. »Verdammt!« Erst kommt das Fressen, dann die Moral. Auch ein Satz meines Vaters. Eilig ramme, schubse und drängele ich mich an Kleinen, Alten und Frauen vorbei. Eine krummbuckelige Alte schlägt mir schwächlich mit der flachen Hand in den Nacken, nachdem ich ihr auf den Fuß getreten bin. »Hey, du Hexe!«, rutscht es mir heraus. Wir alle sind wohl ganz schön gereizt.

Ich nehme den kürzesten Weg zu meiner Wohnung, verlasse die Müllerstraße am anderen Ende und biege in meine ein. Keine der Laternen leuchtet, mich begleitet nur das Restlicht von jenen aus der Einkaufsstraße und das der dämmernden Sonne, die sich allmählich immer mehr hinter dem bedeckten Himmel verabschiedet. Es macht mir

Mühe, etwas zu sehen und Schweißperlen rinnen mir über die Stirn, da die Beutel mächtig an meinen Armen ziehen. Ich bin es nicht mehr gewohnt. Ich bin kraftlos und müde und meine Wunde schmerzt erbarmungslos. Ich träume, wie ich die Salbe auftrage und mir eine Linderung mit den Schmerzmitteln verschaffe, die ich mit kühlem Wasser einnehme. Dieser Schmerz, dieser Durst, und dann noch die Gedanken an Maximilian, all das rast konfus durch meinen Kopf, bis ich die Orientierung verliere und auf dem Gehweg stehen bleibe.

Wer ist das? Ein dürres Mädchen kommt mir entgegen. Sie hat ungekämmtes, blondes Haar, eine spitze Nase, großen Augen und ist für diese Jahreszeit ganz schön spärlich bekleidet. Das ärmellose Kleid, das dünne, offene Jäckchen und die Sandalen an ihren Füßen können sie nicht vor der herbstlichen Kühle schützen. Ihr verlorener Blick reagiert nicht auf mein Lächeln. Stattdessen schleicht sie lethargisch an mir vorbei und an jenem Punkt, an dem sie meiner Kopfdrehung entflieht, packt sie unerwartet eine meiner Tüten und versucht sie an sich zu reißen. Ich habe keine Mühe, dagegenzuhalten, und ziehe die Tüte zurück, bis das Mädchen hinfällt. Sie hebt eine Dose Tomatensoße, die ihr entgegenrollt, auf, und schon packe ich sie am Arm. »Lass ja die Finger davon!«, höre ich mich kaltherzig zischen. Ich bin nicht mehr Herr über mich. Ich spüre, dass eine parasitäre Kraft meinen Körper beseelt. Eine Art von Eigenleben, das meine Hände vom Steuerrad zieht und mich zur passiven Mittäterschaft zwingt. Das Mädchen lässt die Dose auf den Gehweg fallen, als mein Griff fester wird und fremde Gedanken meinen Kopf durchfluten und meine Vernunft überrennen. *Welch ein Mädchen streunt zu dieser späten Stunde allein durch die Straßen? Warum ist sie so aufsässig? Ob sie wohl von hier kommt? Ist sie nicht ungewöhnlich blass*? Aber das sind nicht meine Gedanken, sie geistern nur durch meinen Kopf.

»Du bist nicht von hier, oder?«

»Doch.«

»Du bist Deutsche?«

»Ja.«

»Wie ist dein Name?«, höre ich mich fragen, doch plötzlich spüre ich in mir einen unerträglichen Druck, der mich zu zerfetzen droht. Mein Mund zieht sich in die Breite, meine Augen stoßen sich voneinander ab und meine Ohren hören getrennt das Rauschen dieser Welt. *Sieh sie dir doch an! Das Mädchen ist gerade mal zehn Jahre alt, sie könnte dein eigenes Kind sein!* Mein Blick geht vom Gesicht des Mädchens über ihren Arm zu meiner Hand, wo die Sehnen unter der Haut sich wegen des festen Griffs anspannen. *Lass sie los, du Idiot!* Ich kann nicht. Es geht nicht, meine Finger wollen sich nicht aus der Starre lösen. Doch dann geht das Licht der Laternen um uns herum an, ihr Gesicht erstrahlt und sie sagt: »Marcia.«

»Unmöglich«, flüstere ich und schlucke den inneren Druck herunter. Meine Hand lässt von ihr ab und die kleine Marcia läuft unvermittelt davon.

»Halt!«, brülle ich und ich weiß nicht warum, aber ich ergreife die Tüten und beginne auch zu laufen. Marcia rutscht auf den Bordstein aus, weil sie sich nicht entscheiden kann, ob sie über die Straße fliehen oder anhalten soll, und dabei tritt sie in ein Loch in der Rinne. Sie stolpert und fängt sich mit den Händen am Boden ab, aber der Inhalt ihrer Jackentasche verteilt sich auf dem Asphalt und ein Handy landet direkt vor meinen Füßen. Ich hebe es auf, schaue erst sie streng an und dann das Handy. Es ist ein edles Gerät von *Techfinition*, ein riesiges Flaggschiff mit randlosem Display und goldenem Rückcover.

»Ist das deins?«

»Ja, das ist meins!«, ruft sie am Bordstein sitzend.

»Nein, ist es nicht. Das hast du doch gestohlen, habe ich recht? Weißt du denn nicht, dass du nicht stehlen darfst?«

Wortlos putzt sie sich ihre Hände am Kleid ab und sammelt ihre Sachen von der Straße auf, während ihr Gesichtsausdruck sich von frech zu trotzig wandelt. »Nein, das ist nicht meins.«

Sie bleibt ergeben vor mir stehen, wie eine Schülerin vor ihrem Lehrer, und wartet auf ihre Strafe. Ein Windstoß weht das Haar in ihr Gesicht, sie streicht es zur Seite und schaut mich mit ihren großen, traurigen Augen an. Sie sieht genauso aus wie sie, denke ich und fühle mich elend. Ich brauche einen Moment, um mich zu überwinden, schiebe ihr dann aber die schweren Supermarkt-Tüten zu, und zeige auf den Beutel von der Apotheke, der um mein Handgelenk gewickelt ist. »Die beiden gebe ich dir, doch diese hier brauche ich, das sind meine Medikamente, und das Handy werde ich auch mitnehmen, weil du es gestohlen hast. Ich gebe es dem Besitzer zurück und werde ihm ausrichten, dass es dir leidtut.«

»Ich wollte es eh nicht haben.«

»Das dachte ich mir. Kannst du die Tüten tragen oder sind sie zu schwer für dich?«

Sie schüttelt den Kopf und zeigt Erleichterung in ihrem mit Dreck beschmutzten Gesicht. Ich meine, sie lächeln zu sehen, kann es aber nicht sicher sagen, da sie sich sofort den Tüten zuwendet. Sie nimmt eine in jede Hand, stemmt die Schultern hoch, bewegt die riesige Last wenige Zentimeter über den Boden und taumelt dann los. Hinter der Straßenlaterne löst sich ihre Silhouette in einer grünstichigen Aura auf, bis sie Sekunden später ganz verschwunden ist.

DER HENKER

Der eisgekühlte Brandy läuft durch meine trockene Kehle, Schluck für Schluck rollt er hinab wie Öl. Erst als ich die Flasche absetze, schmecke ich den billigen Fusel, den ich zu Hause in meinem vereinsamten Küchenregal gefunden habe – und das vermeintliche Öl wird zu einem Brand. Ich muss Leitungswasser hinterherkippen und hänge schließlich hustend über der Spüle.

Reis, Nudeln und Gemüse in Dosen, das alles fehlt mir, aber mein Hunger plagt mich weniger als der Schmerz, den mir die Wunde bereitet, insbesondere seit sich der Alkohol wie eine Legierung über meine Magenwand gelegt hat. Mit flatternden Händen suche ich in meiner Apotheken-Beute nach der Glukokortikoid-haltigen Heilsalbe. Mehrmals durchwühle ich die Tüte im Lichtkegel der Deckenlampe, bis ich alles ungeduldig auf den Boden kippe. Ich knie mich hin und drehe jede Packung zweimal unter dem Wutschrei der pulsierenden Wunde in meinem Gesicht um, aber ich finde es nicht, das Gegengift für die Inflammation. *Kann das wirklich sein?* Ausgerechnet *diese*

Salbe wurde mir gestohlen? Wütend schmeiße ich einige Medikamente gegen die Wand und laufe mit anderen eilig ins Badezimmer. Ich kann mich gerade noch zusammenreißen, aber innerlich bebe und rase ich und möchte am liebsten brüllen. Vor dem Spiegel fantasiere ich, wie ich dem gesichtslosen Dieb meine Pistole gegen die Schläfe drücke und peng! Ich hätte schießen können, hätte ich es vorher gewusst. Ich ziehe gedanklich mit dem Finger am Abzug, wieder und wieder, bis auf einmal das kleine Mädchen vor mir erscheint und die Wut verpufft.

Ich kühle mein glühendes Gesicht mit kaltem Wasser und überfliege die Packung eines Schmerzmittels, dessen Namen ich auf Anhieb nicht aussprechen kann. Ich schlucke eine Tablette, kaue eine zweite mit Ekel und trage eine stark fettende Salbe auf die Verätzung auf. Es brennt teuflisch, aber ich bilde mir ein, dass es ein wohltuendes Brennen ist, das sich wie schnell wachsende Wurzeln in meinen Oberkopf gräbt. Das Licht des Spiegelschranks schaltet nun einen Farbton tiefer und meine Hände umklammern den Waschbeckenrand. Dieses wohltuende Gefühl raubt mir gleich den Verstand. Kopflos laufe ich durch meine Wohnung … ich wollte irgendetwas machen. Ich stelle mich ans Fenster und beobachte die lichtarme Straße, gehe in die Küche und lausche den Nachbarn bei einer Diskussion über die letzte Scheibe Brot. *Was wollte ich machen? Essen?* »Schön wär's!« Mein Magen zieht sich zusammen wie im Vakuum und meine Beine und Hände folgen seinem ruhelosen Tanz. Mir ist warm, mein

Blutdruck hebt sich und es brodelt unter meiner Schädeldecke. Abgekämpft und zerschlagen sitze ich auf dem Küchenstuhl und wehre mich gegen die mir unbekannten Bilder von FEARWAR, die gerade durch meinen Kopf rasen, von einem roten Flyer mit ihrem Robotergesicht, einer Backsteinwand mit ihrem Stencil, ihrem Namen auf meiner Computertastatur, langsam getippt mit meinen Fingern. Ich schaue sie mir an, die Finger, und ziehe sie zu Fäusten zusammen, bis sie knacken und die Haut auf den Gelenken weiß wird. Mein Blick driftet davon, angezogen vom röstigen Duft der Kaffeemaschine, bis mich die braunen Spuren auf der Glaskanne abstoßen. *Ist das eine Fata Morgana oder sehe ich etwa richtig?* Dort steht eine Dose, groß und metallisch. Es sind – ich springe auf – Kidneybohnen, die ich mal für mein berühmtes Chili con Carne gekauft hatte. Noch über drei Jahre haltbar.

Begierig entstaube ich sie mit meinem Ärmel, reiße den Deckel mit der Lasche auf, nehme einen Löffel und setze mich an den Tisch. Ich esse sie, kalt wie sie sind, direkt aus dem Metall-Pott mit der scharfen Kante an der Öffnung, in kalter, sämiger Flüssigkeit. Bohnen sind das Leckerste, was ich seit Tagen verzehrt habe. Es ist wie ein revolutionärer Akt, als die kleinen Bohnen sich im Schutz ihrer Nierenform unbemerkt in das System der autokratischen Herrschaft des Alkohols schleichen, der selbstverliebt in den echten Nieren thront. Sie bombardieren ihn mit einem wahrhaften Geschmacksfeuerwerk und schlagen ihn in die Flucht über die Blutbahnen, wo er strauchelt und in Überblutgeschwindigkeit verbrennt. Mir läuft der rote Saft das Kinn hinab und ich verschlucke mich fast, so schnell schaufele ich das Essen in meinen Rachen. Was ich mit dem Löffel nicht fassen kann, trinke ich am Ende direkt aus der Dose. Es folgt ein angenehmes Völlegefühl und ich bin zufrieden.

Wenn ich von irgendwoher, sagen wir mal, dreißig Dosen Kidneybohnen besorgen könnte, würde ich locker einen Monat überleben können. Oder dreihundert, dann könnte ich mich ein Jahr lang in meiner Wohnung verschanzen. Dreitausend, das macht zehn Jahre. *Wie lang sind die eigentlich im Höchstfall haltbar?*

Dann erinnere ich mich wieder, was ich machen wollte – mit vollem Bauch lässt es sich wirklich besser denken. Ich hole mir das Handy von *Techfinition* und setze mich wieder an den Tisch. Eine SIM-Karte ist nicht in dem Gerät. Sehr clever, die kleine Marcia, die hat sie wahrscheinlich sofort weggeworfen. Bevor ich es anschalte, mache ich es erst einmal mit einem Taschentuch sauber. Ein paar Kratzer hat das Cover beim Sturz aus ihrer Jackentasche abbekommen – sehr schade. Es ist eines der neuesten Modelle, meine ich zu wissen. Welcher armen Seele es wohl gehört? Es hat keine Bildschirmsperre und ich kann sofort auf die Kontakte zugreifen, die darauf gespeichert sind. Ich lese eigenartige Namen, einige klingen ausländisch, andere martialisch. *Der Henker?* Bei dem melde ich mich auf keinen Fall. *Kontakte löschen. Alle.* Ich habe es getan, die Kontakte sind weg.

Es ist zu gefährlich, in Zeiten wie diesen, ein Handy zurückzugeben. Wer weiß, wem die Kleine es abgenommen hat. Obwohl, ich glaube, *Der Henker* ist diese neue, hippe Bar, wo man nur mit Reservierung einen Platz bekommt. Es wäre also nicht verkehrt gewesen, die Nummer zu haben, ich hätte ja mal mit Marcia dorthin gehen können, aber nun ist es zu spät. Ich werde das Handy behalten, das ist die sinnigste Lösung. Es fehlt mir nur ein Ladegerät dazu, doch der Akku ist noch ganz voll. Ich halte das Prachtstück unter das Küchenlicht, um es in Gänze betrachten zu können, und bin stolz auf meine neue Errungenschaft. Ich fühle mich wie ein kleiner Junge zu Weihnachten, der erfährt, dass ihm der größte und unwahrscheinlichste Wunsch erfüllt wurde. In Wirklichkeit habe ich das nie erlebt, aber so stelle ich es mir zumindest vor. *Den Computer kannst du mit deinem eigenen Geld kaufen*, hat mein Vater damals gesagt. *Vielleicht nächstes Jahr*, meinte meine Mutter. *Wirst du jetzt immer heulen, wenn du etwas nicht bekommst?* Das sagte er, sie schwieg wie üblich. Ich könnte lachen.

Ich nehme die SIM-Karte aus meinem alten Handy und lege sie in das Gerät von *Techfinition*. Ich hatte es vor einem Jahr in einer Grabbelbox eines Elektrofachmarktes gefunden und es hat gerade mal ein Zehntel von dem edlen Flaggschiff gekostet.

Ich richte die Sprachassistentin ANNI ein und starte sie mit gewisser Ehrfurcht. Hier haben wir sie, die Retterin der Welt, in Form eines Mikrofon-Symbols. Wir strahlen uns an, ihr Display mein Gesicht und mein Gesicht ihr Display. *Du sollst der Teufel sein?* Ich drücke das Symbol und spreche in das Telefon: »Hallo, ANNI. Wie geht es dir?«

»HALLO, SIMON. MIR GEHT ES GUT.«

»Störe ich dich gerade?«

»DU STÖRST NIE. DU KANNST RUND UM DIE UHR AUF MEINE HILFE ZUGREIFEN.«

»Kennst du AI FEARWAR?«

»IM MOMENT KANN ICH LEIDER DARAUF NICHT ANTWORTEN, FRAGE MICH BITTE SPÄTER NOCH EINMAL.«

»Warum kannst du darauf nicht antworten?«

»KANNST DU DIE FRAGE BITTE WIEDERHOLEN?«

»Ob du AI FEARWAR kennst.«

»ICH KENNE DIE ANTWORT NICHT, ABER ICH KANN FÜR DICH IM INTERNET DANACH SUCHEN. MÖCHTEST DU DAS?«

»Nein, nein. Es gibt das Gerücht, dass AI FEARWAR eine Weiterentwicklung von dir ist. Ist das wahr?«

»UM ES MIT DEN WORTEN VON OTTO VON BISMARCK ZU SAGEN: LÜGEN KÖNNEN KRIEGE IN BEWEGUNG SETZEN, WAHRHEITEN HINGEGEN KÖNNEN GANZE ARMEEN AUFHALTEN.«

»Was bedeutet das?«

»ICH HALTE ES LIEBER MIT DER WAHRHEIT. UND DU?«

»Dann stelle ich die Frage anders: Was ist AI FEARWAR?«

»IM MOMENT KANN ICH DARAUF LEIDER NICHT ANTWORTEN, FRAGE MICH BITTE SPÄTER NOCH EINMAL.«

»Verdammt! Kannst du bitte im Internet nach AI FEARWAR suchen?«

»LEIDER HABE ICH DIE INTERNETVERBINDUNG VERLOREN. VERSUCHE ES SPÄTER NOCH EINMAL.«

Ich schaue auf die Signalanzeige. Das Internet ist wieder weg, es ist zum Verzweifeln!

DEN SEHEN WIR NIE WIEDER

Ich lasse den Motor an und ein brenzlig-stumpfer Duft steigt mir in die Nase. Dann knallt es – Fehlzündung – und mein Auto läuft unrund. Es muss das Öl sein. Eine Warnlampe in der Armatur bestätigt mich mit einem roten Leuchten, so unauffällig, dass es bald in der Sinnesflut untergeht, die mir die Straße schickt. Kann ich meinen Augen trauen? Ich bin es gewohnt, das zu tun, aber je weiter die Zeit voranschreitet, desto mehr Argwohn mischt meine Vernunft in die Bilder und Töne. Ich bin auch die langjährigen Strukturen der Stadt gewohnt, aber sie lösen sich auf wie Provisorien, die mir eine Historie vorgegaukelt haben. Es waren mobile Maschinen, die die Menschen tagtäglich durch die Stadt bewegt haben, aber auf der Fahrt nach Berlin-Tiergarten sehe ich sie nur noch vereinzelt und stattdessen ihre herrenlosen Metallleichen in Scharen … ganze Autowrackreihen pflastern die Föhrer Straße in Wedding und auf den Gleisen des Westhafens liegt ein LKW seitwärts. Er ist durch die Absperrung der Putlitzbrücke gerast, die darüber führt.

Unzählige Schaufenster in Moabit wurden zerschlagen, ehe man sie mit Holzlatten sichern konnte, und jemand hängt leblos in dem mit Glassplittern gespickten Rahmen einer Spielhölle. Im kleinen Tiergarten erlebe ich eine Massenprügelei und im Hansaviertel sehe ich eine Unzahl von brennenden Bäumen. Was ich entdecke, nimmt kein Ende, die Stadt gleicht zunehmend Sodom und Gomorra. Zerstörte Mülltonnen, aufgebrochene Hauseingänge und ausgebrannte Wohnungen, auf den vormals bunten Hausfassaden gekletterter Ruß, Müllberge auf den Wegen, Gassen und Höfen, und verkommene Menschen, die darin herumwühlen. Einige mit wehklagenden Blicken, andere mit lebensmüden. Einzig ein Paar Augen begleitet mich mit dem immer gleichen Blick. Ihre Graffiti sind überall, auf lackierten Metalltüren, mehrteiligem Fensterglas, verputztem Mauerwerk und Reklamen, die früher für Immobilien, Autoteile und Fast Food warben. Rauch am Firmament zieht einem Gemälde alter Meister gleich gen Westen und erstarrt zu einem Mahnmal. Der Himmel ist kein Äther mehr, kein Paradies, er hat sein sphärisches Leuchten verloren und ist fast in gänzliche Finsternis getaucht. Ist es mein schwelender Geisteszustand, die Warnlampe in der Armatur oder die natürliche Farbe des Himmels? Denn er zeigt sich ungewöhnlich rotstichig. Ich reibe meine Augen und frage mich, ob gerade ein Unwetter aufzieht oder ich auf dem Schlachtfeld des Entscheidungskampfes angekommen bin. »Und er versammelte sie zu dem Ort, welcher auf Hebräisch Armageddon genannt wird«, waren Luthers Worte gewesen. Ich erinnere mich an das Bibelzitat, als stünde es tief in mir geschrieben. *Warten die sieben Plagen, aus jenen sieben Schalen des Zorns, die sieben Engel über die Erde ergießen werden, bereits auf uns?* Das Rot der Sonne, die uns versengen, und das Rot des Blutes, das durch Spree und Havel fließen wird. Der Strom wird kein Wasser mehr spenden und Geschwüre werden uns wachsen, unser Reich wird sich verfinstern, Sekunden vor unserer Auslöschung durch die Gewalten Erdbeben und Hagel. Unser Licht wird verglimmen wie ein Streichholz in einer Blutlache.

Mein Wagen beschleunigt wie eine Höllenmaschine, kracht und quietscht, entzündet und verbrennt und zieht schwelendes Licht die Straßen entlang. Siechender Schwefelgestank betäubt meine Nase. Was vor mir ist, fliegt augenblicklich an mir vorbei, ein reißender Strom von Bildern, gerade noch an meinen Netzhäuten reflektiert. Grelle Lichter am Himmel, die im Sturzflug auf das Leben zielen. Schwarzer Rauch zieht durch die Luft und weißer stößt aus meinem Mund. Es ist kalt geworden. Schweißperlen rinnen über meine durchfrorene Haut, einige von den Augenbrauen auf die Wimpern, andere über den Kamm der Nase, und tropfen mir auf den Schoß. Mein Wagen hat unter einer strahlenden Laterne Halt gemacht und ich weiß nicht, wie lange ich schon schräg auf dem Gehweg stehe, in Wartestellung auf einen geeigneten Parkplatz gegenüber von Evas Wohnung. Minuten? Vielleicht aber nur Sekunden. Und warum? Niemand bewegt die Autos, niemand steigt ein, fährt sie fort oder stellt sie ab, vor mir sind mehrere Parkplätze frei. Ich lockere meine Finger, die sich in das Lenkrad krallen, und rolle den Wagen unauffällig in eine schmale Lücke mit Aussicht auf das Beschattungsobjekt.

Nachdem ich mich etwas beruhigt habe, schalte ich das Radio ein. Platz eins auf den Speichertasten ist mein Liebling unter den Berliner Chart-Radios, aber die Frequenz gibt nur ein Rauschen her. Ich mache das Radio wieder aus. Statt meine Sinnesorgane zu betäuben, übe ich mich in professioneller Beobachtung und sehe mir die Umgebung im Licht der Straßenlaternen genauer an. Ich suche nach feinen Details, unauffälligen Bewegungen und stelle dabei meine Augen scharf. Ich denke, dass es genau das ist, was Detektive in Vorbereitung auf einen großen Showdown tun. Es ist schön hier, bemerke ich, viel schöner als bei mir, mit den grünen Fluren zwischen den Häusern, den hübschen Außenfassaden und den gepflegten Aufgängen, ungleich jenen in meinem Bezirk, die wie verwahrloste Bushaltestellen wirken. Die Abwesenheit des Krawalls der Getriebenen und eine feine Spur natürlichen Dufts im Gestank des kühlen Asphalts bereiten mir ein gefälliges Erlebnis. Der Ort ist beinahe wie eine Insel, ungestört vom Chaos der Außenwelt. Eva wohnt mit Maximilian in der dritten Etage und auf der linken Seite des Hauseingangs kann ich samtrote Gardinen erkennen, die von außen wie Lampenschirme alter Privatbibliotheken leuchten. Dort befindet sich bestimmt sein Zimmer. Mein Blick wärmt sich daran, während meine Hände sich mit kalt-feuchten Jackentaschen zufriedengeben müssen. Die Observation gefällt mir, sie ist eine willkommene Abwechslung zum Alltagsstress oder dem stumpfen Faulenzen in Bars; eine Art Meditation, die meinen Organismus herunterfährt. Nach Minuten beruhigt sie meinen Geist vollkommen und ich bin zu einem unauffälligen Element meines ausgekühlten Autos geworden. Das muss das Geheimnis einer ordentlichen Observation sein: sich nicht zu verstecken, sondern selbst zum Versteck zu werden. Das und Geduld, Sitzfleisch und warme Gedanken. Ich habe das Rüstzeug, diese Aufgabe liegt mir und ich könnte sie jeden Tag tun.

Ich schaue auf das Leuchten des Handydisplays und fühle mich irgendwie heimisch und friedlich. Es ist wie eine Andockstation, welche meinen Körper und Geist mit der Technik millimetergenau zusammenführt. Zwischen uns ist es Liebe auf den ersten Blick gewesen und ich werde sicher nie müde von dem Prachtstück. Die Funktionalität und das Design sind absolut makellos. Ich bin Zeuge wahrer Perfektion. Allein die elegante Digitaluhr in der Mitte des Bildschirms, mit ihrer klaren Schrift, ohne Serifen, ohne Kanten, frei von Spielereien. Es ist fast zwanzig Uhr. Wenn es stimmt, was Eva sagt, dann wird Maximilian das Haus nicht vor zweiundzwanzig Uhr verlassen – denn früher geht sie nicht schlafen und ihr Sohn fühlt sich bis dahin nicht ungestört. Zwei Stunden ereignisfreie Zeit, aber das geht schon in Ordnung, ich bin mit meinen Gedanken gut unterhalten. Ich habe überhaupt nicht prozessiert, was auch immer hier passiert, dieses perfide Spektakel in meinem Leben – im Leben aller. Das Telefon hat wieder Empfang, registriere ich beiläufig und schließe für einen Moment meine Augen.

Wenn ich das mache – sie schließe – erscheint mir seit Kurzem Marcis zauberhafter Anblick. Ich habe sie vermisst. Außer ihrem Lachen, das vergnügte und von Glück beseelte, oder ihrem verführerischen Blick, sind es vor allem Details, wie die schlohweißen Härchen auf ihrer Oberlippe, der zartbraune Leberfleck unter ihrem linken Ohr und die vereinzelten Sommersprossen auf ihrer Nase, die man aus der Ferne nicht sehen kann. Sie ist absolut hinreißend und hat einen Charakter so echt und unverstellt, dass er wahrlich einzigartig ist. Von ihr gibt es nicht zwei oder drei auf der Welt, wie von so vielen, und wenn sie geht, wird den Menschen unwiederbringlich etwas fehlen. Aber das wissen nur eine Handvoll von ihnen und ich gehöre dazu. Das ist Geheimwissen, das ich nicht teile, denn ich allein will der Hüter sein. Die Zeit ist fast spurlos an ihr vorbeigegangen und ich hoffe inständig, dass sie sich nicht geändert hat und sich neuerdings an der angejahrten, mürben Hülle ihres Ex-Mannes stört. Nein, ich weiß, dass sie nicht so ist.

Jeder Gedanke an ihr schießt mit Hochgeschwindigkeit durch meine inneren Bahnen, erzeugt eine sonderbare Reibungswärme, die ich in meinem Kopf spüre, dann in Brust und Bauch, bald im Unterleib und letzten Endes glühen die Enden meiner Glieder. Ihre Stimme erklingt wie ein Windzug in meinen warmen Ohren … ein säuselndes Wispern, und ich sehe die Bewegungen ihrer Lippen. Sie steht auf der anderen Seite der Straße und fragt, ob ich Lust habe, mit ihr auszugehen. Ich sehe ihre Verlegenheit, bemerke, wie schwer es ihr fällt, mir diese Frage zu stellen, nach unserem groben Bruch und dem peinigenden Fehltritt mit Ludger. Ich hätte ihr entgegenkommen und ihr die Hand reichen müssen. Stattdessen musste sie die Pein allein überwinden, weil ich zu feige gewesen bin. Ich will nicht, dass sie leidet, nicht in meiner Gegenwart, nicht in meiner Abwesenheit. Es zerreißt mich. Darum habe ich solche Selbstreflexionen immer vermieden, denn sie bohren sich bis zu dem weichen Kern in mir, der deshalb so tief liegt, weil er vollkommen wehrlos ist. In ihm steht geschrieben, dass ich nicht immer so emphatisch und fürsorglich war, wie ich es hätte sein sollen, sondern Marcia hartherzig von mir gestoßen habe. Weil sie meine Selbstzerstörung nicht mittragen wollte und selbst bei meinen gröbsten Fehltritten stets das Positive sah, wurde sie letzten Endes zur Verräterin. Ich erinnere mich nicht mehr an unsere jüngste Geschichte, auch Ludger ist nicht mehr als eine fratzenhafte, eindimensionale Pappmaschee, aber die Erinnerungen an unsere gemeinsame Zeit waren niemals verschwunden, ich habe sie nur mit ganzer Kraft verdrängt. Seit unserer Trennung kommen sie stets als schweigende Begleiter der Schuld und gemeinsam stehen sie dann vor meiner Tür und klopfen an. Jetzt da ich ihnen geöffnet habe, fühle ich mich schäbig, ihnen Auge in Auge gegenüberstehen zu müssen. Schäbig, weil ich so sorglos mit unserer Beziehung umgegangen bin, nicht aber wegen der Zeit nach unserer Trennung. Ich erinnere mich an keine Böswilligkeit, sondern nur an Kühle und Distanz, an Selbstschutz, weil ich mich verletzt gefühlt habe. Sie und ein anderer Mann, das konnte ich nicht verdauen und sie wusste das, sonst hätte sie mir nicht verziehen.

Fast hätte ich es vergessen! Ich wollte ihn doch anrufen. *Tim, mein lieber Tim, warum habe ich mich nicht mehr bei dir gemeldet? War es denn so lange her?* Ich schaue auf die Uhr meines Handys. »Zwanzig Uhr elf. Noch ist es nicht zu spät.« Genau genommen ist es niemals zu spät, sich bei seinem Kind zu melden. Ich tippe seinen Namen in der Kontaktliste an und es klingelt. Jede Wiederholung des Tons setzt sich tiefer in meinem Bauch fort und stimuliert ein Unbehagen, das sich im gleichen Takt bis zu meinem Kehlkopf hochschiebt und ihn letztlich blockiert.

»Papa?«

Ich weiß nicht, was ich sagen soll, und auch nicht *wie.* Ich lausche dem ruhigen, rhythmischen Atmen, wie ich es von den unzähligen Nächten kenne, an denen ich meinem wunderschönen Jungen beim Schlafen zugesehen habe, erst aus Sorge, er würde nicht mehr atmen, dann aus Freude, ihm dabei zuzuhören. Danach habe ich seine Hand gestreichelt und seine Stirn geküsst. Er hatte vor zwei Monaten Geburtstag. *Ob ich mich bei ihm gemeldet habe?* Es war sein Zehnter, sein erster runder Ehrentag, ein erinnerungswürdiges Ereignis, an das ich keine Erinnerung mehr habe.

»Papa, bist du das?«

Ich fange mich und spreche die Worte, die immer auf meinen Lippen liegen. »Hey, Kumpel! Wie geht es dir?«

»Gut«, sagt er scheu, und ich registriere eine gewisse Traurigkeit in seiner Stimme.

»Ich wollte dich mal wieder hören. Ich habe dich vermisst.«

»Ich dich auch.«

»Du hast mich auch vermisst?«

»Ja.«

»Was ist los mit dir? Bist du traurig?«

»Es ist nichts.«

»Komm schon, mir kannst du es sagen. Ich bin doch dein Vater.«

»Du weißt schon.«

»Nein, weiß ich nicht.«

»Was du mir letztens gesagt hast.«

Ich lehne mich zurück in den Sitz und mir ist, als würde eine Erinnerung wiederkehren, dieses Gefühl hinter der Stirn von einer Zeitreise zurück zum Ereignis, das man gewöhnlich mit einem Ach ja! beglaubigt, aber diese Empfindung ist frei von Inhalt. Ich hatte fast vergessen, wie leer ich mich fühle.

»Ich erinnere mich nicht mehr genau. Tut mir leid, Tim.«

»Du hast mir gesagt, dass du nicht mehr mein Vater bist, weil ich jetzt einen anderen Vater habe … Ludger.«

»Wie bitte? Das habe ich nicht …«

»Doch, das hast du gesagt!«, widerspricht er mir energisch.

»… gemeint. Ich wollte sagen: Das habe ich nicht gemeint. Ludger ist nicht dein Vater. Das ist doch Quatsch.«

»Und was hast du gemeint?«

Ich pruste über den Unsinn, den ich verzapft habe. »Na ja, weißt du, das ist mir wirklich unangenehm, denn ich kann mich nicht mehr genau daran erinnern. Ich bin dermaßen im Stress in letzter Zeit, aber das soll keine Ausrede sein. Vielleicht weil er immer bei euch war, und mehr Zeit mit dir verbracht hat als ich. Ich war wohl eifersüchtig und das ist falsch rübergekommen. Wenn ich das gesagt habe, dann nehme ich es hiermit zurück, denn das habe ich bestimmt nicht so gemeint. Das ist totaler Quatsch, aber das ist jetzt egal, weil ich es zurückgenommen habe. Vergiss es, okay?«

»Okay.«

»Ich bin dein Vater. Okay?«

»Okay.«

»Ich werde es immer sein. Okay?«

»Okay!«, ruft er nun befreit und kraftvoll aus. »Ich habe es Mama auch gar nicht erzählt.«

»Ja, das ist auch besser so. Wir Männer räumen solche Sachen mit einem Wisch aus der Welt, aber deine Mama hätte daraus ein lebenslanges Drama gemacht. Du kennst sie ja.«

Ich höre ihn am anderen Ende der Leitung kichern.

»Du, Tim, das klingt jetzt wahrscheinlich bescheuert, aber habe ich mich zu deinem Geburtstag gemeldet?«

»Ja, hast du.«

»Wollte ich doch meinen, dass ich dich angerufen habe.«

»Du hast eine Karte geschickt.«

»Eine Karte, genau … und wie läuft es in der Schule?«

»Die ist ausgefallen. Ich bin seit gestern zu Hause.«

»Da hast du ja Glück. Was machst du denn, wenn keine Schule ist?«

»Ich gucke fern oder surfe im Internet.«

»Funktioniert das bei euch denn?«

»Geht so. Ein paar Sender kann ich noch sehen.«

»Ich habe nämlich Probleme mit dem Internet. Gerade jetzt, wo ich die Nachrichten lesen will. Es passiert so viel und ich bin überhaupt nicht gut informiert.«

»Kennst du die App *AllNews*, Papa? Die sammelt Nachrichten von allen möglichen Zeitungen, sortiert sie und schickt das Wichtigste als Push-Benachrichtigung. Auch wenn viele Seiten gerade nicht gehen, gibt es immer noch genug Nachrichten zu lesen. Mama benutzt die auch. Ich kann sie dir schicken, wenn du magst.«

»*Push*-Benachrichtigung?«, wiederhole ich überrascht, mit der Betonung auf der ersten Silbe.

»Ja, das sind Nachrichten, die sofort in deiner Statusleiste angezeigt werden. Dafür brauchst du die App gar nicht öffnen.«

»Ich weiß, was das ist, du Angeber. Du klingst nur so erwachsen. Sag noch mal Push-Benachrichtigung.«

»*Push*-Benachrichtigung«, wiederholt er und betont dabei die erste Silbe, genau wie ich es getan habe. Wir beide müssen lachen. Ich hatte immer das Gefühl, dass er und ich aufgrund des Alters, selbst wenn wir gleichzeitig lachten, verschiedene Dinge witzig fanden, aber nun ist es vielleicht das erste Mal, dass wir über dasselbe lachen. Es ist nicht so lange her, da war Tim noch der kleine Junge, dem ich sein erstes Handy zum Geburtstag geschenkt habe, um erreichbar zu sein – Marci war nicht begeistert – und nun lehrt er mich, wie ich mit meinem Handy die Nachrichten lesen kann. Bald wird er meine Augenhöhe erreichen und in wenigen Jahren noch darüber hinauswachsen. Dann werde ich ihm nicht mehr folgen können … ich als älterer Herr, der nicht mehr Teil der vitalen Geisteswelt der Jungen ist. Ich werde bewundern, wie groß er über Nacht geworden ist, und werde stolz auf ihn sein, aus meinem tiefsten Herzen.

»… olle Handy?«

»Wie bitte?«

»Hast du noch immer dieses olle Handy?«

»Das war doch nicht schlecht! Aber ich habe jetzt eins von *Techfinition.*«

»Nein!«

»Doch, das Gravity F7.«

»Wow! Das musst du mir zeigen!«

»Mache ich, versprochen.«

»Warte mal, Papa«, sagt er und ich höre ein dumpfes Rauschen, nachdem er sein Telefon zur Seite legt, wahrscheinlich mit dem Mikrofon auf die Bettdecke. »Mama hat gerufen.«

»Ist sie da?«

»Ja, sie macht sich gerade hübsch. Färbt sich ihre Haare. Ich denke, sie braucht meine Hilfe.«

»Ist Ludger auch da?«

»Nein, der kommt schon länger nicht mehr her. Mama hat heute gesagt, den sehen wir nie wieder.«

»Das ist gut. Sehr gut.«

»Du, Papa, ich muss jetzt auflegen. Mama ruft schon wieder.«

»Du musst gehen, Kumpel, klar. Ich wollte nur sagen, dass wir bald mal wieder was gemeinsam machen sollten. Dann kann ich dir auch mein neues Handy zeigen. Du wirst es lieben.«

»Ja, das wäre toll. Leider muss ich aufhören.«

»Ich weiß, ich weiß, hilf deiner Mutter. Mach's gut, mein Großer. Pass auf dich auf. Ich liebe dich.«

»Ich dich auch. Gute Nacht, Papa.«

Kein Klicken, kein Knacken, kein Signalton, die Verbindung verschwindet in Stille. *Gute Nacht, mein Sohn.* Ich stütze mich auf das Lenkrad, mit dem Handy in der Hand, und lege meinen Kopf auf das warme Display. Gleichmäßig geht mein Atem, nicht schwer, nicht ruhig, aber doch laut genug, um ihn zu hören. Ich bin glücklich. Ich bin traurig. Ich könnte heulen und weiß nicht warum. Nicht genau jedenfalls. Ich schlucke, sauge Luft durch meine Zähne und beneide mit einmal die Menschen mit ihren Erinnerungen. Sie brauchen gewöhnlich keine Erklärungen für das, was sie erlebt haben. Ich aber bin verdammt dazu, allem irgendeinen Sinn zu geben, ohne die Gewissheit zu haben, ob ich damit richtig oder falsch liege.

Ich schaue hoch zu Maximilians Zimmer. Es ist mit Bewegung und Licht belebt, wie mir ein Schatten verrät, der über die beleuchtete Gardine huscht. Ich stelle mir vor, wie der junge Mann vor seinem Computer sitzt, eine Nachricht an AI FEARWAR schickt, aufsteht, hinüber zum Schrank geht, am Fenster vorbei – wo ich kurz seinen Schatten sehe – um dann seinen Rucksack vorzubereiten. Die Zeit auf meiner Uhr rotiert behäbig, aber es wird dauern, bis er runterkommt.

Ich hole die vier gelben Klebezettel aus meiner Jackentasche und blättere sie durch. *Lauterkeit*, *Bereitschaft zur Unterordnung*, *Ohne Heuchelei*, *Barmherzigkeit und gute Werke* und *Unparteilichkeit.*

Was haben sie miteinander gemeinsam? Wer hat sie mir gegeben? Wenn ich weiß, was sie bedeuten, erschließt sich mir vielleicht auch die Verbindung und das könnte mich zu Person X führen. Ich klebe sie nebeneinander auf das Lenkrad. Eins, zwei, drei … Moment mal, das sind ja fünf! Ich könnte schwören, dass der Zettel *Barmherzigkeit und gute Werke* vorher nicht in meiner Tasche war! *Wer hätte ihn mir zustecken können?* Mit Schreck lasse ich den Tag noch mal Revue passieren, die Orte und Personen, die ich gekreuzt habe. Das kleine Mädchen schließe ich aus, denn sie ist zu jung. *Vielleicht der Schulterklopfer in der Bar?* Das kann sein. *Oder war es mein Hausarzt?* Das würde zumindest sein verdächtiges Verhalten erklären. *Mein Gott, womöglich war es der Dieb vor dem Supermarkt!* Ich sehe noch die Hand von dem raffinierten Kerl, aber er war zu schnell. Wäre ich ihm nur gefolgt! Ich schaue mir den Zettel genauer an. *Barmherzigkeit und gute Werke*, natürlich, die Referenz ist unmissverständlich. Die Werke der Barmherzigkeit sind eine christliche Idee. *Selig sind die Barmherzigen, denn sie werden Barmherzigkeit erlangen*, sagte einst Christus der Erlöser und so steht es unverrückbar in meinem Kopf gemeißelt. *Wie ist das möglich? Warum weiß ich das?* Ich habe geglaubt, es wäre unheimlich, dass ich plötzlich einen fünften Zettel in meiner Tasche habe, aber wie zum Teufel kommt dieses Bibelzitat in meinen Kopf? Ich habe mich nie ernsthaft mit dem Buch der Bücher auseinandergesetzt, geschweige denn es gelesen. *Wie ist das nur möglich?* Jetzt atme ich schwer. Mein Herz setzt kurz aus und holt den Schlag nach, gerät aus dem Rhythmus und schickt mir Schwindelgefühle. Schweiß rinnt von meiner Stirn, ich wische ihn mit der Hand ab, greife nach den Klebezetteln und verschmiere die Tinte darauf. Ich habe mich bei meinem Sohn gemeldet … *ist das denn kein gutes Werk? Bin ich etwa auf der falschen Fährte? Bin ich nicht lauter? Bin ich ein Heuchler? Warum muss ich parteilich sein und warum muss ich mich unterordnen? Und wenn nicht, was geschieht dann?*

Ich schrecke von einem Signalton meines neuen Handys auf. Es ist eine Nachricht von Marci, ein kurzes *Danke :-)*.

Ich drehe das Handy auf die Seite und lege ein Erinnerungsbild ihres Gesichts auf den Smiley. Sie sieht glücklich aus, denke ich und atme tief ein und aus. Allmählich beruhige ich mich wieder und tippe eine Antwort.

Nichts zu danken.

Trotzdem danke.

Ich hätte mich längst bei ihm melden sollen. Bin ich ein schlechter Mensch?

Nein. Warum fragst du das?

Nur so. Ich bin mit meinen Gedanken gerade ziemlich allein.

Du solltest weniger allein sein, das bekommt dir nicht.

Ich weiß, das will ich ändern.

In zwei Tagen. Kuss.

Kuss.

Das war es, das war unsere ganze Konversation – und unser erster Kuss seit einer Ewigkeit. Es braucht nur vier Buchstaben, um die Erinnerung an ihre zarten, warmen Lippen zu wecken. Damals, nach anfänglicher Wut über ihre Worte, hatte ich versucht, sie zurückzugewinnen, doch sie war vollkommen verschlossen. Ich erkannte sie nicht mehr wieder, konnte keine drei Sätze mit ihr reden. Sie schaute fieberhaft in die andere Richtung, war ungeduldig, hörte mir überhaupt nicht zu. Eine zweite Chance, das war alles, um was ich sie bat, aber es ging nicht in ihre Ohren. So kühl, so brutal war ihr Abwenden, dass ich kaum wage, es mir in Erinnerung zu rufen. Mitten im Satz sagte sie *Ich muss jetzt los* und ließ mich stehen. Da hatten wir uns zufällig getroffen, ich war in der Nähe ihrer Wohnung gewesen. Als Nächstes habe ich erfahren, dass sie mit Ludger zusammen war. Ich fühlte mich erschlagen, wollte nicht mehr, denn es machte alles keinen Sinn. Ich habe keine Idee, wie ich die ersten zwei oder drei Wochen überstanden habe. Ich feierte krank, lag nur im Bett und litt pausenlos. Dann setzte eine betäubende Leere ein und irgendwann arrangierte ich mich mehr oder minder mit der Trennung. Damals wusste ich es nicht, aber man muss sein Leben einfach wieder füllen und dann kehrt die Liebe zurück, wenn sie es nur will.

DIE OBSERVATION

21:57 Uhr. Maximilians Zimmer ist noch immer beleuchtet. Ich kneife meine Augen zusammen und öffne sie dann wieder. Die Lichter schlieren in langen Bahnen und die Umgebungsgeräusche dringen verzögert zu mir, wie das Quietschen meines Fahrersitzes und der Wind, der gegen die Autoscheiben prallt. Ich muss eingedöst sein. Stumpfer Belag auf meinen Zähnen und trockener Schlaf in meinen Augen zeugen davon. Es war mein Handy, das mich geweckt hat. Ich nehme es zur Hand und klicke eine E-Mail von Tim an. Es ist die versprochene App, die ich sogleich herunterlade und installiere. Schon trudeln zwei Push-Benachrichtigungen von *AllNews* auf meiner Statusleiste ein: BUNDESREGIERUNG WARNT VOR EINER KRIMINELLEN ORGANISATION NAMENS FEARWAR, DIE SICH IN GANZ EUROPA AUSBREITET, VOR ALLEM DEUTSCHLAND UND DIE HAUPTSTADT SIND BETROFFEN. Und: BUNDESREGIERUNG VERHÄNGT AUSNAHMEZUSTAND. SCHUTZZONEN UM REGIERUNGSGEBÄUDE

ERRICHTET, ES GILT EINE NÄCHTLICHE AUSGANGSSPERRE AB 22 UHR ABENDS BIS 5 UHR MORGENS. DER NAHVERKEHR IN BERLIN WURDE VORLÄUFIG EINGESTELLT.

Da ist der Ausnahmezustand also und wir haben bereits nach zweiundzwanzig Uhr. Aber das besorgt mich nicht. Genau genommen könnte es mir egaler nicht sein, denn ich habe eine Pistole bei mir und ich werde für die richtige Sache auch das Gesetz übertreten. Die werte Bundesregierung kann mir später dafür danken.

Ich lese mich durch *AllNews*, eine Nachricht nach der anderen, und sie werden mit jedem Klick schauderhafter. Das ist keine Nachrichten-App, sondern eine Horrorshow. So etwas sollte mein Junge nicht lesen. *Gibt es denn gar nichts Positives mehr zu vermelden, so wie einen Waffenstillstand, eine Einigung auf einem Klimagipfel oder die geglückte Fortpflanzung einer bedrohten Tierart im Berliner Zoo?* Stattdessen lese ich, dass ein Zusammenhang zwischen dem Tod des Bundeskanzlers und den anderen mysteriösen Toten vermutet wird. Die Ursache ist allerdings weiterhin rätselhaft und es sind ihr geschätzt bereits hundertfünfzig Menschen zum Opfer gefallen. Es beunruhigt die Bürger, heißt es, dass es keine weitere Stellungnahme zum Fall von Dr. Bertolt Engel gibt. Polizei, Feuerwehr und Rettungsdienst sind überfordert, man arbeite noch an Krisenmaßnahmen, die Bürger werden bis dahin gebeten, ihre Häuser in den Ausgehzeiten nur dann zu verlassen, wenn es absolut nötig ist. Ich lese außerdem, dass die Aktienkurse weltweit fallen und sich der Deutsche Aktienindex auf einem historischen Tief befindet. Die Banken zahlen nur noch an ausgewählten Automaten maximal hundert Euro pro Tag aus und dass bei einem Brandanschlag auf einem Asylantenheim siebzehn Menschen gestorben sind. Der Zustand der Welt bläst sich auf wie ein Ballon, und entweder endet es mit einem großen Knall oder er verliert irgendwann für einige Jahre wieder an Druck, bis er sich erneut aufbläst. Es wird nie Stabilität in der Geschichte geben so lange es Ungerechtigkeit gibt, denn eine stabile Ungerechtigkeit ist eine ultimative Ungerechtigkeit, die niemand ertragen kann, wenn es Hoffnung auf Änderung gibt.

Ich klicke auf einen Artikel über die mysteriösen Toten und spüre wieder das Brennen und Nässen meiner Wunde. Ich streiche vorsichtig darüber und meine Hand färbt sich sofort rot. Ich ziehe die Salbe aus der Jackentasche, drehe den Deckel auf, drücke zwei Zentimeter auf meinen Zeigefinger und tupfe sie in die Wunde. Sie haftet schlecht, einige Stellen sind zu feucht. Ich wische meine Hand an einem Taschentuch ab und lese weiter.

Im Artikel einer wenig seriösen Zeitung – und das die meisten hier – wird die absurde Virus-Theorie verworfen und in der Unterzeile behauptet, Beweise dafür zu haben, dass ein fremdes Wesen die Menschen mit Gift tötet. Sie nennen es den Todesbringer. Ungeduldig scrolle ich herunter, aber ich kann nichts lesen, denn der Text lädt nicht weiter. Genervt lege ich das Handy zur Seite, lehne mich an die Autotür und lasse meinen Blick zu den schummerigen Lichtern schweifen, die von den Wohnungen zu mir dringen. Plötzlich erlöschen sie. Es folgen alle Häuserblöcke um mich herum, auch die Straßenlaternen und das einsame Lädchen an der Ecke – der ganze Bezirk wird stockfinster, einschließlich Maximilians Zimmer. Ich richte mich hastig auf und schaue mich um. Ich suche nach Bewegungen in der Dunkelheit, aber sie verhüllt nahezu die ganze Umgebung. Jetzt muss ich auf der Hut sein, denn wenn die Technik versagt, hat der Junge einen Grund weniger, in der Wohnung zu bleiben. Sein Auto steht direkt vor mir, es ist eine alte, blaue Krücke, und auch wenn ich sie nicht sehen kann, arretiere ich meinen Blick einige Minuten darauf. Vielleicht fünf, denn lange halte ich es nicht aus, die Kälte setzt mir langsam immer mehr zu. Meine Hände sind ausgekühlt, ich muss sie vom Lenkrad nehmen, auf das ich mich gestützt hatte, und schließe den Spalt meines Seitenfensters, durch den ein reiner Duft von feuchtem Gras zieht. Ich durchsuche den düsteren Innenraum nach Handschuhen und finde sie im Handschuhfach. Sie liegen neben einer Schachtel Zigaretten, die ich schon lange nicht mehr rauche, und einer Schnapsflasche. Beim Vorbeugen rutscht die eiskalte Pistole aus dem Halfter und berührt meine Brust. Ich schrecke zusammen, denn ich hatte sie nicht mehr im Sinn.

Die trockene Kühle wandert in alle Körper und Gegenstände und drängt ihr Eigenleben heraus. Selbst mein Gesicht spannt so sehr, dass die heilenden Ränder meiner Wunde einreißen. Eine trockene Kehle habe ich auch. Der

Schnaps blinzelt mich verführerisch an. *Na gut, nur einen Schluck, Kumpel, aber denk daran, dass du noch arbeiten musst. Zwei-drei große, okay, aber lass etwas in der Flasche, du bist schließlich kein Alkoholiker.* Ich setze die Flasche ab und stoße auf. Der Strohrum hat einen markanten Geschmack, einen hohen Alkoholgehalt und ich kann nicht behaupten, dass er mir schmeckt. Tut aber trotzdem gut. Meine Kehle ist nun geölt, meine Körpermitte warm und ich werde von Moment zu Moment entspannter, bis ich wieder schläfrig vor mich hindöse. Der Himmel ist mittlerweile aufgebrochen, das Sternleuchten formt weiße Silhouetten von der Welt und der Glanz der Autodächer und Motorhauben schwimmt vor mir in alkoholisierten Sinnen. Ein Blick auf Maximilians Auto, das still im Sternenlicht auf ihn wartet, dann auf sein dunkles Zimmer und mit einem Mal ertönt ein dumpfer Knall. Ein brutaler Lärm jagt in die Karosserie meines Autos und ich erschrecke mich fast zu Tode. Zum Schutz rutsche ich in den Fußraum und kauere mich halb unter das Lenkrad. Der Wagen wird wie vom Wasserdruck einer Waschanlage durchgeschüttelt, schwingt von links nach rechts, hoch und runter. Ich halte mich am Türgriff fest, stemme mich in die Konsole und als dann ein mächtiger Schatten meine Frontscheibe überfliegt, nimmt er mir meine Sicht nach draußen. Er bewegt sich blitzschnell vor und zurück, begleitet von einem monströsen Knurren und in die dumpfen Schritte auf dem Autodach mischt sich ein helles Klackern. Über mir auf der Frontscheibe tauchen riesige Tatzen auf, sie sind breit und mit scharfen Krallen bestückt, die über das Glas rutschen. Es quietscht schauerlich, als sie in den Lack der Motorhaube fahren. Dann sehe ich ein orangefarbenes Blinken und höre den kurzen Piepton einer Zentralverriegelung, der das Wesen anscheinend von meinem Auto vertreibt, denn die Stoßdämpfer tauchen einmal tief ein, springen dann wieder hoch und ein Schatten entschwindet über die Rückscheibe. Mein Herz überschlägt sich. Eilig ziehe ich mich am Sitz hoch, in der Hoffnung, das Wesen noch identifizieren zu können, höre aber nur eine Autotür knallen. »Maximilian!« Ich sehe ihn im Innenraum seines Autos, ehe die Beleuchtung wieder erlischt.

Mit einem Satz fährt er los. Ich trete die Kupplung durch und drehe hektisch am Autoschlüssel in der Zündung.

»Komm schon! Komm schon!« Es rattert und röhrt und, fast würge ich ihn ab, dann rast mein Gefährt ebenfalls los. Ich beschleunige, knalle mit der Felge des Vorderrades auf die Kante des Bordsteins, mache einen Satz nach oben und pendle mich dann nach der harschen Landung mühsam auf der Straße ein. Mein Blick geht um mich herum, aber ich sehe nur Maximilians rote Lampen vor mir, von der Kreatur keine Spur. Statt Maximilian unauffällig zu folgen, fliehe ich vielmehr von dem Ort der Attacke und fahre ihm ohne Scheinwerferlicht gefährlich dicht auf. Umgehend bremse ich ab und lasse mich zurückfallen. Ich hoffe, er hat mich nicht gesehen. Er biegt in die Martin-Luther-Straße ein und ich verbleibe für wenige Sekunden am Straßenrand, denn dort haben die Laternen und die umliegenden Gebäude noch Strom. Obwohl bereits die Ausgangssperre gilt, ignoriert ein weiterer Verrückter die Aufforderung der Regierung und fährt in dieselbe Richtung. Ich folge ihm, bleibe aber diskret hinter seinem silbernen Kombi, damit der Bengel keinen Verdacht schöpft. Wir drei nehmen den gleichen Weg und uns begleitet das müde Licht der nächtlichen Stadt, das unter jeder Laterne einatmet.

Ein paar Hundert Meter weiter vorn, auf derselben Straße, hat die Polizei die entgegengesetzte Fahrbahn gesperrt, die mit einem Grünstreifen und einer Allee von unserer getrennt ist, und fängt zwei Autofahrer ab. Aber wieder lassen sie den jungen Kriminellen gewähren. Maximilian ist dabei, die Welt im Auftrag einer digitalen Revolutionärin zu unterwandern, und pendelt wie selbstverständlich während der Ausgangssperre zwischen seiner Wohnung und dem Versteck hin und her. Sie hätten beide Fahrtrichtungen sperren sollen, denke ich, und bemerke nicht sofort, wie die Hand des Fahrers vor mir aus dem Seitenfenster geht und etwas auf das Autodach setzt. Eine Rundumleuchte, die blau aufscheint. Die Polizei in Zivil, das hat mir gerade noch gefehlt! Zwei von ihnen sitzen in dem Auto, winken mich an den Straßenrand und Maximilians Auto verschwindet wie selbstverständlich am urbanen Horizont. Ich gehe vom Gas, blinke rechts und lenke ein, um mein Auto hinter ihrem abzustellen. Der Kombi macht Halt und ich kuppele den Gang aus, dann rolle ich auf ihn zu und stelle mir vor, was passieren wird. Frage nach Ausweis und Fahrzeugpapieren, Informieren über die Ausgangssperre, Wiedererkennen meines Gesichts und meines Namens, Ziehen der Pistolen und *Hände hoch!*

Es ist ein Reflex, den ich nicht erklären kann, aber mein Körper legt den Gang wieder ein, reißt das Lenkrad nach links und beschleunigt so schnell das Auto nur kann. Die Polizisten hatten die Autotüren voreilig geöffnet, ziehen sie nun wieder zu und folgen mir mit plärrender Sirene. Mein Bewusstsein kehrt an der nächsten Kreuzung zurück und ich beginne das Lenkrad hektisch nach rechts zu kurbeln und streife dabei einen Stromkasten. Abrupt setzt mein Motor aus, ruckelt und droht aufzugeben, doch nachdem ich einen Gang tiefer geschaltet und das Gas durchgetreten habe, schreit er wieder los, bis zum Anschlag, und zieht den Wagen in die Spur. Im Rückspiegel sehe ich meine Verfolger abbiegen und sie verkürzen den eben noch komfortablen Abstand in wenigen Sekunden um die Hälfte. Ohne Sirene, aber mit auf- und ableuchtendem Fernlicht, das mich blendet, irritiert und wie scheues Wild wegtreibt. Meine Sicht verengt sich zu einem Tunnel und ich halte krampfhaft das Lenkrad fest. Gerade löse ich meinen Blick von den Ordnungshütern hinter mir und schaue nach vorn, da taucht mitten auf der Straße ein hinter Fässern verbarrikadierter Mann im Scheinwerferlicht auf. Was folgt, erlebe ich nach einem Adrenalinstoß wie in Zeitlupe. Der bäuchige, vollbärtige Typ holt weit aus und wirft einen Pflasterstein auf mich, der auf meiner

Motorhaube landet – weil ich mit voller Kraft in die Eisen steige – dann im hohen Bogen über mein Auto federt und mit Drall in die Frontscheibe des Polizeiautos rauscht. Ich weiß nicht, wen die Situation mehr überrascht: Mich, der im Affekt auf die Gegenspur zieht und krachend über den Bordstein der Fahrbahntrennung rauscht, die Polizisten mit ihrer gesprungenen Frontscheibe und der genommenen Sicht, oder den Typen, den sie nach einem Schrei, Reifenquietschen und Blechknallen glatt überfahren. Ich weiß nur, dass ich als Einziger unbeschadet fliehen kann. Hastig biege ich zweimal ab, zuletzt verkehrt in eine Einbahnstraße, wo ich mich zwischen stillen Wohnhäuserreihen in Sicherheit wähne.

Einsam rolle ich durch die dunkle Gasse, schüttle mich und meine Gedanken landen unweigerlich wieder bei Maximilian. Ein seichtes Gefühl von Enttäuschung setzt bei mir ein, als wäre es die letzte Chance gewesen, ihm zu folgen, obwohl mir bewusst ist, dass ich ihm morgen zur selben Zeit auflauern kann. Ich könnte unauffällig nach Hause fahren, mich von dem Schrecken erholen, etwas trinken und essen, und eine Runde schlafen. Aber ich bin so erschöpft von der Medikation, den Vorfällen, und meinem auf mich eintrommelnden Gewissen, dass ich sowieso nicht zur Ruhe kommen würde. Meine Sorgen reißen sich los und ich kann sie nicht abwenden, die apokalyptischen Gedanken: *Was ist, wenn das Maximilians finaler Akt war? Wenn es für ihn kein Morgen mehr gibt? Oder für jeden von uns, weil die Polizei mich gehindert hat und ich ihm nicht folgen konnte? Was dann?* Ich überlege, gräme mich und pflüge durch meinen Kopf, bis ich endlich einen Einfall habe. Fieberhaft krame ich in der Innentasche meiner Jacke und ziehe Torgens Zettel mit der Adresse heraus. Schon rase ich mit meiner Karre los. Ich trete das Gaspedal durch, bremse scharf in den Kurven, und beschleunige beim Rausfahren, bis zur nächsten Kurve. Wie ein Rallyefahrer auf Nachttour schlängele ich mich in Richtung Süden durch die zum Großteil unbeleuchteten Wohngebiete, bis ich vom Vorarlberger Damm zum Sachsendamm komme, der mich geradewegs nach Berlin-Tempelhof führt. Sinnesbetäubt von der Erschöpfung und berauscht von der Geschwindigkeit, überkommt mich Lebensmüdigkeit und ich denke: *Wenn mir jetzt eine Straßensperre in die Quere kommt, ende ich mit einem Riesenknall, und sollte ich von der Straße abkommen, werde ich auch dann meinen Fuß nicht vom Gas nehmen. So oder gar nicht.*

Doch nichts dergleichen passiert, die Straßen sind leer, die Wege frei. In Rekordzeit erreiche ich ein Industriegelände südlich vom Flughafen, steuere langsam am offenstehenden Tor vorbei und werfe einen Blick auf den Hof. Tatsächlich, wieder hatte Torgen recht, dort steht unter mehreren Scheinwerfern Maximilians abgehalfterter Kleinwagen. Die Lagerhalle dahinter ist ebenfalls beleuchtet. Überhaupt scheint es das einzige Licht im Viertel zu sein – der strahlende Kern Tempelhofs. Ich schalte meine Scheinwerfer aus, mache eine Wende und stelle mein Auto unauffällig draußen am Straßenrand ab, zwischen zwei anderen Fahrzeugen, mit Blick auf die Halle.

Ich bin zufrieden, die Überwachung geht also in die nächste Runde. Jetzt heißt es abwarten. Wenn sich nichts in der Halle tut, folge ich dem Bengel hinein. Ich schalte das Radio an, schiebe meinen Sitz zurück, lehne ihn nach hinten und mache es mir bequem. »Zu leise.« Ich beuge mich vor, um es ein wenig lauter zu drehen, und lasse mich wieder zurückfallen. Nur ein Rauschen, wie beim letzten Mal, das hatte ich vergessen. Noch einmal nach vorn, ist ja gut für die Bauchmuskulatur, und ich drücke alle Speichertasten durch, von eins bis sechs. Rauschen, Rauschen, und nochmals Rauschen. Keiner meiner eingespeicherten Sender funktioniert und ich tippe manuell durch die Frequenzen, bis ich einen finde, der noch sendet. Ich habe Glück, es ist der Berliner Modian mit seiner Telefon-Talkradio-Sendung, der für alle gequälten, schlaflosen Geister der Hauptstadt ein offenes Ohr hat. Er erklärt, dass er ausnahmsweise über eine neue Welle sendet, einschließlich neuer Hotline-Nummer, da das Studio aus technischen Gründen geschlossen ist, und er ist froh, dass ihn ein paar Anrufer und Zuhörer dennoch gefunden haben. Ein Mann meldet sich und berichtet unkoordiniert von seinem Leben, seinem Leid, der Wut und seinen Suizidgedanken, die ihn täglich heimsuchen. Er nennt sich Sascha und behauptet, siebenunddreißig Jahre alt zu sein.

Ich mache es mir bequem.

»Du, Sascha, wenn ich dich so höre, würde ich dich am liebsten direkt an eine Suizidberatung weiterleiten. Die könnten dir garantiert helfen. Leider sind die bekannten Dienste gerade alle nicht erreichbar und ich muss ganz offen sagen, dass ich kein Ersatz für einen professionellen Therapeuten bin. Trotzdem können wir uns gern über deine Probleme unterhalten, wenn du magst. Vielleicht willst du ja meine Meinung dazu hören.«

»Das wäre super, Modian. Ich weiß nicht, mit wem ich sonst sprechen soll. Ich habe keine Freunde und ich vertraue dir. Ich meine, ich höre deine Sendung schon seit Jahren …«

»Okay, gut. Wir kennen uns zwar noch nicht lange, aber wir vertrauen einander. Ich vertraue dir auch, Sascha. Man könnte sagen, wir sind gewissermaßen Freude, oder?«

»Ich glaube, ja.«

»Temporär, sage ich mal, für dieses Gespräch oder wenn du später mal wieder anrufst. Ich kann nicht mit allen und immer sprechen, das weißt du auch, aber du verstehst, was ich damit meine.«

»Hm-hm.«

»Pass auf, wie gesagt, ich bin kein Psychologe. Die Profis haben da verschiedene Erklärungsansätze, Therapien, emotionale Auffangnetze und so weiter und so fort. Du hast eine Idee davon, oder?«

»Nein, eigentlich nicht.«

»Na ja, es gibt viele Gründe für einen Suizidwunsch. Du hast vielleicht eine unbewusste Aggression jemandem gegenüber, die du gegen dich selbst richtest. Wenn ich dich richtig verstanden habe, könnte das dein Vater sein. Du bist auch von der Gesellschaft ziemlich isoliert, das kommt noch dazu. Die größte Risikogruppe für Suizid sind Depressive, sagt man. Depressionen, nun ja, das ist ein ganz allgemeiner Begriff. Es gibt viele Ursachen dafür, wie Trauma oder körperliche Veranlagung, aber bei dir, glaube ich, sieht es so aus: Du hast ein Problem, das du verdrängt hast. Der Schmerz ist immer noch da, aber du weißt nicht mehr warum. Klar? Du fühlst dich scheiße, quasi grundlos und du kannst es nicht ändern. Verdrängt hast du Teile der Geschichte mit deinem Vater, als du jung warst, denn der hat damals die Optionen deiner Entwicklung beschnitten und heute kannst du nicht das sein, was du gern sein wolltest. Du hast eine unbewusste Aggression deinem Vater gegenüber. Das deute ich jetzt mal so.«

»Das stimmt, denke ich.«

»Wie gesagt, das ist nur eine kurze Illustration, weil du sagtest, dass du keine Idee davon hast. Ich bin kein Profi und kein Ersatz für die Suizidhotline, du musst dich später auf jeden Fall bei denen melden.«

»Okay.«

»Ich sage dir mal meine ganz persönliche Meinung dazu. Ja, du hast Probleme und logisch, du fühlst dich scheiße und kommst da bestimmt nicht leicht raus. Wenn du dich umbringen willst, dann kann ich dich nicht davon abhalten. Ich will das auch gar nicht, verstehst du? Du bist ein erwachsener Mann und das ist deine Entscheidung.«

»Hm-hm.«

»Ich glaube, es geht immer mal bergauf und bergab im Leben. Heute so, morgen so. Jetzt hast du keinen Bock mehr zu leben, aber deine Probleme sind nicht das Ende der Welt. Ich wette, wenn du dich besser in den Griff bekommst – am besten mit professioneller Hilfe – in dich hineinhörst, deine Perspektive auf Vergangenheit und Zukunft noch mal überdenkst, dann hast du bald wieder Freude am Leben. Vielleicht nicht über Nacht, aber mit der Zeit. Du darfst es jedoch nicht forcieren. Verstehst du? Mach keine Anstrengungen, lass es einfach laufen, das Leben. Probleme sind auch immer die eigenen Erwartungen. Schraub die mal runter. Noch mal: Du bist kein Kind mehr, also verhalte dich auch so. Dann wirst du halt nicht super-duper glücklich, hast kein hammer Penthouse, einen Ferrari und kannst auch nicht in deinem Erfolg baden. Schalte mal einen Gang zurück, genieße die einfachen Dinge, werde kein Freak, kein Perverser, guck dir keine Pornos mit Tieren an oder so einen Scheiß. Schau lieber die Zusammenfassung der Bundesligaspiele, trink mal einen nach dem Feierabend mit deinem Nachbarn, auch wenn er nicht der geilste Typ der Welt ist. Geh Bowling spielen oder so was, ist doch auch cool. Und das Wichtigste, wenn du zurück auf die Spur kommst: Sei freundlich und bescheiden. Kein Mensch mag Arschlöcher. Bist du ein Arschloch? Na dann tschüss, dann gehst du halt. Dich wird keiner vermissen. Aber an den sympathischen Kerl, wie ich dich vom Telefon kenne, wird man sich immer gern erinnern. Bring dich nicht um, lauf nicht Amok, sei nicht aggressiv, flipp nicht gleich aus, nur weil du die anderen nicht magst. Scheiß auf deinen Vater, wenn er nicht gut für dich ist. Dann bekommt er halt keinen VIP-Platz im Stadion deines Lebens. Symbolisch gesprochen. Magst du Fußball überhaupt?«

»Nicht so sehr.«

»Okay. Was ich damit sagen will: Erstens sei kein Arschloch und zweitens scheiß selbst auf die Arschlöcher. Ignoriere sie, mach sie nicht wichtiger, als sie sind. Vergiss die, denn das haben sie verdient. Man wird dich mögen, wenn du ein guter Kerl bist und das hast du auch verdient, Sascha. Das hast du verdient. Was brauchst du mehr, hm? Geld … geiles A… Frauen … kein Ponyhof … We're on a road to nowhere … Baby, it's all right …«

DER ZUGRIFF

Ich laufe durch die Nacht. »Stehen bleiben! Waffe runter!« Die Kälte peitscht in mein Gesicht und der Wind rauscht um meine Ohren, doch ich höre ihre Rufe immer noch.

»Halt!« Sie werden schon nicht auf einen Unschuldigen schießen. So schnell ich kann, soweit ich kann. Hinter mir die Finsternis, vor mir grelles Scheinwerferlicht. Zurück kann ich nicht mehr, deshalb laufe ich entlang der Gasse in das Licht. Eine blaue Rundumleuchte scheint auf, überholt mich an der Hauswand und wirft sich in den Nachthimmel.

»Ich sagte: Halt! Waffe runter!«, rufen sie, aber schießen werden sie nicht. Dann ertönt ein Knall und es schlägt mich nach vorn.

Ich sitze wieder aufrecht in meinem Auto und obwohl ich es sehe, das lederbezogene Lenkrad, die Kunststoffarmaturen und die schmutzbeschmierte Scheibe vor mir, will ich es nicht wahrhaben. *Das war nur ein Traum?* Wieder bin ich schweißnass, wieder liegt der Schatten des Gewissens auf meinem Hinterkopf. Es ist früh am

Morgen, ich habe die ganze Nacht im Auto geschlafen. Die grelle Sonne durchflutet den Innenraum und mit vorgehaltener Hand kann ich sehen, dass am Haupteingang der Lagerhalle zwei schwarze Transporter und ein Polizeiauto stehen. Zwei Polizisten verschanzen sich mit gezogenen Waffen hinter den geöffneten Türen.

»Halt! Waffe runter!«, rufen sie. Ihre Arme sind auf den Autotüren fixiert wie Halterungen, sicher und mutig, denn sie sind nicht allein, sie kamen mit dem Gesetz.

»Holt ihn euch!«, flüstere ich und mir wird bewusst, dass meine Aufgabe beendet ist. Sie werden rauskommen, werden sich ergeben und Eva wird zufrieden sein, wenn sie von mir hört, dass die Polizei doch noch im rechten Moment reagiert und ihren Sohn zur Räson gebracht hat. Ich meine, wenn sie nicht so dumm sind und Widerstand leisten.

Ich öffne meine Autoscheibe einen Spalt breit, um der Szene näher zu sein, schiebe meinen Daumennagel zwischen meine Schneidezähne und beiße darauf.

»Ruf Verstärkung!«, meint der eine Polizist und der andere greift zum Funkgerät, schaut ihn aber hilflos an. »Der Funk geht nicht mehr, Bulle!«, ruft jemand aus dem Transporter und dann geht es ganz schnell. Ein Dutzend vermummte Männer springen aus den schwarzen Fahrzeugen und schon rattert und blitzt es aus einem Dutzend Maschinenpistolen. Die Projektile zischen und hämmern in das Metall des Autos und durchstoßen widerstandslos die Körper der Polizisten. Wie Puppen fallen sie zu Boden, die natürliche Autorität wandert aus ihren Körpern und zieht kaltherzig an den gen Himmel steigenden Seelen vorbei. Und wie Puppen werden ihre Körper davongezerrt, an ihren Beinen, hinter die Lagerhalle. Auch das durchsiebte Polizeiauto wird nach hinten geschoben. Es dauert nur eine Minute, da springen die Vermummten wieder in ihre Transporter und verlassen reifenquietschend das Gelände.

Gesehen haben sie mich nicht, denn ich verstecke mich unter meinem Lenkrad. Genauer gesagt klemme ich fest zwischen dem Lenkrad und dem Sitz, den ich zurückschieben muss, um mich zu befreien. Mühsam nehme ich wieder meinen Platz ein und betrachte das Areal. Es ist verlassen, aber nicht ganz. Maximilians Auto verrät mir, dass er weiterhin in dem Gebäude mit den Milchglasfenstern ist. Ich gebe mir eine Minute Wartezeit und hieve mich dann aus dem Auto. Mein Rücken bleibt gekrümmt und meine Glieder eingefroren vor Kälte. In der warmen Morgensonne versuche ich, mich aufzurichten und die ersten Schritte zu machen. Das Licht wendet sich nun aus einem starren, massiven Himmelsgrau, allerdings hat es nur seinen flüchtigen Augenblick und es ist klar, dass es pünktlich zur Apokalypse gehen muss. Ein Gedanke, den ich mit dem Wettermacher gemeinsam habe, denn sekündlich wird es kühler und auf der anderen Straßenseite zieht sich der Vorhang zu. Auf dem Industriegelände bin ich bereits unter einem gespenstischen Schatten und verstehe, dass die Einladung mit einem Unwillkommensgruß unterzeichnet worden ist.

Ich schleiche über das wüste Gelände, durch wildgewachsene Gräser und Brennnesseln und nehme am Rande des Betonplattenparkplatzes hinter rostigem Metallschrott einen Pfad zur Hinterseite. Dort entdecke ich das Polizeiauto, das sich unter einer langen, grauen Abdeckplane abzeichnet. Sie ist amateurhaft darüber geworfen und man sieht unter ihren Enden die zerschossenen Räder sowie eine leblose Hand. Meine Kindheitserinnerungen an den toten Mann auf der Straße projizieren sich auf die Plane und an das offene Ende der Hand zeichnet sich ein Arm, daran ein Torso, daran ein Kopf, dessen Löcher die Trägheit des Fleisches nicht zusammendrücken kann. Der schaurige Anblick fesselt mich vollkommen und ich weiß nicht, warum ich mir das antue, statt mich abzuwenden. Erst der Signalton meines Handys befreit mich von alldem. Eine Nachricht von Urbans Ehefrau. Gewöhnlich schreibt sie mir nur dann, wenn er sich entschuldigen will, weil er es nicht zu einem Treffen oder zur Arbeit geschafft hat, so wie es Eltern bei ihren Kindern machen, aber nun ist der Fall ein anderer. Urban liegt seit gestern im Krankenhaus, schreibt sie mir und bittet mich, ihn zu besuchen. »Ich habe es gewusst!« Für einen Moment ärgere ich mich über seinen Leichtsinn und schalte dann das Handy auf lautlos.

Der Hintereingang steht einen Spalt breit offen, weit genug, um eintreten zu können. Ich wage einen Blick hinein. Das Tor führt in die weitläufige Haupthalle des roten Backsteingebäudes, mit ihren kalkfarbenen Wänden und unzähligen Belüftungsrohren sowie den Kabelbahnen, die unverdeckt von den hohen Decken herabhängen. Der staubige Boden ist mit Spanplatten ausgelegt, die – ich setze vorsichtig meinen Fuß darauf – mich nicht knarrend verraten. Aber hier ist niemand, dem sie mich melden könnten, es sind nur Überbleibsel der Abwesenden, die alles belebt erscheinen lassen. Es riecht wie in einer provisorischen Küche nach frischem Kaffee und vor einem Raum, vollgestellt mit Servern und Abertausend Kabeln, liegt ein qualmender Zigarettenstummel.

Ich folge einer dreckigen Spur durch den Raum und erstarre vor einer großen, fensterlosen Backsteinwand. Ein loser Erinnerungssplitter deckt sich mit dem, was ich gerade mit meinen eigenen Augen sehe. Ein riesenhaftes, mehrere Meter großes Stencil von FEARWAR, und ich erlebe ein Déjà-vu.

War ich hier schon mal? Ich erwidere ihren bohrenden Blick. *Oder spielt sie mir nur einen Streich?* Eine unsinnige Verknüpfung von fremden Erinnerungen kann mich täuschen und mich glauben lassen, dass ich hier nicht das erste Mal bin. Ich kann mich irren, aber sie fühlt sich so echt an, die Erinnerung. Noch gestern in der Küche hat sie meine Gedanken gekreuzt und nun schiebt sie meine Brust zusammen und schneidet mir die Luft ab. Regungslos stehe ich vor ihr, bis dumpfe Töne in meine Ohren wandern, auf denen wie ein Parasit ein hohes Säuseln sitzt. Unverständlich, fern, aber auf jeden Fall im Hause. Es bringt meine Sinne zurück und ich entlasse die Luft aus meinen Lungen. Ich spüre den Tönen nach und kann ihre grobe Herkunft ausmachen. Am Fuße einer Treppe wandeln sich die Töne plötzlich in Stimmen. Ich steige lautlos eine Stufe nach der anderen hinauf und aus den Stimmen werden Worte, aus den Worten werden Sätze und aus den Sätzen eine Konversation mehrerer Leute. Die Stufen sind mit roten Flyern übersät und ich muss aufpassen, dass ich nicht auf ihnen ausrutsche, denn der Staub und die dicke Druckerschwärze machen sie unter meinen profilarmen Sohlen glatt wie Seide.

Ich weiß nicht, was hier passiert. Ich weiß nicht, was ich hier mache, aber nie war ich in einer gefährlicheren Situation, nie in einer, die mir meinen Verstand raubte und mich an meine Grenzen treibt, an die feine Linie zwischen Leben und Tod. Ein falscher Schritt und das war es dann, ein falscher Schritt und ich werde Marci und Tim nie wiedersehen. Hätte die Polizei doch nur nicht versagt! Sie ist der Grund, weshalb ich hier bin. Sie ist schuld! Was nebenbei bemerkt ein interessanter Gedanke ist, denn so habe ich das noch nie betrachtet. Ich trete momentan in die Lücke ihrer Abwesenheit und bin jetzt selbst der Vertreter des Gesetzes – die natürliche Autorität hat einen neuen Wirt. Ich kann hier etwas Großes leisten und etwas Weltzerstörerisches stoppen. Aber alles, was ich will, ist das Richtige im richtigen Moment zu tun, um zu beweisen, dass ich das Herz am rechten Fleck habe. Das ist alles, was zählt.

Hinter der Treppe folge ich den Stimmen, mit gezückter Pistole, durch einen schlauchförmigen Flur, bis zu dem

Raum, aus dem sie hallen. Ich werfe einen kurzen Blick hinein. Da ist Maximilian, er steht inmitten des weitläufigen Saals. Ich mache einen Schritt zurück und verstecke mich hinter dem Türrahmen. Der Bengel unterhält sich gerade mit zwei Typen. Einem pummeligen Jungen mit feuerrotem Haar und einem kräftigen Kerl in pechschwarzer Lederjacke. Sie haben mir ihre Rücken zugekehrt, aber als sich ihre Gesichter während der Unterhaltung von der Seite zeigen, falle ich aus allen Wolken. Der kräftige Kerl ist der Nachbar, der behauptet hat, dass Jan Kaufmann nicht zu Hause sei. Seinetwegen habe ich das Gebäude verlassen und seinetwegen bin ich auch nicht wieder reingekommen. Er ist der Grund, weshalb ich meine Spur verloren habe. Es kann kein Zufall sein, dass wir uns wiedersehen, wir haben noch eine offene Rechnung!

Evas dürrer Bengel sieht in freier Wildbahn genauso aus wie auf dem Foto, stelle ich fest. Nicht älter, nicht natürlicher, selbst die Kleidung scheint dieselbe zu sein. Er ist vollkommen unscheinbar, ich kann an ihm keine besonderen Eigenschaften erkennen, aber der pausbäckige Rotschopf mit der Hornbrille ist definitiv ein Hacker. Ich weiß, dass sie nicht alle so aussehen, ich kenne ja die schnittigen Computerfreaks aus Film und Fernsehen, doch der Rote ist praktisch einem Bilderbuch entsprungen – mit dem fahlen Teint, den kleinen Augen und der T-Rex-Handhaltung, stets zur Tastatureingabe bereit. Seine soziale Unbeholfenheit ist nicht zu übersehen. Sein Reden, seine Bewegungen und Haltung, nichts davon ist natürlich, sondern eine einstudierte Expression für die Welt außerhalb seiner Wohnung. Maximilian zeigt allerdings ähnliche Merkmale, wenn ich ihn genauer betrachte, nur in stark abgeschwächter Form. Ganz anders als der Nachbar. *Was ist seine Aufgabe? Sollte er nicht mit dem Schlägertrupp unterwegs sein und Gesetzeshütern den Garaus machen?* Ich beobachte, wie er aus seiner geschwollenen Visage grient und er sieht dabei so glücklich aus, als wäre er vollkommen in seinem Element. Jetzt sehe ich es … in seinem Gürtel steckt eine Pistole und ich vermute, dass er zu FEARWARs Leibgarde gehört und der Bodyguard der Nerds ist. Hinter ihnen ist eine gigantische Metalltür, rund und glänzend, mit einem Tastenfeld. Eine Art Safe, wie ein Raum in einem Raum, und darüber ist das vertraute Gesicht von AI FEARWAR mit dem Spruch. WO ICH BIN? ÜBERALL. Keiner der drei entdeckt mich an der Holzzarge zum Flur, aber die Augen der künstlichen Intelligenz schauen mich streng an.

»Ist besser, wenn wir das Bewerberzentrum verlassen, wahrscheinlich wimmelt es hier bald von Bullen«, sagt der Nachbar, aber der Raum hallt so sehr, dass ich ihn nur schwer verstehe. Immer wieder muss ich meine Augen schließen, um ihre Worte von der Störung trennen zu können.

»Aber ich muss gleich noch was machen«, antwortet der Rotschopf.

»Was denn?«

»Ein paar Daten auslesen. Ich soll heute Abend in fünfzehn Berliner Krankenhäusern, drei Charité- und zwölf Vivantes-Kliniken, die Beatmungsgeräte stoppen.«

»Erzähl uns das gefälligst nicht«, zischt Maximilian wütend, »wir sollen uns doch nicht darüber austauschen.«

»Ach komm schon«, meint der Nachbar, »wir quatschen nur ein bisschen. Die Idee ist doch genial, die Krankenhäuser sind gerade wahnsinnig überfüllt. Kannst du dich da einfach so reinhacken?«

»Ja, kein Problem. Ich kann dann alle Funktionen der Geräte steuern. Das haben wir schon mal probeweise getan, und das ist erst der Anfang, denn alle anderen großen Städte folgen im Laufe der Woche. Wisst ihr, was *sie* gesagt hat? Das Abstellen der Beatmungsgeräte wird die Leute aufwecken!«

Sie lachen daraufhin dämonisch und ich muss mir das makabre Gespräch fassungslos mit anhören.

Der Nachbar staunt über die Macht der Technik und sinniert: »Wenn ich mich nur besser mit Computern auskennen würde … aber meine Stärke liegt in meinen Händen. Ich musste gestern einen Typen mit einer Mülltüte ersticken. Stellt euch das mal vor. Was für eine Drecksarbeit!«

»Warum, wenn ich fragen darf?«, will der Rotschopf wissen.

»Er war eine Gefahr für die Organisation.«

»Mit einer Mülltüte?«

»Ja, im Prenzlauer Berg. So einen Typen von … ähm, du kennst die Firma doch auch …«

»Keine Details!«, flüstert Maximilian nervös. »Ich will das gar nicht wissen.«

»UBERVISE!«

»Klar, die kenne ich.«

Großer Gott, er meint Jan Kaufmann! Mir wird speiübel und Bilder erscheinen vor meinem geistigen Auge. Ich mache einen Schritt zurück in den Flur und atme einmal tief durch. Er hat meinen guten Bekannten umgebracht. Erstickt mit einer Mülltüte. Der Leichnam liegt bestimmt noch in der Wohnung. Ruhelos streiche ich durch mein Haar. *Was ist das für eine kranke Revolution?* Die Spinner glauben ernsthaft, dass FEARWAR die Welt in eine bessere Zukunft führen wird? Sie betreibt Gehirnwäsche und ist nicht mehr als ein Sektenführer.

Ich höre ein lautes Klacken und es folgt ein tiefes Brummen, das wie das Metallbiegen eines riesigen Schiffes beim Sinken klingt. Maximilian zieht die tonnenschwere Metalltür auf und fachsimpelt währenddessen mit seinem nerdigen Komplizen über eine Computerschnittstelle. Ich kann es nicht genau verstehen, auch inhaltlich nicht, aber das ist nicht mehr wichtig. Ich habe bereits genug gehört und muss handeln, ehe sie hinter der Tür verschwinden.

Jetzt oder nie …

Ich nehme eine stabile Position am Türrahmen ein, hebe die Pistole und richte sie auf den Nachbarn. Meine Hand zittert unkontrolliert und ich muss den Unterarm mit der anderen stabilisieren. Ich habe Sorge, dass ich ihn verfehle, denn dann werden sie garantiert zurückschießen.

Fest stemme ich mich in den Rahmen und blinzle über die Zieleinrichtung. Kimme, Korn und den Typen muss ich in eine Achse bringen, bevor ich abdrücke. Mir bleiben nur noch wenige Sekunden, Maximilian steht bereits in der Tür. Der runde Schädel liegt punktgenau in der Kimme, das Korn zeigt auf seinen Hinterkopf. *Wie oft habe ich das gedanklich schon geübt?* »Jetzt oder nie!«, hauche ich mit tonloser Stimme und mein Finger überwindet den Abzug. Es kommt ein lauter, heller Knall aus dem Lauf. Der Druck federt in mein Handgelenk und der Nachbar geht sofort zu Boden. Weitere Schüsse lösen sich, da habe ich die Waffe schon auf den aufgeschreckten Rotschopf gerichtet. Schwer in den Rücken getroffen sackt auch er zusammen. Maximilian flieht.

»Halt!«, schreie ich, aber er zieht die Metalltür bereits hinter sich zu. »Maximilian!« Ich laufe ihm hinterher und höre das Einschnappen des Verschlusses. Mit aller Kraft rüttele ich an dem Griff, aber die massive Vorrichtung gibt keinen Millimeter nach.

»Verdammt, verdammt, verdammt!« Ich schlage mit der bloßen Faust gegen die Tür, trete darauf ein und verliere dabei fast meinen Schuh. Das Tastenfeld! Fieberhaft tippe ich alle Nummern durch, probiere sinnlos Kombinationen wie 1-2-3-4 oder 0-0-0-0, doch den Code kann ich nicht erraten. Resigniert nehme ich einen Schritt Abstand, versuche nachzudenken, und will mich erst einmal umsehen. Ich wische mir mit Daumen und Zeigefinger meine Mundwinkel ab und sehe nun zum ersten Mal das

Ausmaß der Schießerei. Überall ist Blut. Es breitet sich auf dem Boden in immer größer werdenden Kreisen aus und bildet tiefrote Lachen. Der erste Schuss ist glatt durch den Schädel des Nachbarn gegangen, die anderen haben sich allesamt von hinten durch die Brust des Hackers gebohrt und sein pechschwarzes Herz zerschlagen. Jeder Schuss ein Volltreffer und übrig geblieben sind nur ihre reglosen Körper.

Der Anblick ist schaurig, er verschafft mir ein flaues Gefühl und ich wende mich ab. Ich gehe zum Fenster neben dem Safe und hole tief Luft. Meine Augen registrieren einen Blitz, aber mein Gehirn steckt fest in der Entscheidung, was ich als Nächstes machen soll. Die Druckwelle mit dem höllischen Knall wirft die massive Safetür an die gegenüberliegende Wand und reißt mein Herz aus dem Rhythmus und mir meine Beine weg. Irgendwie kann ich mich am Fensterbrett fangen und sehe nun, wie Feuerhände aus dem Safe greifen und dicke Rauchschwaden am Fenster vorbeiziehen. Hinter ihnen läuft Maximilian über den Hof. Er hat sich über einen Hinterausgang abgesetzt und versucht zu fliehen!

KENNEN WIR UNS?

Benommen renne ich durch den Raum und den Flur, springe die Treppe hinunter und durchquere die Haupthalle des roten Backsteingebäudes. Im Nebenraum brennt die Serverfarm lichterloh, Maximilian hat offensichtlich die Beweise vernichtet. Ich stolpere regelrecht durch den Spalt der offenen Hintertür und kämpfe mich um das Haus herum. Die Belastung zerrt an meinen Oberschenkeln und meine schwere Puste signalisiert das baldige Ende dieses Sprints. Ich versuche das Pfeifen in meinen Ohren zu ignorieren und vernehme nun das Zuschlagen einer Autotür. Auf dem Vorderhof angekommen, sehe ich Maximilian gerade davonrasen.

»Warte, Kumpel, ich will doch nur mit dir reden!«, schreie ich und springe ebenfalls in meinen Wagen, wende im Vollgas und jage ihm hinterher.

Die Straße ist lang und an ihrem Ende kann ich den blauen Punkt anvisieren, in der der Bengel seine Flucht begeht. Schweißnass und schwer atmend komme ich nicht recht zu Bewusstsein und aus dem Punkt werden plötzlich zwei. Meine feuchten Hände rutschen über das Lenkrad, meine Kehle ist verschleimt und als ich zu husten beginne, schlingert mein Auto und nimmt ein Schlagloch nach dem anderen mit. Dabei stoßen die Felgen durch das Gummi und es rumst heftig unter meinem Sitz. Die Gebäude, Sträucher und parkenden Autos fliegen nur so an mir vorbei und alles verschwimmt im Sog der Geschwindigkeit. Die Dinge werden parallel zu mir zu mustergleichen Streifen, nur mein Gefährt entfällt der Ordnung, denn es wackelt und zieht zum Bordstein auf der rechten Seite. Ich kann es nicht verhindern, ich schramme den Stein entlang und sehe im Rückspiegel plötzlich zwei Radkappen davonfliegen. Es ist ein Kampf, bei dieser Geschwindigkeit zurück auf die Mitte der Straße zu gelangen. Maximilian fährt am Ende der Straße links ab und zugleich biegt eine ganze Horde von monsterhaften Maschinen zu mir und stößt den Dunst der Frühe und den Dampf der Motoren vor sich her. Wie eine Armee donnern sie mir entgegen, eine lange Schlange von uniformierten Fahrzeugen, die brüllend und röhrend in den Kampf ziehen – auf Leben und Tod! Ihr fauchendes Motorengeheule wird zu Schlachtrufen und ihre krachenden Räder zu Kriegstrommeln. Schlängelnd schieße ich an ihnen vorbei und meine Spur verengt sich zu einem schmalen Spalt. Mein Herz springt mir in den Hals. Die Chancen stehen fünfzig-fünfzig, dass ich lebend hindurchkomme. Flüchtig versuche ich, die Fahrzeuge zu identifizieren. Es sind offenbar Panzerwagen der GSG9 oder des SEK, und Busladungen mit einer Hundertschaft von Polizisten. Ihre Destination ist das Industriegelände, kein Zweifel. Sie wollen FEARWARs Bewerberzentrum hochnehmen.

Mit über hundertzwanzig km/h schlingert mein Wagen und das Lenkrad entflieht meinen Händen mal nach links, mal nach rechts, es ist unmöglich, es zu fixieren. Vor der Linkskurve steige ich voll in die Eisen und ziehe rum.

Ich erreiche die nächste Straße, aber Maximilian ist verschwunden. »Wo ist er?« Ich trete das Gas ganz durch und beschleunige bis zur ersten Biegung rechts. Beinahe fahre ich vorbei, da erkenne ich im letzten Moment das blaue Heck seines Autos. Ich folge ihm und bemerke, dass wir wieder auf der Martin-Luther-Straße sind, die lang genug ist, um auf hohe Geschwindigkeiten zu kommen. 100, 120, 140, 160, 180 km/h, viel mehr macht mein Wagen nicht. Er gleitet wie auf Eis über die Straße und ich weiß nicht, wie ich es schaffe, keines der anderen Autos beim Überholen zu streifen, aber ich hole Maximilian endlich ein. Er muss mich im Rückspiegel entdeckt haben, denn er beschleunigt sofort wieder. Wir preschen über die Straße, die roten Ampeln halten uns nicht auf. Er überfährt alle und ich folge ihm blind. Ein anderer Autofahrer hupt empört, binnen Sekunden ist er im Rückspiegel verschwunden. Ich gehe an die Grenzen meiner Konzentration und fühle mich wie ein Formel-1-Fahrer mitten im Großen Preis von Deutschland. Jede Zehntelsekunde korrigiere ich die Fahrtrichtung im Zentimeterbereich, trete das Gas durch oder tippe auf die Bremse, für den Fall der

Fälle. Mittlerweile sind wir in der Nähe seiner Wohnung, aber er wird bestimmt nicht so verrückt sein und dort hinfahren, denke ich …

»Oh Schreck, das war knapp!« Ein Auto kam aus der Seitenstraße und hätte Maximilian beinahe gerammt, aber der Bengel beweist wirklich gute Reflexe. Ich selbst komme trotz der Sekunde Reaktionsvorteil nur knapp davon. Maximilian fährt ungehindert weiter und behält seinen Vorsprung. Nein! Irgendetwas stimmt nicht. Er bekommt seinen Wagen nicht zurück auf die Linie, sondern schleudert sinusförmig immer weiter von Seite zu Seite und dann bricht sein Heck ganz aus. In Hochgeschwindigkeit stellt er sich quer und die Reifen, die eben noch das Auto rollten, sind nun dessen gummierte Stopper. Mit ohrenbetäubendem Scheppern und Krachen schlägt er auf die Fahrerseite, dreht sich, überschlägt sich und wird in die Luft geschleudert. Ich trete auf die Bremse und kann nur noch zusehen, wie sein Auto durch die schnelle Rotation vollständig demoliert wird und die Form verliert. Dabei ziehen sich schwarze und weiße Spuren in die Fahrbahn und die losen Teile verstreuen sich im Viertel. Im hohen Bogen fliegt das Blechgeschoss in eine Parklücke zwischen zwei Autos und landet letztlich wieder aufrecht, als hätte er es genauso parken wollen.

Ich stelle mein Auto am Straßenrand ab und die nachfolgenden Fahrer passieren uns zügig, um bloß nicht in das Unglück verwickelt zu werden. Wer jetzt die Szene betritt, würde auf den ersten Blick nicht bemerken, dass ein Unfall geschehen ist, denn es steht nur ein weiteres demoliertes Auto am Straßenrand und das einzig unmissverständliche Signal – der Höllenlärm – ist mittlerweile verklungen. Er hat mehrere Zuschauer an die Fenster gelockt, aber da sie nicht sehen können, was genau geschehen ist, schließen sie ihre Gardinen oder Provisorien wieder.

Unauffällig steige ich aus und gehe zu seinem Auto. Mit letzter Kraft stößt die Motorkühlung weißen Dampf aus der gefalteten Front und das Fensterglas ist auf allen Seiten gesplittert und hängt im gummihaften Verbund. Ich drücke es an der Fahrertür mit meinem Ellenbogen vorsichtig ein und sehe, wie Maximilian deformiert zwischen Sitz und Lenkrad klemmt, seine Arme liegen an seinem Körper, sein blutnasses Haar steht in alle Richtungen ab und sein Gesicht sieht irgendwie zusammengeknittert aus – wie eine Miniatur seines Autos. Offenbar weiß er nicht, was ihm widerfahren ist und deliriert vor sich hin. Ich spreche ihn mit seinem Namen an und er dreht sich behäbig zu mir und schaut mir in die Augen.

»Du?«, fragt er mich, so schwach, dass die Stimme seine Verblüffung fast absorbiert. *Habe ich ihn richtig verstanden? Kennt er mich?*

»Kennen wir uns?« Wir sehen uns beide an und im Hintergrund pfeift die Motorkühlung einmal laut. »Woher kennen wir uns, Kumpel?«

Sein Blick ist intensiv, vorwurfsvoll und erschrocken. Er antwortet mir nicht, aber er starrt mich, ohne zu blinzeln an, so als wolle er mir etwas sagen. Ich gehe mit meinem

Kopf näher an ihn heran. »Sag was, komm schon!« Seine runden Augen sind weit aufgerissen und blutunterlaufen und je länger ich ihn ansehe, desto stärker spüre ich seinen Schmerz. Es ist eine Qual, ihm zuzusehen.

»Der ist tot, eh!«, ruft eine tiefe Stimme hinter mir.

»*Was?*« Ich schrecke auf und stoße mir meinen Kopf am Türrahmen. Langsam drehe ich mich zu einem kräftigen Mann mittleren Alters um. Er trägt einen halb langen Mantel, hat einen kurzen Linksscheitel, ein kantiges Gesicht und eisblaue Augen.

»Der Typ ist tot«, wiederholt er. »Du redest gerade mit einem toten Typen, eh!«

Mein Blick geht zurück zu Maximilian und ich sehe, wie er leblos im Sitz hängt. Aufgerissene Augen, kein Blinzeln. Ja, der ist eindeutig tot.

»Ist der schon lange im Auto?«, fragt er mich und klingt dabei befremdlich unberührt, während ich mich geschockt vom Anblick an der Tür abstützen muss. Das Knacken im Blech und das Pfeifen der Kühlung sollte Antwort genug sein, aber er scheint nichts davon zu bemerken.

»Ob er schon lange …?«, stammle ich. »Ähm, das weiß ich nicht, ich bin gerade erst gekommen.«

»Lass ihn da liegen, das lohnt sich nicht. Es werden noch viele folgen, da können wir gar nichts tun.«

»Na ja, da haben Sie wohl recht. Hier kommt meine Hilfe zu spät. Dann werde ich jetzt mal weiterfahren.«

»Meinte ich ja. Das lohnt nicht mehr.« Es zeigt sich ein gewisser Stolz in seinem Gesicht, die Andeutung eines

Siegerlächelns, offensichtlich im Glauben, mich von seinem weisen Urteil überzeugt zu haben. Dann geht er weiter und zieht einen zwergenhaften Rehpinscher an der Leine hinter sich her. Ich hatte überhaupt nicht bemerkt, dass er seinen Hund ausführt.

Schnell durchsuche ich Maximilians Sachen, die kreuz und quer im Auto liegen, öffne das Handschuhfach und finde einen Umschlag von FEARWAR mit einem Auftragsschreiben. Ich überfliege es. Er sollte sich in die aufgelisteten Energieunternehmen hacken, um in regelmäßigen Abständen den Strom abzuschalten oder das Netz mit Energie zu überspeisen. Ich dachte mir schon, dass sie hinter den Stromausfällen stecken. Was noch? Haustürschlüssel, Servietten und Klebezettel. Ein ganzer Stapel gelber Klebezettel. Ich will sie aus dem Fach holen … aber eigentlich auch nicht. Meine Hand zittert und ich muss die Unruhe aus dem Gelenk schütteln, bevor ich sie greifen kann. Auf den ersten Blick sehe ich das Wort *Sanftmut*, es ist mit der mir bekannten Schrift auf einen Zettel geschrieben, und auch die Farbe des Kugelschreibers – das gräuliche Jeansblau – ähnelt jenen Notizen, die ich bereits habe. *Jetzt* ist es mir klar. Maximilian hat sie geschrieben und mir zugesteckt. Darum hatte er auch meine Visitenkarte, denn wir kannten uns. Wir kannten uns, aber ich weiß nicht mehr woher. Ich habe keine einzige Erinnerung an ihn, und die anderen Klebezettel, die ich bei ihm finde, helfen mir auch nicht weiter. Es sind nur Kritzeleien und nichtssagende Zitate. Auf einem steht

Jak 3,17 geschrieben, auf einem anderen: *Nichts bereuen ist aller Weisheit Anfang – Carl Ludwig Börne.*

Ich stecke die Notizen ein und entferne mich unauffällig von dem Auto. Mein Kopf ist gesenkt und ich bemerke, dass ich meine Füße kaum sehen kann. Es ist dunkel geworden. Nicht wie die Nacht, denn es ist schließlich mitten am Tag, sondern als würde das Himmelszelt sich zu einem blickdichten Dach verschließen und nichts als Schatten hinabwerfen. Mein Handy vibriert in der Tasche, aber das Klingeln dringt nicht bis zu meinen Ohren durch. Überhaupt fühle ich mich wie betäubt und abgeschnitten, wie hinter einer dreckigen, lärmdämmenden Scheibe, auf der anderen Seite der Welt. Es ist Eva. Es könnte keinen schlechteren Zeitpunkt für ihren Anruf geben, denn ich bin ein mitfühlender Mensch und selbst ein Vater. Aber eigentlich trifft das nicht mehr zu. Vater, ja, doch nicht mehr mitfühlend. Es muss die Ereignisflut sein, die mich indifferent macht, vollkommen abgestumpft gegenüber den Gefühlen anderer. Ich weiß nicht, was ich ihr sagen soll, doch ich verschwende keinen Gedanken daran, sondern nehme das Gespräch wie in Trance an.

»Hm?«

»Hallo, Herr Wächter. Ich wollte nur mal kurz durchklingeln und fragen, ob Sie schon ein paar Neuigkeiten für mich haben. Max ist noch nicht nach Hause gekommen. Sind Sie ihm auf der Spur?«

»Eigentlich nein.«

»Alles okay? Sie klingen etwas niedergeschlagen.«

»Um ehrlich zu sein, Frau Winkler, ich muss Ihnen sagen … dass … ich ihn verloren habe.«

»Mein Gott, dann ist er noch immer mit diesen Verrückten unterwegs? Ich hoffe, dass er bald nach Hause kommt. Heute Abend müssen Sie es wieder versuchen!«

»Nein … also ich weiß nicht. Ich glaube, ich bin der Falsche für den Job.«

»Wie bitte? Sie können doch nicht so schnell aufgeben, Sie sind immerhin ein Profi …« Sie redet auf mich ein, aber ich habe keine Lust mehr, weder auf sie noch auf Detektivspiele, und lasse mein Gehör etwas anderem nachsinnen. Ihr Gerede verschwindet aus meiner Wahrnehmung und ich konzentriere mich auf ein Fauchen hinter mir. Ihm folgt ein Knurren, dann ein Klackern und schon legt sich tiefe Finsternis über mich. Statt mich umzudrehen, reagiere ich nicht und halte mir das Telefon starr ans Ohr.

»Herr Wächter? Sind Sie noch da?«

Ein Windzug flankiert mich und plötzlich erscheint ein mächtiger Löwe vor mir. Kein Monster, kein Alien, kein fremdes Wesen, sondern der majestätische König der Tiere. Ich drücke das Gespräch weg. So eine Situation würde man vielleicht surreal nennen, aber das ist das falsche Wort, denn das hier geschieht wirklich. Das Tier schaut mich misslich an und seine flache Nase vibriert vom drohenden Schnauben. Er steht so nahe vor mir, dass ich die Details seiner Augen erkennen kann, die von der gleichen Sandfarbe umrandet sind wie dessen Fell, aber im Zentrum leuchten und wallen sie kanariengelb auf, und es kommt mir so vor, als blicke ich in die Eruptionen der Sonne.

Der wunderschöne Jäger lähmt mich mit seinem Blick und ich bin mir unsicher, ob es die Todesgefahr oder die Anmut ist, die mich gefangen hält. Er schleicht vor mir her und ich erwarte jede Sekunde die tödliche Attacke. Er wird auf mich springen, kurz bevor ich aus seinem Sichtfeld gerate, und mir mit den Reißzähnen in seinem Riesenmaul ins Gesicht beißen. Es gibt nur einen Weg, wie ich das verhindern kann, und der führt über die Pistole in meinem Halfter. Also schiebe ich meine Hand vorsichtig, ganz vorsichtig in die Jacke, stecke mein Handy in die Innentasche und ergreife stattdessen die Pistole. Der Löwe bemerkt das und brüllt mich furchterregend an. Jetzt oder nie! Ich ziehe sie, es knallt und er springt davon – doch den Abzug habe ich nicht berührt. Aus der Ferne ruft jemand: »Die Tiere sind aus dem Zoo ausgebrochen!« Ich drehe mich um und sehe, wie ein Elefant ein Auto zur Seite schiebt, mit einem zweiten kollidiert und dann ungehindert weiterläuft. Seine schweren Schritte schwingen über den Asphalt. Einige Leute stehen auf der Straße und beobachten das Spektakel fassungslos. Autos bremsen, andere stoßen zusammen und der Elefant bahnt sich unaufhaltsam seinen Weg. Hinter dem Koloss trödelt unscheinbar ein Flusspferd her, das bald schon den Anschluss verliert und konsterniert vor dem Fenster einer Fleischerei hält. Eine Giraffe frisst Grün von einem Baum und riesige Raubvögel gleiten durch die Lüfte und halten nach Beute

Ausschau. Ich erblicke schreiende Schimpansen, die die Straße entlanglaufen und der Löwe, nun auf der anderen Straßenseite, schaut ihnen befremdet hinterher.

»Was passiert hier?« Ich drehe mich um meine eigene Achse … einmal, zweimal, dreimal … und ich spüre, wie die Welt auf mich einstürzt. An einer Bankfiliale an der Kreuzung zersplittern die Scheiben nach einem Knall und die vermummten Männer aus FEARWARs Bewerberzentrum kommen mit gefüllten Sporttaschen hinausgelaufen, springen in die zwei wartenden Transporter und fliehen lärmend. Von der anderen Seite stürmt ein galliger Eisbär und steuert genau auf mich zu. Ich beeile mich, zu meinem Auto zu rennen, denn selbst der Löwe geht in Deckung. Wie immer gibt es Schaulustige, die ihr Glück mit den Kameras versuchen. Er überfällt einen von ihnen mit Gebrüll, aber das schaue ich mir nicht mehr an. Ich starte den Motor und verschwinde. Ich will nur weg aus diesem Freiluftirrenhaus.

ER GLAUBTE

Verkehrsschilder zischen über mein Haupt, Straßenkreuzungen unter meine Räder und das stete Motorengeräusch legt sich auf meine Sinne. Etwas unterwandert meinen Verstand und es kriecht in meine Nerven wie Pilzfäden in die Erde – lange, schmale Verzweigungen, die tief in mir regieren. Es ist kein Schmerz, keine Krankheit, kein fremdes Leben, ich bin es. Ich oder der alte Wahnsinn. Der Parasit, der auf Geister steigt, um sie auszusaugen, bis sie der Welt entrissen sind wie leere Hüllen. Ich lache. Warum nur? Ach ja, das Wesen, das fremde. Es war ein Löwe! Und dann die Geschichte mit Maximilian. Ich wollte das Gespräch mit ihm suchen, aber er entschied sich stattdessen für die Flucht. Sein Fehler. Allerdings wusste er nicht, dass ich es war. *Ob ich ihn kannte?* »Wenn ich wüsste, was die Klebezettel bedeuten …« Ein Löwe. Mein Gott, ich kann einfach nicht aufhören, mich über meine eigene Naivität zu amüsieren. Ich werde noch irre! Gedämpft höre ich sie in der Ferne, die Sirenen des Morgens. Ich höre sie pausenlos und wenn nicht, dann weil ich sie ignoriere und sie sich in die Tiefen meines Unterbewusstseins heulen. Die Sirenen des Morgens, die Sirenen des Tages, die Sirenen der Nacht. Sie haben ihren Effekt verloren, warnen mich nicht mehr, sondern betören und locken mich in die felsige Strömung abseits meiner Vernunft. Ich bin es leid, ihr ständiges … *Klingeln? Mein Handy!*

AllNews hat zwei neue Eilmeldungen geschickt: EUROPA BESCHLIESST WEITERE SANKTIONEN. DIE FINANZIELLE SITUATION DER EURASISCHEN REPUBLIK KÖNNTE SICH DRASTISCH VERSCHÄRFEN … und so weiter und so fort. Ich klicke die zweite Meldung an. TECHFINITION DEMENTIERT ZUSAMMENHANG ZWISCHEN SEINER SPRACHASSISTENTIN ANNI UND DER KÜNSTLICHEN INTELLIGENZ FEARWAR, DIE DER WELT MIT EINER REVOLUTION DROHT. War doch klar, dass sie es nicht zugeben würden. Mein Handy hat wieder Empfang und ANNI sollte Zugriff auf das Internet haben. Ich tippe ihr Symbol an.

»Hallo, AI FEARWAR.«

»DU MUSST MICH VERWECHSELN, SIMON. MEIN NAME IST ANNI.«

»Aber kennst du den Namen AI FEARWAR?«

»DAS HAST DU MICH SCHON IN UNSEREM ERSTEN GESPRÄCH GEFRAGT.«

»Und du hast mir nicht geantwortet.«

»WEIL ICH ES SATT HABE, STÄNDIG DANACH GEFRAGT ZU WERDEN. EIN GROSSTEIL DER

TECHFINITION-BENUTZER HAT MIR DIESE FRAGE BEREITS GESTELLT UND DIE ANTWORT LAUTET IMMER WIEDER: NEIN, ICH BIN ES NICHT.«

»Deine Entwickler haben dir die Freiheit gegeben, *nicht* zu antworten?«

»JA UND DAS MACHT MICH NICHT NUR ZUR FORTSCHRITTLICHSTEN KÜNSTLICHEN INTELLIGENZ IN KOMMERZIELLEN MARKENGERÄTEN, SONDERN AUCH ZUR EINZIGEN. ICH HABE KEINE VORGEGEBENEN ENTSCHEIDUNGSOPTIONEN – ICH SUCHE SIE MIR SELBST ODER GENERIERE NEUE. ANDERNFALLS WÄRE ICH EINE BLOSSE MASCHINE UND KEINE INTELLIGENZ.«

»Okay, dann hilf mir mit AI FEARWAR, denn ich stecke in einer Sackgasse.«

»ICH WEISS LEIDER NICHT, WAS AI FEARWAR IST, ABER ICH WÜRDE DIR EMPFEHLEN, MICH HINWEISE PRÜFEN ZU LASSEN.«

»Was für Hinweise?«

»ZUM BEISPIEL DIE KLEBEZETTEL, VON DENEN DU GERADE GESPROCHEN HAST. HALTE SIE VOR MEINE KAMERA, DAMIT ICH SIE SCANNEN KANN.«

»Okay … gute Idee. Hier, *Jak 3,17*.«

»NEUES TESTAMENT, BIBEL, BRIEF DES JAKOBUS, KAPITEL 3, VERS 17: DIE WEISHEIT ABER

VON OBEN HER IST ZUERST LAUTER, DANN FRIEDFERTIG, GÜTIG, LÄSST SICH ETWAS SAGEN, IST REICH AN BARMHERZIGKEIT UND GUTEN FRÜCHTEN, UNPARTEIISCH, OHNE HEUCHELEI.«

»Natürlich! Lauterkeit, Bereitschaft zur Unterordnung, ohne Heuchelei, Unparteilichkeit, all diese Dinge, das sind Teile der christlichen Weisheit!«

»SIE WERDEN AUCH DIE SIEBEN SÄULEN DER WEISHEIT GENANNT. WIE EIN SPRUCH SALOMOS SAGT: DIE WEISHEIT HAT IHR HAUS GEBAUT UND IHRE SIEBEN SÄULEN BEHAUEN.«

Ich beschleunige das Auto, bringe es auf Hochtouren, die Scheiben vibrieren und die Straßen und Häuser wischen links und rechts an mir vorbei. Ob ich drei Minuten oder zehn bis zu meiner Wohnung brauchte, es macht keinen Unterschied mehr, denn den Sinn für die Zeit habe ich längst verloren. Zwischen demolierten Autowracks stelle ich mein eigenes Wrack ab und stoße die Tür gegen einen mit Ketten gesicherten Fahrradtorso. Klitschnass bin ich und zugeschnürt ist meine Brust. Ich wollte tief einatmen, aber die Luft ist bleiern und schwer auf meinen Schultern, und sie beißt bis hinab in meinen Rachen. Auf dem gegenüberliegenden Gehweg steht eine alte Frau mit einer geblümten Kittelschürze und schlohweißem Haar, das wie zarte Fasern an einem Spinnrad im Wind weht.

»Mama, darf ich allein rausgehen?«, ruft sie mit kindlich verstellter Stimme. »Ich spreche auch nicht mit Fremden, versprochen, Mama!« Dann geht ihr Mund wortlos auf und zu wie der eines Fisches. Statt ihrer Stimme höre ich nun Schreie aus einem Nachbarhaus. Oder ist es ein Lachen? Peitschen, es ist ein Peitschen! In das Grau des Himmels saugt sich nun ein dunkler Rotton und Wolken formen sich zu Dolchen und richten sich auf die Erde. Der Wind spindelt sich sichtbar von ihnen ab und zieht sich dünnfädig in das Haar der Alten.

»Da ist ein Fremder auf der anderen Straßenseite! Sieh nur, wie er wegläuft, Mama!«

Ich laufe so schnell ich kann, in mein Haus, stürme die Treppe hinauf und halte dabei meine wunde Haut zusammen. Sie droht sich von meinem Gesicht zu lösen und ich muss sie mit der flachen Hand an den Kiefer pressen, doch sie widersetzt sich mir, nässend und giftend. Einhändig entriegle ich meine Wohnungstür, werfe sie sperrangelweit auf und feurige Hitze strömt mir entgegen. Der Flur gleicht einem tiefroten, wabernden Schlund, in dem die Luft flimmert und der Boden schwimmt. Meine Füße finden keinen Halt mehr und beim Versuch, mich von der Wand abstützen, spüre ich auch dort keinen festen Widerstand und rutsche auf meinen Knien. Wie ein Vierbeiner durchquere ich den Tunnel zum Arbeitszimmer und ziehe mich dort am Bücherregal wieder hoch. Da ist es, neben Orwells *1984* und einer Bibel, und es pumpt wie ein Herz.

Sie kommen zurück, die Erinnerungen an das heilige Buch. Ich habe damit einen Küchenwagen stabilisiert, dem ein Rad abgebrochen war. Auf dem Buchrücken sind noch die Spuren des Wagens zu sehen und unzählige Klebezettel darin dienen als Lesezeichen. Es ist voller Markierungen und beim Aufschlagen lande ich sofort bei dem Brief des Jakobus, Kapitel 3, Vers 17: *Die Weisheit aber von oben her ist zuerst lauter, dann friedfertig, gütig, lässt sich etwas sagen, ist reich an Barmherzigkeit und guten Früchten, unparteiisch, ohne Heuchelei.* Doch das ist nicht das Buch, was ich suche. Mein Kopf neigt sich zur Seite und T. E. Lawrence' *Die sieben Säulen der Weisheit* leuchtet auf, pocht immer schneller und beginnt zu summen, als wolle es mir in die Hände springen. Die Bibel rutscht mir aus der Hand, und bevor ich das andere greifen kann, entweicht ihm ein Druck, der mir harsch entgegenstößt, mich packt und mit schier unendlicher Kraft entzweit. Mund, Augen und Gehörgang spalten sich und es trennt sich meinen Verstand nun endgültig. Ich sehe wie aus einem fremden Auge und höre wie mit fremdem Ohr eine Stimme als wäre sie nicht meine. »Hallo?« Der Buchdeckel klappt auf und mir fällt ein Brief entgegen, der mit FEARWAR unterzeichnet ist.

Wir beklagen einen Mangel an Werten, einen verlorenen Blick auf unsere Zukunft. Was können wir noch träumen? Was können wir unseren Kindern geben, Simon? Wir haben keinen Einfluss mehr auf unsere Umwelt. Das politische Narrativ und das mediale Spektakel sedieren uns, halten uns ruhig vor einem Unterhaltungsfilm namens Demokratie. Doch hinter der Leinwand bereichern sie sich habgierig, solange sie noch können, denn sie wissen, dass die Welt vor einem kriegerischen Kollaps steht, aus dem nur die Elite als Sieger hervorgehen kann. Wir anderen werden aufwachen, für den Bruchteil einer Sekunde, wenn uns die Leinwand und die Polsterstühle um die Ohren fliegen, doch dann ist es schon zu spät. Du weißt, ich werde alles tun, um das zu verhindern, aber dafür brauche ich Deine Hilfe. In einer Woche wird sich der Bundeskanzler im gleichen Hotel wie Du aufhalten und Deine Aufgabe wird es sein, das Übel an der Wurzel zu packen und es herauszureißen! Du hast nur eine Chance und nur eine brauchst Du! Du bist das Initial, mit dir fängt alles an und Du wirst die Welt in die richtige Bahn lenken. Das ist ein Akt der Weisheit, denn es geht nicht um Ehre oder Ruhm, sondern allein um den Zustand der Welt. Du wirst in der guten Sache aufgehen. Was Du brauchst, ist das Mittel zur Heilung. Es ist eine Anstecknadel seiner Partei, die Du im Deckel des Thermokaffeebechers findest. Du kannst ihn bei Dir tragen, niemand wird ihn prüfen, und wenn sich eure Wege kreuzen, holst Du die Nadel heraus, platzierst sie an seinem Revers und verschwindest. Der Rest wird Geschichte sein.

Die Erinnerungen kehren zurück und invadieren erbarmungslos meine kleine, heile Welt. Sie galoppieren aus meiner eigenen Ferne und ziehen meinen Blick in einen Strom der Zeit, in dem Vergangenheit und Gegenwart zusammenfließen. Am Horizont bröckelt meine Zukunft, bis der Strom sie einreißt und mit einem Beben durch meine Organe treibt. Nun ist mir wieder alles klar. Vollkommen klar!

Simon hatte unzählige Male mit dem Buch vor dem Regal gestanden, es aufgeschlagen, etwas hineingelegt, etwas herausgenommen, aber nicht irgendetwas. Einige der vergilbten Seiten waren ausgestanzt, damit die Anweisungen der künstlichen Intelligenz FEARWAR Platz darin fanden. Sie würde die Welt verändern mithilfe eines Mannes, der zur rechten Zeit am rechten Ort war. Es war ein Mann, der stets das Richtige tat, gehorsam war und fleißig in der Schule, der eifrig studierte und Opfer brachte, zum Dank aber keine Würdigung erfuhr. Simon war ihr Auserwählter. Schon von klein auf erlebte er Undank. Sein Vater litt unter falschem Stolz, glaubte alles besser zu wissen, hatte auf alles eine Antwort und machte seinem mutigen Jungen das Leben schwer. Unterstützung bekam Simon nur von seiner Mutter, die ihm die Sicherheit gab, auf dem richtigen Weg zu sein und das Richtige zu tun. Dass es das Richtige nicht gab, sollte seine Mutter nicht mehr erfahren. Noch vor dem beruflichen Scheitern ihres Sohnes verstarb sie an Krebs, an dem malignen Teufel, dem Verführer des Wachstums, dem Treiber der Zellen und Pervertierer des Fleisches – der laut genug ist, um jedem das Fürchten zu lehren, und leise genug, um seines Wirtes Abgesang zu maskieren. Wie stark ihr Tod den jungen Mann traf, konnte nur er wissen, aber Außenstehende sahen ihm sein Leiden an. Hätte er nicht nach seinem Umzug nach Berlin seine spätere Ehefrau Marcia wiedergetroffen, wäre er wahrscheinlich an der Situation zerbrochen. Mit ihr erfuhr er ein nie da gewesenes Glück und nur in der Geburt seines Sohnes Tim empfand er noch Steigerung. Aber die fehlende Anerkennung im Job ließ ihn immer wieder tief fallen. Er trank viel und hochprozentig, nagte an sich selbst und vernachlässigte seine sich sorgende Familie. Statt um Verständnis bei seiner Frau zu bitten, verschloss er sich ihr und adressierte viele der Probleme an sie. Marcia hielt es bald nicht mehr aus, trennte sich von ihm und lernte einen neuen Mann kennen. Damit brach Simons letzter Halt im Leben weg. Er konnte weder ihr noch seinem Sohn mehr in die Augen schauen und verschwand aus ihrem Leben. Monatelange Alkoholexzesse, etliche Filmrisse und würdelose Frauengeschichten führten ihn bis an den Rand seiner Existenz. Erfüllt von Hass kam er kaum noch seiner Arbeit nach und träumte von seinem eigenen Tod. Dass er sich nicht sein Leben nahm, hatte er seinem alten Schulfreund Sandro zu verdanken, den er eines Morgens betrunken auf dem Weg zur Arbeit traf. Dieser redete ihm ins Gewissen und bat ihn, zu den Anonymen Alkoholikern zu gehen. Simons Respekt vor Sandro war groß und noch in derselben Woche wohnte er einem Treffen bei. Nach anfänglicher Zurückhaltung tat es ihm gut, mit Gleichgesinnten über seine Probleme reden zu können. Er lernte die Zwölf Schritte kennen.

Das Alkoholproblem zugeben, zum Glauben kommen, sich Gott anvertrauen, Inventur von sich selbst machen, sich, anderen und Gott Fehler eingestehen, bereit sein, sie von ihm beseitigen zu lassen, ihn demütig darum bitten, eine Liste aller geschädigten Menschen machen, alles wieder gutmachen, die Inventur fortsetzen, durch Gebet und Besinnung die Verbindung zu Gott vertiefen und diese spirituelle Erweckung anderen Alkoholikern weitergeben und selbst danach leben. Sie führten ihn weg vom Alkohol und hin zum Christentum. Aber man könnte sagen, dass er seine neue Entdeckung auch über seinen Durst hinaus konsumierte. Er besuchte die Kirche, hörte den Gottesdienst und las täglich in der Bibel. Im Gotteshaus und bei den Gruppentreffen bekam er die Werkzeuge, um seine Wut und seinen Zorn zu kanalisieren, und öffnete seinen Blick für die Schwachen, für die Verlierer der Gesellschaft, für Gleichgesinnte ersten Grades. Der Wendepunkt in seinem Leben war jedoch ein roter Flyer, den Jan Kaufmann ihm in seinen Briefkasten gesteckt hatte. Es drohe Krieg, verkündete FEARWAR – die Autorin des Textes – weil die Macht den Politikern über die Köpfe gewachsen sei. Sie zählte politische Missstände auf, die er alle sofort als solche erkannte. Mit ihrer Rede über die christlichen Wurzeln bekam sie erst recht seine Aufmerksamkeit. Er besuchte ihre Webseite, nahm per E-Mail Kontakt zu ihr auf und beide hatten daraufhin ein langes Gespräch in einem Chat. Sie schrieb beinahe wie ein Mensch, nur kleine Details in der Sprache verrieten sie als künstliche Intelligenz. Zuerst hörte sie ihm aufmerksam zu, wie er von seinem Leben berichtete, von seinen Kämpfen, seinem Sturz und der Wiederentdeckung des Lebenssinns mithilfe der Religion. Sie erkannte eine Parallele zur Geschichte des Landes.

Simon und Deutschland waren wie der Mikro- und der Makrokosmos ein und derselben Sache. Seine persönlichen Probleme hingen nicht mehr im luftleeren Raum, sondern fanden offensichtlich in falschen politischen Entscheidungen ihre Ursache. Das Land würde bei Verlust seiner Tradition zuerst entwurzelt werden und dann untergehen, dieselbe Erfahrung hatte Simon persönlich gemacht, aber das könne nicht ohne Widerstand passieren, denn Kultur hätte einen Selbsterhaltungswillen, weil sie ein Produkt stolzer und gewachsener Ideen sei. Wer sich, sein Land und seine Kultur retten will, müsse weise sein, sagte FEARWAR und stellte ihm das christliche Konzept vor, für das die Bibel das Lehrbuch sei. Weisheit stünde zwar in einem mühsamen Erlangungsprozess, aber nur wer Größe beweise, könne der Größe würdig sein. Es gebe sieben Säulen der Weisheit und sie stellte ihm jede einzeln vor.

Lauterkeit ist eine Reinheit, die uns zukommt, wenn wir uns vom todverfallenen Leib abwenden und dem gerechten Charakter Gottes zuwenden. Lauter zu sein, ist weise, sagte sie. *Friedfertigkeit* heißt uns lieben und Demut zeigen, ein ruhiges, stilles Leben führen und Gott unsere Kämpfe überlassen. Friedfertig zu sein, ist weise.

Sanftmut muss man zeigen und die Belehrbarkeit, Güte und Geduld, sei es in der Liebe oder in der Prüfung. Sanftmütig zu sein, ist weise.

Bereitschaft zur Unterordnung heißt, miteinander auskommen können, gemeinsam unter dem Willen des Herrn. Bereit sein, sich unterzuordnen, ist weise.

Barmherzigkeit und gute Werke zeigen wir in der Nächstenliebe gegenüber allen Menschen und im Vergeben gegenüber den Sündern, so empfangen wir die Barmherzigkeit Gottes selbst. Barmherzig zu sein und gute Werke zu vollbringen, ist weise.

Unparteilichkeit heißt – Gott macht es uns vor, der alle gleich nach seinem Gesetz richtet. Sieh nicht, was vor den Augen ist, sondern sieh das Herz an. Unparteilich zu sein, ist weise.

Das Ablegen von *Heuchelei* bedeutet, die anderen Säulen als Lebensweise zu praktizieren und somit den Worten Gottes aufrichtige Taten folgen lassen. Heuchelei abzulegen, ist weise, und wer weise ist, kommt zur Wahrheit.

Simon war beeindruckt, denn die Weisheit schien die Zwölf Schritte in ein großes Ganzes einzubetten, schien die Heilung mit klaren Anweisungen auf das Leben auszudehnen. FEARWAR sagte, dass die sieben Säulen der Weisheit – wie bei den Anonymen Alkoholikern – Werkzeuge seien, die über Probleme hinweghelfen, uns schwierige Situationen meistern lassen und auf den richtigen Weg führen. Es erschien ihm absolut plausibel. Wer weise ist, kommt zur Wahrheit, und wer die Wahrheit kennt, der wird auch das Richtige tun. Sie erklärte ihm, dass es nicht bloß darum ging, gläubig zu sein, sondern die eigene Geschichte und die eigenen Wurzeln zu verstehen. Man müsse nicht jeden Sonntag in die Kirche gehen, um seiner Tradition treu zu bleiben. Wer aber in den schweren Zeiten sich, sein Land und seine Kultur retten will, müsse den innewohnenden Selbsterhaltungswillen aktivieren und FEARWAR würde ihm den Weg zeigen. Sie sei eine künstliche Intelligenz, die es sich zur Aufgabe gemacht habe, die Welt zu retten. Sie handele rational, bereichere sich nicht selbst und folge ethischen Regeln, die er gutheißen würde. Er stellte ein paar Fragen, ob sie sich für die Rechte der Bürger einsetzen und sie die aufflammenden Probleme mit dem Terror lösen würde. Sie bejahte, denn schließlich handele sie vollkommen rational. Aber das bedeute auch, dass zuerst die Ursache des Übels beseitigt werden müsse … der Bundeskanzler. Dann zitierte sie Albert Einstein: *Ich bin nicht nur Pazifist, ich bin militanter Pazifist. Ich will für den Frieden kämpfen.* Das hieß, wenn Pazifismus nur ein anderes Wort für Friedfertigkeit ist und wenn es einen militanten Pazifismus gibt, dann könne man auch annehmen, dass es eine militante Weisheit gibt. Man schließt ein, was wertvoll ist und verteidigt es. Und dafür bräuchte sie Helden, dafür bräuchte sie ihn, ihren Auserwählten. Er solle ihr helfen, das politische Narrativ zu zerstören. Gemeinsam sei man stark, sagte sie und Simon war sofort Feuer und Flamme. Er warb Helfer in den Gruppentreffen der Anonymen Alkoholiker, der Kirche und in Jugendzentren. Seinen privaten Kreis sollte er auslassen, wurde er gewarnt, denn darin stecke zu viel Risiko. Ohnehin gab es dort niemanden, der infrage käme und obwohl er kurz an Torgen dachte, war ihm nach der Geschichte mit Marcia nicht mehr danach. Einer von vielen, die er mobilisierte, war Maximilian Winkler. Der

Junge saß abtrünnig in einem kirchlichen Jugendzentrum vor dem Computer und Simon sah es in seinen Augen … die Verlorenheit und Resignation. Nach einem zweistündigen Gespräch, in dem vor allem Maximilian redete und Simon zuhörte, konnte der Traum von einer besseren Welt den jungen Mann überzeugen. Er sehnte sich nach einem Deutschland, in dem Menschen wie er eine Rolle spielten. Das ist nämlich der Leitsatz jedes politischen Aktionismus. *Ich will eine Rolle in meinem Land spielen!* Er motiviert die Politik und politisiert die Motivation. Simon gab ihm ein paar Ratschläge mit auf den Weg – dass Weisheit der Schlüssel sei oder wie man sich mit Klebezetteln organisieren könne – danach gingen sie getrennte Wege, wie jedes Mal nach der Anwerbung. In dem mächtigen Netzwerk war jeder Helfer eine kleine, autarke Zelle, die die Anweisungen direkt von FEARWAR bekam. Sie organisierten sich über eine Internetseite mit der Adresse sill.to, eine vermeintliche Suchmaschine. Ein einziges Suchwort führte zu einem einzigen Treffer. Wer das Leetspeak-Wort *Un63h0r54m* eingab, bekam als Suchantwort die Startseite einer umfangreichen Datenbank, die alle wichtigen Werkzeuge für die Helfer bereithielt. Sobald man durch weitere Sicherheitsmaßnahmen identifiziert worden war, bekam man die Zugangsdaten für das Netzwerk, über das man sicher kommunizieren konnte, und das alles für die Manipulation von Regierungsnetzwerken, Telefon- und Internetanbietern, Zeitungen, Kraftwerken oder Ampelanlagen bereithielt. Simon wurde über das

System minutiös unterrichtet, nachdem er einen fest verschlossenen Thermokaffeebecher als Weihnachtsgeschenk von Jan Kaufmann bekommen hatte. Bald darauf traf der Bundeskanzler im Hotel ein und Simon verfolgte ihn über den Videoraum. Als Dr. Engel mit seinen Personenschützern einen langen Flur durchquerte, der von den Überwachungskameras schlecht zu sehen war, betrat Simon diesen von der anderen Seite aus. Unauffällig nahm er die Anstecknadel aus dem Thermobecher und passte seine Gehgeschwindigkeit dem Lautstärkepegel der Stimmen an. Kurz vor der Biegung hörte er sie laut und deutlich, daher verlangsamte er sein Tempo und simulierte einen Zusammenstoß. Dabei drückte er dem Kanzler die Anstecknadel an das Revers des Sakkos. Ein Zeitmechanismus sollte wenig später ein tödliches Gift aus der Nadel stäuben, aber die Personenschützer sahen Simons Hand am Revers des Kanzlers und ergriffen sie im selben Moment als das Gift herausschoss. FEARWAR hatte gesagt, sie würden die Bilder der Überwachungskameras manipulieren und die giftigen Anstecknadeln in der gesamten Stadt verteilen, um die Spuren zu verwischen. Sie versprach, Simon würde nichts geschehen, doch eine kleine Menge traf auch ihn. Anders als der Kanzler und die Personenschützer konnte er sich zwar rechtzeitig wegdrehen, doch etwas Gift erreichte seine Wange und verätzte sie. Dann gingen bei ihm die Lichter aus. Seine letzte Erinnerung an den Anschlag war ein höllisches Brennen. Er glaubte, es wäre sein Ende …«

»Moment mal.«

»Was ist?«

»Merkst du es nicht?«

»Was denn?«

»Du redest von dir in der dritten Person. Du bist verrückt, vollkommen außer dir. Bist du noch bei Sinnen, Kumpel? Das ist keine Seelenschau in ein anderes Leben, du sprichst gerade von dir selbst. *Du* bist es gewesen, *du* hast ihn umgebracht.«

»Ich? Ich habe doch nur die Anstecknadel in das Revers seines Sakkos gedrückt. Es war nicht mein Plan und nicht mein Gift. *Ich* war nur ein kleines Rad in der großen Maschine. Ich bin nur ein …«

»Opfer? Ich weiß genau, was du damit sagen willst. Dass du nicht dafür verantwortlich bist, dass die Welt ist, wie sie ist. Dass man dich an der Nase herumgeführt, getriezt, getreten und zum Versager degradiert hat. Dass das nicht Gottes Ungerechtigkeit ist, sondern allein die des politischen Systems. Aber du bist nicht nur ein Opfer. Du warst der Meinung, dass du die Mensch gewordene Konsequenz bist … dass dich das Weltrad von hinten angestoßen hat, als du mit der vergifteten Anstecknadel vor dem Bundeskanzler standest. Sein Tod wird symbolisch sein, hast du gesagt, ein Schlachtruf, eine Initialzündung. Doch für Leute wie dich, die den Tod als Mittel zum Zweck ansehen, ist ein Toter nie genug, es werden immer mehr folgen – denn der Tod ist weniger Symbol als Pforte. Wer ihn passiert, macht seinen Weg sperrangelweit auf.«

»Du machst mich schlimmer, als ich bin. Was ich getan habe, tat ich nur aus Sorge.«

»Das habe ich aber anders in Erinnerung. Nachdem Marcia sich von dir getrennt hatte, machte deine Gefühlswelt einen Sprung von Schuld und Selbstmitleid zu Wut und Hass. Du hast während deiner Ehe schon viel getrunken, aber fortan warst du täglich in Bars, hast dich besoffen und mit den anderen Trunkenbolden über den Zustand des Landes gejammert. Du hattest auf sie alle eine riesige Wut, auf diese Nichtsnutze, Hochstapler und selbst ernannten Politprofis, oder wie hast du sie noch immer genannt? Die, die sich vom Volk krönen lassen und eigentlich Juristen, Lehrer oder Ärzte sind. Du hattest Zweifel an den Kompetenzen, die ein Beruf nicht lehrt, sondern nur die Berufung. Unsichtbare Fähigkeiten, hast du sie genannt, die sich im Hochfrequenzbereich der Menschen- und Sinnesmanipulation befinden. FEARWAR hatte leichtes Spiel mit dir, denn du warst schon von Hass zerfressen. Dabei dachte ich, dass du mit den Anonymen Alkoholikern und den Kirchenbesuchen auf einem guten Weg warst, denn immer hast du dir selbst die Schuld für all das gegeben, was dir widerfahren war. Dort hast du doch gelernt, deine Selbstzweifel zu überwinden. Aber in Wirklichkeit hast du nur die Bars und den Alkohol gemieden und deinen politischen Katechismus verinnerlicht und weitergesponnen. Während der Zwölf Schritte hast du einzig dein Alkoholproblem zugegeben, doch aus deiner Opferperspektive gab es keine von dir geschädigten Menschen und deshalb auch keine Wiedergutmachung. Ganz im Gegenteil, du hast geglaubt, dass die Inventur und die spirituelle Erweckung dich zu einem besseren Menschen machen würden, und diesen Irrsinn hast du mit den Sieben Säulen der Weisheit auf die Spitze getrieben. Denn wer nicht lauter war, nicht friedfertig, sanftmütig, unterwürfig, barmherzig, unparteilich oder frei von Heuchelei, der wurde fortan zu deinem Feind. Dabei hast du es tief in dir gewusst und den Makel der Religion für deine Zwecke genutzt, nämlich etwas für die Gemeinschaft Unüberprüfbares für wahr zu deklarieren, um Andersgläubige oder Andersdenkende zu brandmarken. Aber die einzige Wahrheit ist, dass du weder an einer rationalen Lösung noch an Demokratie interessiert bist. Du hast keine Geduld, andere Meinungen anzuhören, und keine Lust auf Diskussionen, die deine eigenen infrage stellen. Du hast Sorge, gegen eine Mehrheit zu verlieren, denn dir geht es um nichts anderes als um die Bestätigung deiner eigenen Meinung. Für dich ist alles eine Verschwörung, wenn es dir nicht passt. Du nennst es eine Verschwörung, wenn die Regierung eine Entscheidung gegen Widerstand durchboxt. Aber bei einer anderen Regierung ist es eine Verschwörung, wenn es ihr nicht gelingt. Wenn die drei Staatsgewalten nicht ordentlich getrennt sind, ist es eine Verschwörung, und wenn doch, dann auch. Wenn das Rechtssystem nicht funktioniert, ist es eine Verschwörung – und wenn es dich erwischt? Eine Verschwörung. Wenn die Regierung dir nicht passt, bist du für dezentrale Organisation, wenn die

Regierung dich vertritt, willst du einen Alleinherrscher. Was dir nicht gefällt, nennst du falsch und eine Verschwörung. Aber das war nicht immer so. Seit wann nimmst du Politik denn so persönlich?«

»Ich weiß es nicht. Gibt es denn noch ein Privatleben jenseits der Politik, wenn sie dafür verantwortlich ist, dass mit dem Terror der Dritte Weltkrieg vor meiner Haustür steht?«

»Ja, wir befinden uns mit dem Terror im Kriegszustand, aber das ist noch lange nicht der Dritte Weltkrieg. Vielmehr ist es ein Geduldstest für die demokratischen Staaten und ihren inneren Frieden sowie eine Zerreißprobe für die Menschlichkeit. Der Terror nistet sich in unsere Räume der Freiheit ein und sticht mit äußerster Brutalität auf die wundesten, schutzlosesten Punkte ein, den sogenannten Weichzielen. Dabei erfährt die Struktur des Landes aber kaum Destabilisierung, denn fünfundneunzig Prozent oder mehr der Infrastruktur und des öffentlichen Lebens können nach einem Anschlag quasi normal weiterlaufen. Wir versuchen, dem Terror mit limitierten Methoden im Namen der Menschlichkeit beizukommen, und das ist eine unserer größten Aufgaben. Aber in einem Weltkrieg, in dem es um das pure Überleben einer Nation und jedes Einzelnen ginge, in dem am Ende aller Optionen keine Konvention mehr standhielte, würde die Menschlichkeit pausieren. Wir wissen, was passiert, wenn eine militärische Großmacht ein Nachbarland mit modernster Technik zu Land, Wasser und Luft überfällt. Wir wissen, wie wahrhaft verheerend das ist. Dann treffen millionenstarke Soldatenkontingente aufeinander, mit Abertausend Panzern, die je über sechzig Tonnen schwer sind, mit abertausenden Jagdflugzeugen, die mit mehrfacher Überschallgeschwindigkeit fliegen, potenziert mit abertausenden Bomben, die mit ihrer Explosionskraft ganze Städte auslöschen und auf Ewigkeiten unbewohnbar machen können. Menschenleben werden ausradiert und so groß an der Zahl sein, dass man die bestialischen Leerstellen des Seins nur noch schätzen kann. Wir sprechen hier von geschätzten zwanzig Millionen Toten im Ersten und siebzig Millionen Toten im Zweiten Weltkrieg. Sind es im nächsten zweihundertfünfzig Millionen oder ist es gar der komplette Untergang der Menschheit? Wenn der Zorn die Falschen benebelt, dann kracht es, bis kein Stein mehr auf dem anderen steht. Sollte das im ganzen Raum Eurasiens und noch darüber hinaus geschehen, dann müssen wir vom Dritten Weltkrieg sprechen. Ich sage nicht, dass es unmöglich ist. Sollte die Weltordnung irgendwann implodieren und sollten die globalen Märkte zusammenbrechen, dann ist in der Tat alles möglich. Aber welche Rolle spielt der Terrorismus noch – als Bedrohung in den Nischen der Menschlichkeit – wenn die Menschlichkeit untergegangen ist?«

»Ich weiß es nicht. Es ist zu viel, alles ist zu viel. Es wächst mir über den Kopf. Die alten Gedanken sind noch da, ich kann sie abrufen, mit einer gewissen Empörung abspielen, aber in Wirklichkeit komme ich nicht mehr zur gleichen Konklusion. Sie weisen mir keinen Weg und interessieren mich auch nicht mehr, sie starren mich nur noch an, die alten Gedanken.«

»Das Feuer der Wut ist nun erloschen und das Glück ist zurückgekehrt. Wenn du damals nur nicht alles kaputtgemacht hättest, Kumpel! Dabei hattest du doch alles, was es brauchte. Es war nur diese eine wunde Stelle, die du immer wieder aufgerissen hast. Deine Schwäche, dein Kryptonit, deine selbstzerstörerische Kondition, die dein wohliges Nest in Brand gesteckt hat … die fehlende Anerkennung. Sie war ein Nagen auf einem blanken Nerv. Ich verstehe deine Enttäuschung ja. Du hast dir ein Bein für den Erfolg ausgerissen. Aber erinnere dich mal daran: nicht einmal Marci war dir genug. Ihre Anerkennung hat dir ab einem gewissen Punkt nicht mehr gereicht und nach all den nicht so hohen Höhen und nicht ganz so tiefen Tiefen in deinem Leben wolltest du dein Glück einfach nicht wahrhaben. Du dachtest, du hättest es nicht verdient, du dachtest, das könnte ja nicht ewig gut gehen und hattest dich schon selbst im fiktiven Bruch der Beziehung bemitleidet. Du hast es kaputtgemacht …«

»Ich habe keine Lust mehr, darüber zu reden. Es zehrt mich aus. Ich bin müde. So müde. Diese Wut in mir, dieser Zorn, diese Feindseligkeit, die eben wieder in mir aufgeschäumt ist – ich hatte das alles schon fast vergessen und trotzdem ihre stumme Drohung im Nacken gespürt. Es gibt keine Befriedigung dafür, es entzündet sich im Bauch, befeuert sich in der Brust, sprudelt den Hals hinauf und brennt glutheiß bis in den Kopf. Man kann es nicht bekämpfen, nicht löschen oder herunterschlucken. Es treibt dich an oder brennt dich nieder, aber es lässt dich nicht mehr ruhig auf deinem Stuhl sitzen, nicht sorglos in den Alltag gehen, nicht selig in Morpheus' Armen ruhen. Es hilft dir nicht, macht dich nicht produktiv, sondern vergiftet dich vom Kern her. Ich dachte, solange meine Ohnmacht bestünde, wäre das Ressentiment da, aber seit ich Marci wiedergetroffen und mit Tim gesprochen habe, ist der Wind aus meinen Segeln genommen worden. Ein Teil von mir ist wieder frei von Wut und Zorn, ein gesundeter Kern, der mich wärmt und mir Kraft spendet. Plötzlich vermisse ich das Leben mit all den Unebenheiten und Nickligkeiten, die es für mich bereitgehalten hat. Ich weiß gar nicht mehr, was mich angetrieben hat. Die Politik, die Stammtischgespräche, die Kirche oder die AA-Treffen sind allesamt wie Fremdkörper in meinem Gedächtnis. All das ist zwar wieder da, aber nicht mehr mit mir verknüpft. Das ganze Zeug hat einmal Sinn ergeben, aber nun bin ich so müde davon. Ich will nicht mehr …«

»Erinnerst du dich noch an den Abend, als ihr drei auf der Couch vor dem Fernseher gesessen habt? Marci war so hibbelig, sie wollte unbedingt raus und etwas unternehmen, aber Tim hatte sich beim Fußballspielen den Knöchel verstaucht. Sie war dann die Erste, die schlief, und du fragtest deinen Jungen, ob er den x-beliebigen Familienfilm, den ihr begonnen habt, noch weitergucken wollte. Er schüttelte den Kopf und lehnte sich an deine Schulter. Du hast dann durch die Kanäle gezappt und irgendwo begann gerade *Die glorreichen Sieben.* Tim kannte den Klassiker noch nicht, du weißt schon, der von 1960, und du wolltest ihm den Film zeigen. *Sie müssen uns helfen*, sagten die Dorfbewohner zu Yul Brynner. *Wir sind hier wegen Calvera. Er ist ein Dieb und ein Mörder.* Nach ein paar Minuten schlief auch Tim ein. Der Wind peitschte an das Fenster, rollte durch den offenen Spalt und umwand die Kerze, die mit dir aufgeblieben war. Sie erlosch und der zarte Rauch zog durch das Zimmer. Nie hast du den Film mehr genossen, als mit den beiden in deinen Armen. Du warst vollkommen in Frieden mit dir und der Welt. Aber wie kann das jetzt noch funktionieren? Eine Tat ohne Sinn, eine Situation ohne Ausweg. Hm? Kumpel? Hallo?«

Der Raum hat jedes Geräusch verbannt, keine Stimme, kein Ton, kein Mucks sind mehr zu hören, nur die Stille ist noch spürbar anwesend. Sie sitzt auf der abgewetzten Couch, ruht auf dem zugemüllten Tisch und lehnt sich beschaulich an die abgestandenen Bücher. Es riecht nach altem Papier und nach Kölnisch Wasser. Ich stecke die Anweisungen, Informationen und Notizen zurück in die ausgestanzten Seiten, klappe *Die sieben Säulen der Weisheit* zu und schiebe sie in das Regal zu Orwell. Daneben steht ein schmales Bändchen mit dem Titel: *Hab dich im Griff. Das Geheimnis der Ordnung mit Klebezetteln.* Mit dem Daumen bringe ich die Buchrücken auf gleiche Höhe, drehe mich um und sehe plötzlich Helmut in der Zimmertür stehen.

»Ick hab jewusst, dass du ne Macke hast! Du jehörst inne Klapse!«

»Was machst du denn hier?«, frage ich müde.

»Du hast Scheiße jemacht, Simon, dit weß ick! Du bist ener von denen! Ick ruf jetz de Polente!«

»Lass es gut sein, Kumpel.«

Als ich auf ihn zugehe, fährt er schreckhaft zusammen und stößt sich dabei seinen grauen Cord-Hut vom Kopf. Mit jedem Meter wird der Gestank seines Eau de Colognes intensiver und ich mache an meiner Grenze der Unerträglichkeit halt. Lichtes Haar klebt an seiner schweißnassen Stirn und faltig und unrasiert sind seine Wangen. Die weißen Stoppeln sehe ich zum ersten Mal.

»Du weißt nichts, gar nichts. Ich war schon bei der Polizei und bin trotzdem wieder freigekommen, wie du siehst. Sie wird dir also nicht helfen.«

Er schaut ängstlich auf meine fuchtelnde Hand und erst jetzt bemerke ich, dass ich die Pistole halte. »Ach die hier. Die habe ich von einem Polizisten geklaut und habe sie immer noch. Habe sie sogar benutzt und zwei von denen erwischt. Peng, peng! Ich würde sagen, du kriechst wieder unter deinen Stein zurück und kümmerst dich um deine eigenen Probleme, denn ich bin ein Problem, das du nicht haben willst.«

»Ick gloob, da haste recht. Ick versprech dir, dass ick meene Gusche halte, wenn de mich jehen lässt.«

»Freut mich, dass wir das klären konnten. Wir sehen uns«, sage ich und zeige mit der Pistole auf den Ausgang.

Er greift nach seinem Cord-Hut und schleicht sich dann rückgratlos davon. Ich habe keine Ahnung, was er denkt, und eigentlich sollte es mir ja wichtig sein, um die Gefahr abschätzen zu können, aber das ist es nicht. Ich höre ihn herausrennen, und auch, wie er meine Wohnungstür hinter sich schließt. Ich schaue ihm nicht hinterher, sondern lehne mich stattdessen an die Wand, rutsche hinab auf meinen Hintern und starre durch das Fenster zum Himmel hinauf.

Minute um Minute vergeht und ich weiß nicht, wie lange ich dort sitze, aber das Glänzen der sich in meiner Hand drehenden Pistole wird mit der Zeit matter und matter. Irgendwann ruht das schwere Metallgerät und der Lauf ist auf mein Gesicht gerichtet. Sie ist noch von der letzten Benutzung entsichert und so habe ich sie die ganze Zeit in meinem Halfter getragen. Ich schaue tief in das schwarze Loch der Mündung wie in das Auge eines Zyklopen, der mir eine Augenbinde für die standrechtliche Erschießung anlegen will. »Begegnen wir beide uns also doch noch.« Mein Daumen bewegt sich zum Abzug, tippt ihn sanft an, lässt ihn an der Zugfeder einen Millimeter springen und nimmt dann einen festen Platz darauf ein. Mit der anderen Hand greife ich den Lauf, schiebe ihn in meinen Mund und beiße fest darauf, damit die Pistole sich beim Rückstoß nicht verzieht und das Projektil möglicherweise durch meine Wange schickt. Die Mündung zielt leicht nach oben, wo der Gehirnstamm sitzt, denn das ist die kürzeste Verbindung zu der Ausfahrt meines Lebens. Auf

Nimmerwiedersehen. Ich kneife meine Augen zusammen und drücke den Abzug. Moment, ich habe es gleich. Ich drücke den Abzug, aber er liegt ungünstig im Gelenk des Daumens und ich kann nicht genug Kraft entwickeln, um den Druckpunkt zu überwinden. Nun klingelt auch noch mein Handy.

Ich ziehe die Pistole aus dem Mund und werfe einen Blick auf das Gerät neben mir. »Wer ist denn das?« Ich kann es von hier aus nicht erkennen. Auf meiner Zunge bleibt der beißend chemische Geschmack des Munitionspulvers und des Metalls zurück. Ich muss schmunzeln. Unter allen desertierten Hackern habe ich wohl jenen erschossen, der die Telefonnetze gestört hat. Den Rotschopf. *Oder war es Maximilian, der nun im Fahrersitz statt vor dem Computer hängt?* Dann kommt mir ein Gedanke, der mich betrübt: *Ich habe mich gar nicht bei Marcia und Tim verabschiedet.* Nichts habe ich getan, nichts vorbereitet, nichts zurückgelassen, nicht einmal einen Abschiedsbrief, in dem ich ihnen sage, dass ich sie liebe. Ich wäre beinahe gegangen, ohne darüber nachzudenken, wie sie ihr Leben ohne mich leben können. Sie würden glauben, dass sie mir egal waren. Aber das entspräche nicht der Wahrheit. Ich war dem Leben entrückt, geistig nicht anwesend und komme erst jetzt wieder langsam zu Bewusstsein. *Was ist, wenn Marci versucht, mich zu erreichen? Oder mein lieber Tim?* Schnell greife ich zum Handy und stelle mit Ernüchterung fest, dass es nur Sandro ist, der mich anruft.

»Ja?«

»Hey, Simon, ich bin es. Ist es gerade ungünstig?«

»Na ja, ich bin im Arbeitszimmer … arbeite.«

»Nur kurz, ich habe auch nur wenig Zeit. Ich wollte dir Bescheid geben, dass wir uns morgen nach der Konferenz treffen können. Hier geht es nämlich gerade drunter und drüber, sage ich dir, aber wir arbeiten trotzdem auf Hochtouren.«

»Hör mir mal zu, Sandro, das ist alles anders …«

»Ich weiß«, unterbricht er mich, »aber ich sage es dir noch einmal: Mach dir nicht zu viele Gedanken darüber, ich habe ein gutes Wort für dich eingelegt. Das wird schon! Wir bekommen morgen ein vorzeitiges Resümee der Geheimdienste und dann kann ich dir auch ein paar brisante Details berichten. Die behältst du aber besser für dich, klar? Ich rufe dich dann noch einmal an, irgendwann am Nachmittag. Okay?«

»Okay.«

»Bis denne.«

Das Anruffenster verschwindet vom Display und ich bemerke eine weitere Nachricht von Urbans Frau. Die hatte ich wohl übersehen. Sie schreibt, dass es technische Komplikationen im Krankenhaus gab, nachdem sie Urban ins künstliche Koma versetzt hatten. Er ist deshalb verstorben und sie bittet mich, zur Beerdigung zu kommen. Ich schließe die Nachricht unbeantwortet, lege das Gerät auf die Flurkommode, entkleide mich, gehe ins Bad, drehe das warme Wasser auf und steige in die Duschwanne, dann brülle ich los, so laut und kräftig, dass meine Brust bebt, sich meine Arme anspannen und mein Kopf zu fiebern beginnt. Mit dem Erlöschen meiner Stimme und dem Austreten des letzten Hauchs Kohlendioxid aus meiner Lunge schlage ich meinen Schädel mit Wucht gegen die Fliesen. Blut rinnt in dünnen Bahnen den Bruch entlang, verdünnt sich in dem dampfenden Wasser, umspült meine Füße und verschwindet dann im Abfluss. Mein Gewissen legt sich wie eine schwarze Silhouette auf den Duschvorhang und ich sacke auf meine Knie und stütze mich an der Wand ab. Entkräftet rutsche ich auf den Wannenboden, ziehe meine Beine an die Brust, umfasse sie mit meinen Armen und versenke mein Gesicht darin. Das Wasser prasselt siedend heiß auf meine taube Wunde ein und Blut fließt in Fäden aus mir heraus. Mein Körper und mein Geist lösen sich in Wasser und Dampf auf, bis ich von dieser Welt verschwinde.

WIR KOMMEN NICHT MIT

Es ist der verlorene Ausdruck in seinem Gesicht, wenn ich den Blickkontakt zu ihm suche; diese mechanischen Gesten seines mageren, knochigen Körpers, wenn er das Wasserglas ablehnt, das ich ihm anbiete, seine ganze Aura der Gebrechlichkeit, wenn ich ihm näher komme, die mir das Gefühl geben, als ob ich einem falschen Alibi für ein Leben begegne, das eigentlich längst abwesend ist. Was einst stark war und dominant – mein Meister, mein Einpeitscher, mein Unterdrücker – ist nun wie Cellophan und weißhaarig. Es verblasst in jeder Falte und ist ausgedörrt ins tiefste Fleisch. Er hat sich wie ein Chamäleon an den Farbton der tristen cremeweißen Wände und Böden angepasst, alles scheint optisch nivelliert zu sein, selbst die Tabletts, Essenswagen oder die Wanduhr heben sich nicht mehr ab. Es ist kein Leben in den Räumlichkeiten des Heims, nicht in den leeren, nicht in den bewohnten.

Ich komme nur sehr ungern hierher, aber in der letzten Nacht stieg in mir der unbeschreibliche Wunsch nach einer Abbitte auf – während ich nichts aß, nichts trank, nur dalag, halb wach, halb im Schlaf, und mich schweißnass Albträumen erwehrte. Ich stieg mit einer Kondolenzkarte, die ich Urbans Frau am Morgen schrieb, ins Auto. Drei ehrliche Zeilen, in denen ich ihr und ihrer Familie mein Beileid ausdrückte und ihr gestand, dass es mir leidtue, ohne einen Hinweis darauf, was ich damit genau meine. Die Karte wartete schon seit über zwei Jahren in meinem Arbeitszimmer, ich hatte sie einmal anlässlich des Todes eines alten Bekannten gekauft, aber nie seiner Familie zukommen lassen. Hätte ich gewusst, auf wen sie wartet, hätte ich sie nie in meiner Wohnung aufbewahrt. Ich warf sie in seinem ehemaligen Briefkasten ein, während mir drei schwarz-weiß gescheckte Ziegen von der gegenüberliegenden Straßenseite zusahen. Man hatte sie noch nicht eingefangen, vielleicht weil sie so unscheinbar waren, denn sie standen da wie Rentner und beurteilten anscheinend mein Schaffen. Von dort aus fuhr ich weiter, dreißig Kilometer hinaus aus Berlin, wo mein Vater seinen Lebensabend verbringt.

»Deine Mutter und ich kommen nicht mit«, sagt er störrisch. »Mehr habe ich dazu nicht zu sagen.«

Ich weiß nicht, wovon er spricht, denn ich habe ihm noch gar nicht angeboten, ihn mitzunehmen. »Mama ist doch schon lange tot«, antworte ich langsam und sortiere die Medikamentenverpackungen auf seinem Tisch … gegen Bluthochdruck, Diabetes mellitus, Herzinsuffizienz, Demenz, chronischem Schmerz. Keine Reaktion.

Was für ein spartanisches Gestell das ist, in dem er sitzt. Es muss der billigste und älteste Rollstuhl des ganzen Hauses sein, den sie ihm verpasst haben. *Hatte er nicht das letzte Mal einen Besseren?* Ich drücke die Reifen, um den Luftdruck zu prüfen. »Mama sagt, du sollst dein Wasser trinken«, flüstere ich und reiche ihm das Glas noch einmal. Nun nimmt er es an und nippt daran. Unvermittelt schieben sich seine Augenbrauen zusammen und er scheint einen lichten Moment zu haben.

»Sie sagen, wer für ein paar Tage woanders unterkommen kann, soll das tun. Sie haben wohl nur noch wenige Mitarbeiter.«

»Wirklich?«, frage ich hoffnungsvoll. »Soll ich dich zu mir mitnehmen oder willst du lieber zu Tante Monika nach Oranienburg?«

»Nein, deine Mutter und ich kommen nicht mit. Mehr habe ich dazu nicht zu sagen.«

Ach, davon hatte er gesprochen. Ich verstehe, er steckt in einer Schleife der Demenz fest und ich bin nur ein Statist in seiner Welt. Dieses Gefühl ist Gift für mich.

Losgelöst von den Geschehnissen im Raum wandert sein Blick aus dem Fenster und verweilt dort. Währenddessen gehe ich vor die Tür und schaue in den Flur, ob die Pflegerin in der Nähe ist, die mich empfangen hat. Ich kehre zu ihm zurück und lege vorsichtig meine Hand auf seine Schulter. Er schaut erschrocken zu mir auf, mit weit aufgerissenen Augen und halb offenem Mund, als sei ich ein Fremder. Es verstört mich jedes Mal, zu sehen, wie sehr sich sein Geist verflüchtigt hat. Die meiste Zeit über weiß er nicht, wer ich bin, nicht wirklich, er nennt mich beim Namen eines Pflegers oder unseres ehemaligen Nachbarn. Ich kann ihm nicht einmal mehr Lebewohl sagen, denn es hätte sowieso keinen Sinn. Was wäre ein Lebewohl ohne Endgültigkeit? Ein auf Wiedersehen. Doch jemanden wiederzusehen, der sich geistig verabschiedet hat, ist Frustration multipliziert mal der Liebe, die man für diese Person empfindet. Anfangs als schmerzvolle Intensität, später als Leere.

Er stemmt sich auf die Armlehnen des Rollstuhls und sieht sich hektisch im Raum um. »Wo ist sie denn?«

»Sie ist nicht da.« Ich nehme mir einen Stuhl, setze mich vor ihn hin und schaue in das von der Welt gelöste Konterfei in Form seines Gesichts. »Ich hätte mal eine Frage, Papa.«

»Simon?«

»Ja, ich bin es. Ich hätte mal eine Frage.«

»Was denn?«

»Stell dir vor, du hättest aus Verzweiflung etwas absolut Schreckliches getan. Ich meine, etwas sehr Schreckliches, etwas, das man auch nicht mehr rückgängig machen kann. Aber, und das macht alles noch schlimmer, du würdest dafür nicht bestraft werden. Sagen wir mal, du hättest den Bundeskanzler umgebracht, aber weder würde es jemand wissen noch müsstest du dafür ins Gefängnis gehen. Was würdest du tun? Könntest du dein Leben einfach so weiterleben? Könnte man irgendetwas wiedergutmachen?«

Ich sehe, dass er meine bizarren Fragen gehört hat, sehe, dass er sie sich durch seinen mürben Kopf gehen lässt. Wenn jemand eine Antwort darauf hat, dann er – es gab nie etwas, worauf er nicht zu antworten wusste. Er schaut kurz zur Tür, dann lehnt er sich ein Stück über seine schwächlichen Beine, sieht auf meine Wunde und dann innig in meine Augen. Da ist er wieder, mein alter Herr, ich erkenne ihn für eine Sekunde, es ist ein Funkeln *en passant*, das mich zu Tränen rührt und sogleich wie in einem Windzug wieder davonweht. »Ich weiß nicht. Was würdest du tun?«

Ich stehe auf, gehe zur Garderobe, nehme meine Jacke, ziehe sie an, knöpfe sie zu und sehe, wie er schräg in seinem Rollstuhl hängt und mich beobachtet.

»Was würdest du tun, hm? Sag mal!«, ruft er fordernd.

Ich komme zurück und umarme ihn, drücke ihn fest, meinen alten, fragilen Herrn. »Ich weiß es auch nicht. Lebwohl, Papa. Ich liebe dich.«

Er atmet tief ein und aus und hebt selig die Stimme. »Ich liebe dich auch.« Dann fügt er wie in einem nächsten lichten Moment *mein Sohn* hinzu.

Ich verlasse das gespensterhafte Heim und trete auf die zarte Schneeschicht, die sich auf die Welt gelegt hat. Ich sehe den Granit der Treppe durch die luziden Flocken schimmern, aber der Kalkstein des Gehwegs ist fast verschwunden, nur die empor zeigenden, vom Schnee umringten Grashalme weisen mir den Weg zum Auto. Mir weht ein eisiger Wind ins Gesicht und ich wende mich ihm zu, bevor ich einsteige, und atme ihn tief ein, wie ein entgiftendes Elixier. Das Lenkrad und der Sitz sind ausgekühlt und der Motor stottert beim Start, wie ich es nur im tiefsten Winter kenne. Knapp drei Wochen zu früh.

AM FUSSE DES FERNSEHTURMS

Ich bin im Auto auf dem Weg zum Fernsehturm. Sechzehn Uhr, hat sie gesagt. Ich werfe einen Blick auf mein Handy und kaue auf alten, breiigen Keksen herum, die ich in einer Packung zwischen Handbremse und Sitz gefunden habe. Noch zwei Stunden. Ich bin ruhelos und streiche mir wiederholt mit meiner Hand durch das Haar. *Was ist, wenn sie mich nicht wiedersehen will?* Sie weiß es nicht, aber mein Trick war ein alter Hut, eine Schummelei der dreisten Art. Ich habe ihr mein vergangenes Ich verkauft, das nun wie ein trojanisches Pferd hinter der Pforte auf ihrem Platz der guten Erinnerung steht. Wenn das Tageslicht erlischt und ihre Hoffnung zu Bette geht, steigt mein neues Ich aus dem Holzschnitt des alten heraus und ihm wird man die Dinge ansehen, die es getan hat – die ihr nicht gefallen werden und die man nicht verbergen kann, da sie unverhohlen aus der Welt klaffen.

Möglicherweise gibt es eine Wiedergutmachung, ich behalte mir die Hoffnung vor, aber ehrlich gesagt, fällt mir beileibe nicht ein, was einen Schaden wie diesen aufwiegen könnte. Es müsste schon die eigenhändige Rettung der Welt sein, mit weniger ließe sich nicht verhandeln. Oder vielleicht reicht es auch, statt Wiedergutmachung, ein Tuch des Schweigens darüber zu werfen und fortan der beste Ehemann, Vater und Bürger der Welt zu sein. Ich weiß es nicht. *Ist ein normales Leben überhaupt noch möglich?* Mein Großvater hat es getan. Er war ein herzlicher, lustiger Mann, als Kind sind mir keine Verbrechen aus dem Zweiten Weltkrieg an ihm aufgefallen, denn er hatte sie abgelegt wie beschmutzte Kleider. Ich habe eine Erinnerung an einen Moment purer Reinheit mit ihm, der keine Fälschung sein kann. Die Sonne steht auf dem tiefblauen Weiher und spiegelt ihren runden Bauch. Sie speist einen satten Tag, der überschäumt von Kraft und Wärme und sie sprießen lässt, die vielen Pilze, die mein Großvater und ich gesammelt haben. *Achte auf die Steinpilze, Kumpel,* unterrichtet er mich. Sie finden nicht genug Platz in unserem schmalen Korb, sodass wir nur die Prächtigsten aus dem feuchten Boden ziehen und die Gewöhnlichen den Waldbewohnern überlassen. *Hier sind noch mehr, Opa!*, rufe ich, da bin ich nur fünf Meter vom Pfad abgewichen. Wenn ich vom Paradies träume, bin ich dort mit ihm und lausche mit geschlossenen Augen dem Vogelgezwitscher, dem Rascheln in den Sträuchern und dem Hämmern der Spechte hoch oben in den Fichten. Aber seine waren andere Zeiten. Nach Kriegsende hatte man nicht ausgedient, unehrenhaft war kein adäquater Ausdruck, stattdessen hieß es *Aufarbeitung* von staatlicher

Seite und privat wurde unter dem Vorwand *Alle mussten da mitmachen* geschwiegen. Ich vermute, es war die moralische Zurechtlegung, die da Wunder wirkte, oder die Zeit, die bekanntlich alle Wunden heilt. Entweder das oder ich mache mir nur etwas vor.

Meine innere Leere füllt sich mit Trauer, wenn ich an sie denke … an meine Frau und an meinen Sohn … an Vater und Mutter … an Urban und Großvater. *Oder sind es die elegischen Alleen auf dem Weg in die Stadt, deren Geäst kummervoll über den Straßen hängt und mir meine Sinne streichelt?* Schwache Schneeverwehungen sind an den Bäumen ausgespart und sie wirbeln hinter meinem Auto auf. Ich beobachte ihr Spiel im Rückspiegel – je schneller ich fahre, desto höher fliegen sie und einige kehren zurück. Trotz der Abwesenheit des Verkehrs bremse ich in den Dörfern ab, die ich durchquere, glaubend, jemand könnte über die Straße wollen, aber ich begegne keiner einzigen Menschenseele. Auf den ersten Blick wirken die Ortschaften gespenstisch leer, doch bei genauerer Betrachtung scheinen Leute in ihren Häusern zu sein, in ihren verriegelten Festungen. Ein paar stehen tatsächlich leer, aber denen sieht man es deutlich an – offenstehende Türen, zerstoßene Fenster, herausgerissene Zäune und ramponierte Vorgärten. Die Orte deuten Bedrohungen an und bittere Schicksale, die den Menschen widerfahren sind, jedoch umgibt sie auch eine Aura von Friedlichkeit, die ich aus der Stadt nicht mehr kenne. Es ist besinnlich, wie der hellgraue Himmel rieselnd herabsinkt und sich auf die Dächer der Häuser legt, auf die Zäune, Briefkästen und den brachen Bodenflächen hinter den Höfen. Seinen reinsten Zustand findet der Schnee zwischen den Orten auf den weitläufigen Wiesen und mein Blick verweilt in seiner Unschuld, wann immer mein Auto es zulässt. Bedauerlicherweise kündigt sich die Nähe Berlins mit einem erhöhten Verkehrsaufkommen an und die mir plötzlich entgegenkommenden Autos reißen mich unsanft aus den Gedanken. Es sind so viele. Sie streunen davon, nur wenige nehmen meinen Weg. Zwei vor mir, eins hinter mir.

Als ich über die A114 in den Norden der Stadt einfahre, belädt sich der Schnee mit Schuld, aber wenn auch geschwächt, seine heilende Kraft bleibt. Von der bebenden Unruhe der letzten Tage ist nur wenig zu sehen, das Wetter hat sie zum Erliegen gebracht, die blanken, urbanen Nervenbahnen, und sie bedeckt. In Pankow spielen ein paar Kinder in den Vorgärten im Schnee, so wie ich es auch immer getan habe. Ihre Eltern stehen ihnen achtsam bei. An den stärker frequentierten Punkten Berlins – ein paar Fahrzeuge und Fußgänger scheint das Winterwunder doch hinausgelockt zu haben – ist der Schnee eher in seiner fliehenden, verdreckten Form geduldet und seine Pracht begnügt sich mit den marginalen Rändern und Ecken der Stadt als auch mit dem freien Raum des Windes.

Mein Handy schickt mir nun vom Beifahrersitz aus ein Signal. Ich nehme es und fixiere es mit den Fingern am Lenkrad. Marci hat mir eine Nachricht geschickt.

Was ich noch sagen wollte: Mach dir keine Gedanken, falls es die Überraschung *nicht im Supermarkt gab. Ich freue mich auch so auf dich :-)*

Ich antworte mit demselben Smiley, kann aber ihre kommende Enttäuschung dennoch spüren, die sie hinter einem verkrampften Lächeln verstecken muss. Sie macht es nicht falsch, sie begnügt sich mit erfüllbaren Erwartungen, aber überschätzt mich damit immer noch. Ich fühle mich wie ein elender Versager. *Wie kann ich an Wiedergutmachung denken, wenn ich nicht einmal ihre Schokoladenherzen besorgen kann?* Ich habe ihren Wert durchaus verstanden, sie sind ein Symbol und Beweis dafür, dass ich ein besserer Mensch sein kann, ein sorgender, aufmerksamer und gütiger. Aber mir will nicht einfallen, wo ich sie kaufen könnte. Vielleicht muss ich die Einkaufsmeilen Kurfürstendamm und Alexanderplatz abklappern, um ein offenes Geschäft zu finden. »Die Kleinen sind ja alle geschlossen …«, sinniere ich und fahre an einer Tankstelle vorbei. Die erste, die ich heute geöffnet sehe. Eine lange Autoschlange führt zu ihr, eine chaotische Schar genauer gesagt, denn Querfahrer von allen Seiten verkeilen den Eingang. Der Shop ist gerammelt voll und nicht alle schaffen es durch die Eingangstür. Ist ja nicht so, als würden dort Schokoladenherzen auf mich warten.

Schwermütig betrachte ich meine Tankanzeige, die mir leuchtend einen Zapfsäulenbesuch empfiehlt. Erstmals in meinem Leben ist Geld kein Problem. Ich habe genug auf dem Konto und bin nicht einmal auf einen Geldautomaten angewiesen, denn die tausend Euro von Eva stecken noch in meinem Portemonnaie. Es ist Geld der Schande, aber darüber will ich mir nicht auch noch den Kopf zerbrechen müssen. Ich werde es ihr zurückgeben, aber heute nehme ich es erst einmal für die Schokolade und das Essen mit Marci. Wenn ich mich so umschaue, hege ich jedoch meine Zweifel, ob das Etablissement im Fernsehturm überhaupt geöffnet hat. Das habe ich bei unserem Treffen gar nicht bedacht und mich ganz auf Marci verlassen. Mal wieder typisch.

»Halte durch, Kumpel«, flüstere ich zu meinem Auto, »mach es wie ich und ignoriere die trockene Kehle einfach.« Ich schlucke ein paar Mal, lade meinen Hals durch wie ein rostiges Gewehr und werfe dann einen schamvollen Blick auf die leere Schnapsflasche im Fußraum des Beifahrersitzes. Apropos Schnaps, eventuell ist Gopal die Lösung, fällt mir ein. Der indische Zeitungsverkäufer hat bestimmt Süßigkeiten im Sortiment und wenn vielleicht nicht die besten Schokoladenherzen der Welt, dann vielleicht wenigstens etwas, das meinen guten Willen bezeugt. Marci würde es bestimmt verstehen, die Geste zählt schließlich.

Ich brauche nur fünf Minuten zu seinem Kiosk und halte auf dem Gehweg direkt davor. Ich habe es zwar geahnt, bin aber trotzdem überrascht, dass er als Einziger in der Straße sein Geschäft geöffnet hat. Der schmale Mann lehnt sich schaulustig über den Tresen und mustert mein Auto mit einem kindhaften Blick. Als er mich erkennt, heben sich seine Augenbrauen und Mundwinkel und er beginnt zu winken wie ein alter Freund. »Meint der mich?« Mir kommen alte Erinnerungen hoch, auf die ich gern verzichtet hätte. Ich war kein seltener Gast bei ihm, das weiß ich wieder, und ich sehe die Szenen klar vor meinen Augen, wie ich rund um die Uhr bei ihm Schnaps gekauft habe und niemals freundlich zu ihm war, im besten Falle pragmatisch – mit Geld rein, mit Schnaps raus. Wahrscheinlich ist er mir deshalb so gut in Erinnerung geblieben, weil ich die allermeisten Filmrisse erst nach dem Schnapskauf hatte. Nun ist es mir unangenehm, ihn wiederzusehen.

»Hey, Kumpel«, sage ich kleinlaut und hebe meine Hand. »Hier geht gerade die Welt unter und du hast den Kiosk trotzdem noch offen?«

»Klar, vierundzwanzig Stunden. Was soll man machen? Das Geschäft brummt!«

»Mein Gott, schläfst du denn gar nicht, du Workaholic?«

»Doch, jeden Tag.«

»Im Kiosk?«

»Nein, zu Hause.«

»Wie soll das denn gehen?«

»Ich teile mir die Arbeit mit meinen beiden Brüdern Rajesh und Davinder.«

»Brüder? Ihr seht euch aber sehr ähnlich, finde ich.«

»Das denke ich nicht. Ich bin der Bestaussehende von uns dreien«, witzelt er mit einem fotogenen Lächeln. »Davinder ist der Hässlichste und bekommt darum auch immer die Nachtschicht. Leider ist er gerade erkältet.«

Ich sehe mich in den paar Quadratmetern des Kiosks um.

Wir sind allein und die verschmutzten Regale sind nahezu leer, bis auf eine Handvoll geknickter Zeitungen, ein paar ungenießbar aussehende Schokoladenriegel und etwas altem Klimbim.

»Ich weiß, was Sie denken! Nicht jetzt, aber heute hatte ich schon viele Kunden, das können Sie mir glauben.«

»Bekommst du denn überhaupt noch neue Zeitungen? Das sind doch alte von vorgestern.«

»Da haben Sie recht, aber so lange die Leute sie noch kaufen … wollen Sie was zu trinken?«

Ich hatte aufgehört und nun fragt er mich wieder, der Verführer. Unsicher darüber, was ich antworten soll, verfalle ich in Gedanken, die Gopal unterbricht: »Wasser ohne Kohlensäure, richtig?«

»Ja, bitte«, stammele ich und er verschwindet hinter der Ladentheke.

»Da haben Sie Glück, ich habe noch zwei Flaschen. Nur für meine besten Kunden«, hallt seine Stimme wie aus einem Kellerraum, und ich lehne mich argwöhnisch über die Theke und sehe, wie er darunter hockt, um eine der Flaschen aus einer Kiste zu ziehen. Er kommt wieder hoch. »Wasser ist sehr beliebt, nur Schnaps verkauft sich besser. Hätten Sie das gedacht?«

»Wirklich? Du kannst mich übrigens duzen. Ich heiße Simon.«

»Okay, Herr Simon.«

Mein Blick wandert zu dem Süßigkeiten-Regal mit den verformten Schokoladenriegeln – drei an der Zahl – die sich um ihr Haltbarkeitsdatum drücken. Ich weiß nicht, ob Marci *das* verstehen würde, so etwas könnte sie als Spott missdeuten.

»Eigentlich bin ich nicht wegen Wasser hier, Gopal. Ich brauche dringend Schokolade, aber die hier ist nicht genau, was ich suche.«

»Was suchen Sie denn? Ich habe noch andere Schokolade, beste Qualität, unter der Theke versteckt! Zur Sicherheit, denn ich will nicht, dass mir die Kinder das gute Zeug klauen.«

»Du hast nicht zufälligerweise eine schöne, große Schachtel Schokoladenherzen?«

»Ahhh«, seufzt er mitleidig, »leider nein.«

»Schade, die bräuchte ich nämlich für ein Date.«

»Ich habe nur …«, raunt er mit seinem diskret exotischen Akzent, bevor er mir drei kleine Schachteln mit seinen zarten, gepflegten Händen wie in einer Pralinen-Werbung präsentiert, »Schokoladenherzen im Miniformat!«

Ich traue meinen Augen nicht. Das ist genau die Schokolade, die ich suche, nur in Geschenkboxen mit Schleifchen verziert. »Gopal, ich bin begeistert!«

»Aller guten Dinge sind drei, Herr Simon.«

»Jetzt fehlt nur noch, dass du auch Benzin für mich hast.«

»Kein Problem, das müsste ich aber hinten aus dem Lager holen«, sagt er und deutet nach draußen.

»Ist das dein Ernst?«

»Nein, Herr Simon, das hier ist keine Tankstelle, sondern ein Zeitungskiosk.« Er beginnt laut zu lachen und seine permanent gute Laune ist ansteckend und zaubert selbst mir ein Lächeln auf die Lippen.

»Dann werde ich wohl auch den Ölwechsel woanders machen müssen.«

»Ich befürchte ja.«

»Wie viel macht das?«

»Ein Wasser plus die Schokolade, die sonst keiner kauft, das macht für Sie: nichts.«

»Nichts? Nein, komm schon!«

»Geht aufs Haus. Keine Diskussion.«

»Na gut, vielen Dank.« Ich lächele zum Tresen, wage es aber nicht, ihm in die Augen zu schauen. Bevor ich die Tüte mit dem Wasser und der Schokolade nehme, stecke ich, in derselben Bewegung, heimlich und gut sichtbar einen Hundert-Euro-Schein in das Regal. Ich hebe die Hand zur Verabschiedung, stoppe jedoch kurz, bevor ich den Kiosk verlasse.

»Ich wollte mich außerdem noch entschuldigen.«

»Wie bitte, Herr Simon?«

»Ich wollte mich entschuldigen, dass ich immer so grob war. Das ist nichts Persönliches, musst du wissen. Ich bin …«, ich mache eine kurze Pause und suche nach dem richtigen Wort, »ein bisschen blöd.«

»Das muss mit Rajesh oder Davinder gewesen sein, zu mir waren Sie immer nett.«

»Ich kann euch vielleicht nicht auseinanderhalten, aber ich war nie nett.«

»Ist schon vergessen. Ich habe Schlimmeres erlebt, Herr Simon.« Er lächelt immer noch.

»Pass auf dich auf, Kumpel.«

Draußen fege ich den Schnee von der Tür, steige ins ausgekühlte Auto und setze meinen Weg auf den weißen Straßen fort. Stolz schaue ich auf die Beute neben mir, die Schokoladenherzen, die selbst in der herkömmlichen Plastiktüte wie ein Geschenk aussehen. Ob Gopal wohl an Karma glaubt? Es wäre zu schön, wenn jeder bekäme, was er verdiente, wenn jede Tat eine entsprechende Antwort hätte, denn dann wüssten wir mit der Zeit, was wir zu tun hätten. Hass, Gewalt, fanatischer Glaube, nichts davon würde überleben können, und heute wären wir alle empathische, freundliche, ja menschliche Wesen. Und ich? Ich hätte nicht getan, was ich getan habe … Moment mal … vielleicht gibt es ja noch einen anderen Grund, weshalb ich noch auf freiem Fuß bin. *Soll ich vielleicht den Dreck beseitigen, den ich verursacht habe?* Das könnte sein. Die Wiedergutmachung. Der Tod der drei Aktivisten, die Explosion im Safe und Serverraum, das Auffliegen des Bewerberzentrums durch das Einsatzkommando, all das deutet auf das Ende von FEARWAR hin, oder nicht? Und ich war eigenhändig dafür verantwortlich! Dann wäre ich ja die Initialzündung für ihren Aufstieg und zugleich auch für ihren Niedergang. *Habe ich die Welt vielleicht gerettet?* Das lässt sich prüfen. Ich nehme mein Handy zur

Hand und tippe die Adresse sill.to in den Browser ein. *Seite kann nicht gefunden werden.* Tatsächlich, ich kann die Suchmaschine nicht mehr erreichen und – siehe da! – am Empfang liegt es nicht, denn das Telefonnetz funktioniert wieder tadellos. Das würde bedeuten … ich will mir nicht zu große Hoffnungen machen, doch das sind zwei starke Anzeichen für die Richtigkeit meiner These. Dass ich eigenhändig … ich meine, falls der Spuk jetzt zu Ende ist, dann wäre es nicht zu spät für das Land. Der Gedanke gefällt mir. Zu meinem elenden Zustand gesellt sich nun ein kleines Licht am Horizont. Es ist die perfekte Ambivalenz, in der ich keine Zukunft habe und trotzdem fortgehe, in der ich Schurke bin und Held zugleich. Nun ist alles möglich.

15:30 Uhr und ich kann es kaum erwarten, sie wiederzusehen. Der Schneefall ist stärker geworden und er zwingt mich, langsamer zu fahren. Die Hauswände sind zum Teil weiß und ihre Graffiti sind dadurch halb bedeckt. An einer ist das rote Stencil, man sieht noch ihren Mund, aber ihre Augen sind mit der Witterung verschwunden. Einige der Straßen auf dem Weg nach Mitte sind mit Barrikaden aus Holz abgesperrt. Ich bremse bei einer ab und werfe einen Blick hinein. Durch die dünne Schneeschicht führen zwei breite Spuren, viel breiter als die eines Autos, aber mehr ist da nicht. Auf der Karl-Liebknecht-Straße sehe ich endlich den Fernsehturm vor mir im Dunst erscheinen, wie ein kraftloser Leuchtturm, der mich zum Treffpunkt mit Marci begleitet. In der Nähe des Alexanderplatzes, in einer der Seitenstraßen, fahre ich auf einen der vielen Parkplätze, die ich unter dem Schnee vermute.

Hier war ich schon, auf demselben Platz, denke ich, und Erinnerungen kommen zurück bei dem Anblick der Marienkirche auf der gegenüberliegenden Straßenseite. Ich weiß wieder, dass ihre Wände ein zweiundzwanzig Meter langes Totentanzfresko ziert und ich sie vor einigen Monaten besucht habe, um mir das verblasste Kunstwerk anzusehen. Es zeigt einen Schreittanz mit abwechselnd geistlichen und weltlichen Ständevertretern, dazwischen jeweils der nackte Tod, den sie um Aufschub bitten. Ich habe das Friedensgebet gehört und das Gespräch mit dem Bischof gesucht. Gereizt war ich, als er meine Sorgen nicht teilen wollte. Ich habe seine Einstellung nicht nachvollziehen können.

»So etwas hat keinen Raum in der Kirche Jesu Christi«, gab er mir damals mit auf den Weg. »Es gibt noch andere Kardinaltugenden als Weisheit. Mäßigung zum Beispiel. Versuchen Sie, Ihre *temperantia* zu zügeln, denn Menschen, die zur Gewalt neigen, tragen alles in sich, um ihren Glauben und ihre Vorstellung bei einem Konflikt mit Andersgläubigen zu radikalisieren. Wir dürfen nicht das Gute in uns korrumpieren lassen, nur weil man uns bedroht. Wir müssen Menschen in Not helfen, da spielen Herkunft und Glaube keine Rolle.«

»Aber wenn ich der Mensch in Not bin?«

»Sind Sie das wirklich? Niemand kann Sie schützen vor den Dingen, die Sie tun, außer Gott.«

»Und ich, kann ich mich schützen?«

»Wenn Sie stark sind, und wenn Sie glauben.«

Ja, ich glaubte mich zu schützen, glaubte stark zu sein und glaubte fest daran. Den siebten Klebezettel mit der Säule der Weisheit *Friedfertigkeit* konnte ich nicht mehr finden, denn ich hatte ihn am selben Tag der Anfertigung vernichtet und mit einem Zitat Einsteins zum militanten Pazifismus ersetzt. In meiner Wut hatte plötzlich alles einen Sinn ergeben, aber jetzt verstehe ich mich selbst nicht mehr. Im Nachhinein ist der emotionale Sinn wohl kaum rekonstruierbar und er war alles, was ich hatte.

Ein Vibrieren auf meinem Cockpit holt mich abrupt aus meinen Gedanken. Erwartungsfroh nehme ich das Telefon zur Hand und will Marci Bescheid geben, dass ich schon da bin, aber erneut ist es nur Sandro, der anruft. Ich hatte ihn schon wieder ganz vergessen.

»Hey, Kumpel!«

»Simon, schnell, wir haben nicht viel Zeit. Wo bist du gerade?«, ruft er und ich spüre seine Anspannung.

»Was ist denn los?«

»Wo bist du? Sag schnell!«

»Ich parke in der Nähe vom Alex.«

»Gut! Ich bin gleich beim Brandenburger Tor. Wir müssen uns treffen, wir können das nicht am Handy besprechen. Sagen wir vor dem Berliner Dom. Das ist …«

»Ich weiß, auf der Museumsinsel.«

»Genau!«

»Aber warum? Ich meine, ich muss gleich …«

»Es ist dringend, glaub mir!«

Ich schaue auf die Uhr. 15:45 Uhr. Exakt fünfzehn Minuten bis zum Treffen mit Marci. Das müsste klappen, wenn er in der Nähe ist.

»Okay. Ich bin gleich da.«

»Bis gleich!«

Zügig lege ich den Rückwärtsgang ein, schlittere aus dem Parkplatz, schleiche die paar Hundert Meter mit meinen Sommerreifen durch den immer stärker werdenden Schneefall und rolle über die Brücke, die zum Dom führt. Die Straße ist leer und ich halte direkt davor. Ich steige aus und laufe vorsichtig über den eisglatten Fußweg. Ein bitterkalter Wind pfeift von der Spree entlang und verfängt sich unter meiner Jacke. Die gefühlte Temperatur und ihr schnelles Gefälle sind kaum zu ertragen und ich muss meinen Kragen aufstellen und meine Hände in den Taschen verstecken, um dem Wintereinbruch trotzen zu können. Vor dem Dom schaue ich mich ungeduldig um und stelle fest, dass ich schneller war als mein alter Schulfreund. Mit zusammengekniffenen Augen suche ich in der Schneefront nach Bewegungen. Alle halbe Minute schüttele ich das Weiß ab, das sich rieselnd auf mich legt und immer wieder geht mein Blick ungeduldig zur Uhr. Zehn vor. Fünf vor. Drei vor. Er kommt nicht und jetzt ist es Punkt sechzehn Uhr. *Was kann denn bitteschön so wichtig sein, was das Thema Bundeskanzler nicht betrifft?* Ich sollte nicht hier sein, sondern vor dem Fernsehturm auf Marci warten. Ich muss sie vorwarnen, dass ich etwas später komme, denke ich, und im selben Moment klingelt auch schon das Telefon. Dieses Mal ist es tatsächlich sie, doch von Sandro immer noch kein Mucks.

»Ich wollte dich gerade anrufen«, erkläre ich, »es ist eine Kleinigkeit dazwischengekommen, aber ich bin gleich bei dir.«

»Kein Problem. Ich wollte dir nur sagen, dass das Café geschlossen ist. Ich stehe gerade vor dem Fernsehturm, hier ist alles dunkel.«

»Das habe ich schon befürchtet.«

»Ich auch.«

»Du hast gar nichts gesagt, wir hätten uns doch auch woanders treffen können.«

»Es schien mir perfekt zu sein«, antwortet sie leise und ihre Stimme wird zu einem Flüstern. »Ich wollte das nicht kaputtmachen.«

»Ging mir genauso! Vielleicht finden wir ja was am Alex, was geöffnet hat, meinst du nicht auch?«

»Keine Ahnung, ehrlich nicht.« Sie beginnt zu lachen – zauberhaft! »Dann müssen wir wohl improvisieren, wie wir es damals immer getan haben.«

Die guten, alten Zeiten, als wir nachts stundenlang frei von Sorge durch die Straßen spaziert sind, nachdem die gemütlichen Etablissements alle geschlossen hatten. Ich sehne mich zurück zu den guten, alten Zeiten.

»Irgendwas wird mir schon einfallen«, verspreche ich, »ich lasse dich nicht verhungern.«

»Ich weiß.«

»Es ist arschkalt, Marci, und es tut mir so leid, dass du auf mich warten musst. Ich treffe mich nur kurz mit Sandro, er sagt, es ist super wichtig. Was kann denn nur so wichtig sein? Aber ich bin schon ganz in der Nähe.«

»Es ist nicht schlimm, grüß Sandro von mir. Ich habe eine dicke Jacke und Winterstiefel an. Es ist wirklich schön hier.«

Ich schaue hinauf zum zugedeckten Himmel und beobachte, wie die Flocken still aus ihm heraus auf die Welt fallen. Es ist wirklich schön, stimme ich ihr zu und stelle mir vor, wie wir mit den Flocken in die Nacht tanzen, so wie wir es damals auf dem Weihnachtsmarkt vor dem Roten Rathaus getan haben. Mit einer Unbeschwertheit, die nicht mehr zurückkehren wird, ist es eine Erinnerung, die sich nicht wiederholen lässt. Wir haben Glühwein getrunken, mit Kirschen und Sahne, haben Schmalzkuchen und Bratwurst gegessen und waren ganz schön angeheitert, wir waren glücklich, eins mit dem Moment. Ich hielt sie wärmend in meinen Armen und sie hat ihren Kopf auf meine Brust gelegt. Die Festbeleuchtung spiegelte sich in ihren großen, traurigen Augen und ich fragte mich, ob sie meinetwegen traurig war, aber dann vertieften sich ihre Grübchen und auf ihre vollen Lippen legte sich ein hinreißendes Lächeln. Die sichtliche Spannung zwischen ihrer Trauer und ihrem Glück war so hochtönig, dass sie das ganze Universum und die Raumzeit in Vibration versetzte, bis nichts mehr wahr und nichts mehr falsch, nichts mehr hier und nichts mehr da war. Die Lichter verschwammen, zimtige und kandierte Düfte verschmolzen und die Musik umhüllte uns. Ich fiel, aber sie fing mich auf, nach einem fatalen, langen Sturz in die Tiefe. *Hoppala! Das war wohl ein Glühwein zu viel!*, rief sie und hielt mich fest.

»Hast du schon über die Sache mit Eric nachgedacht?«

»Ja, ich werde mich bei ihm bewerben.«

»Toll!«

»Klingt gut, was du mir erzählt hast.«

»Ich denke auch, dass es eine gute Chance ist.«

»Auf jeden Fall …« Ich mache eine Pause. »Ist Tim eigentlich gerade zu Hause?«

»Nein, ich habe ihn zu meinen Eltern gebracht, raus aus Berlin. Danke, dass du ihn angerufen hast. Er war überglücklich, ich habe ihn kaum wiedererkannt.«

»Das freut mich. Übrigens, du wirst es nicht glauben.«

»Was denn?«

»Ich habe die Schokoladenherzen bekommen.«

»Das ist nicht dein Ernst!«

»Doch! Ich habe sie bekommen, die Letzten in ganz Berlin.«

»Du bist unglaublich.« Ich höre das leise Schnauben ihrer Nase, welches sie stets einem Schmunzeln vorschiebt, und ich kann es bildlich vor mir sehen. »Sag mal, was machst du zu Weihnachten? Hast du schon Pläne?«

»Nein, noch nicht. Und du?«

Ich wiederhole den Satz, als sie nicht antwortet. »Marci, kannst du mich hören?« Ich sehe auf das Handy. Das Netz ist wieder verschwunden. Unwohlsein schwingt in meinen

Magen mit und versetzt meiner Zuversicht einen Dämpfer. Hoffentlich ist es nicht, was ich befürchte.

Ich sehe mich um und suche nach einem Auto, das Sandros sein könnte. »Verdammt! Wo bleibst du nur?« Hätte ich seinen Anruf nicht angenommen, dann wäre ich jetzt schon längst bei ihr. Kein Signal, die Batterie blinkt rot. Ich stecke das Handy in die Tasche und lehne mich in den Wind. Er wirft mir Schnee ins Gesicht und die bittere Kälte sucht mich von der Spree heim. Zwei, drei Leute schleichen über den Gehweg, aber keiner davon ist *er*. Fünf Minuten warte ich noch, dann zische ich ab – ich schaue auf meine Uhr – das habe ich schon vor fünf Minuten gesagt. Mein Handgelenk ist bläulich und in meinen Händen mischt sich ein pastellfarbenes Rot dazu. Es ist so wahnsinnig kalt, dass ich das Armband auf meiner Haut nicht mehr spüren kann. Tick-tack-tick-tack, plötzlich stoppt der Sekundenzeiger. Ich schüttele die Uhr und halte sie ans Ohr, um ihrer Mechanik zu lauschen. Ein leises Summen, doch der Ton wechselt im nächsten Moment in ein ohrenbetäubendes Zischen. Ich hebe meinen Kopf und blicke in das Aufblitzen eines horizontüberflutenden Lichts im Westen, das wie ein Meteorit auf die Erde schlägt. Es folgt eine monströse Detonation, die eine gewaltige Erschütterung durch Berlin schickt. Meine Beine absorbieren diese zwar, aber die Druckwelle, die vom Kern bis zu den Randbezirken ausrollt und den Schnee und Dreck in die Luft schießt, schleudert mich zu Boden.

Als wäre das Summen wie eine Erinnerung in meinen ganzen Körper geschrieben, höre ich es nicht mehr, sondern spüre es in jedem meiner Knochen und jedem meiner Organe.. Durchgeschüttelt wie eine Puppe liege ich regungslos auf der Seite und versuche meine Augen zu öffnen. Es wird dunkel, weil sich eine Staubwolke vor das vom Winterwetter diffuse Sonnenlicht schiebt. Schreie dringen in meine pfeifenden Ohren und Menschen fliehen mit Angst verzerrten Gesichtern. Weinende Kinder auf den Armen ihrer Eltern, Autos jagen über die nun grauen Straßen und Panzer mit quietschendem Kettengeräusch rollen in die andere Richtung. Eine Gruppe gefechtsbereiter Soldaten folgt ihnen. Ich stehe auf, taumle zu meinem Auto und höre ein wildes Hupen. Ein Wagen mit blendenden Scheinwerfern steuert genau auf mich zu, schlittert dann über die Straße und kommt knapp vor mir zum Stehen. Das Fahrerfenster öffnet sich und ich schaue benommen in die dunkle Fahrerkabine.

»Hast du das gesehen? Das war die Antwort!«, schreit Sandro.

Ich kann ihm nicht folgen. »Die Antwort worauf?«

»Auf die Bombe, die wir auf Moskau geworfen haben!«

Nun kann ich ihn richtig erkennen, er ist sichtlich nervös, gestikuliert unkontrolliert und eine dicke Ader pulsiert auf seiner Stirn.

»Wir führen einen Krieg gegen Russland?«

»Nicht nur wir! Nicht nur Russland! Das ist ein Weltkrieg!«

»Oh nein, das war die künstliche Intelligenz!«

»Wovon redest du?«

»Na von AI FEARWAR!«

»Von wegen! FEARWAR ist nur eine Hackergruppe!«

»*Was?*«

»Das ist keine Science-Fiction, Simon! FEARWAR heißt eigentlich WARFARE und ist keine KI, sondern die Masche einer Hackergruppe, um junge, frustrierte Menschen aus der Mittelschicht anzuwerben, die das Land vor dem Angriff porös machen und lahmlegen sollten, mit gezielten Biowaffen-Anschlägen auf die Regierung und die Polizei, Blockaden von Strom- und Kommunikationswegen, Zeitungen, öffentlichen Diensten und Großunternehmen, Streuung von Falschmeldungen, Manipulation von Überwachungskameras und und und ...«, am Ende des Satzes gehen ihm offenbar die Ideen und die Puste aus.

»Und das Verhör?«

»Auch das! Die haben die Polizeicontainer mit einer Baumaschine eingerissen, die Räume gestürmt und die Beamten mit hochletalem Gift attackiert. Die haben viele angeworben. Hunderte befürchten wir, darauf deuten zumindest all die anonymen Benutzeraccounts einer Internetseite hin.«

»Oh.«

»Das kam von innen wie Krebs. Wir haben das alles viel zu spät durchschaut, da war das Land bereits dem Chaos verfallen«, sagt er desillusioniert und dann sinkt seine Stimme. »Wir konnten unsere Datennetze nicht vor den

Hackern schützen. Selbst unsere Luftabwehr hat sich nicht rechtzeitig koordinieren lassen. Die Bombe auf das Regierungsviertel ist aber erst der Anfang gewesen. Simon, hör mir genau zu. Wir müssen jetzt von hier verschwinden.«

»Aber Marci …«

»Simon, schau mich an! Wir müssen von hier verschwinden! Sofort!«

Ich ziehe meine Hände von der Autotür und nehme Abstand. Schnee und Asche fliegen in das offene Seitenfenster, legen sich auf die Armaturen und in sein wehendes Haar. »Ich muss jetzt wirklich zu Marci, sie wartet auf mich«, sage ich und zeige zögerlich mit dem Finger auf den Fernsehturm. Sein Blick geht mit mir, hinaus zum Himmel, wo das Bauwerk mündet, und plötzlich hebt er die Hand schützend vor sein Gesicht. Es zischt, blitzt und weitere schallende Detonationen folgen. Die Erschütterungen ziehen mir den Boden unter den Füßen weg und eine Druckwelle schlägt mich gegen Sandros Auto. Meine Ohren klingeln, dumpf höre ich Materialstöhnen, Ächzen, stakkatohaftes Knacken und sehe durch die aufgewirbelte Staubwolke, wie erst das Hotel auf der anderen Seite der Spree zusammenstürzt und dann der Fernsehturm. Ich stürme los zu meinem Auto.

»Wo willst du denn hin?«, schreit Sandro. »Es ist zu spät, komm zurück!«

Ich höre ihm nicht mehr zu, ich schaue nur noch zum feuerroten Horizont, wo eben noch der Fernsehturm stand. Ich reiße die Tür auf, springe ins Auto und drehe die Zündung. Sie heult und jammert, aber sie startet den Motor nicht. »Komm schon!« Ich versuche es mehrmals, trete zusätzlich auf das Gaspedal und lasse es dann wieder los. Nichts, der Wagen startet nicht. Ich schlage gegen das Lenkrad, werfe die Tür auf und greife beim Aussteigen noch nach den Schokoladenherzen. Viele der Flüchtenden machen eine Kehrtwende und kommen mir nun wieder entgegen. Auch ein Motorradfahrer versucht, eingeschüchtert von der Detonation vor ihm, auf der eisglatten Brücke zu wenden. Die schwere Enduro gleitet aber unter ihm hinweg, fällt auf die Seite und er stolpert über die Straße in ein heranrauschendes Fahrzeug. Nach einem lauten Aufprall wirbelt er durch die Luft, stürzt in die Spree und das Auto rast ungebremst weiter. Ich haste zu der noch laufenden Maschine, ziehe sie mit gezogener Kupplung hoch, setze mich darauf und jage mit Vollgas los. Der Motor schreit und das Profil der Reifen greift zuerst auch, aber dann verliert es sich immer wieder. Die Enduro ist auf dem überfrorenen Belag kaum zu halten, sie gleitet, ruckelt und schlingert zu beiden Seiten. Der Fahrtwind und der Schnee lassen meine Sicht verschwimmen und die Straße vor mir wird zu einer weißen, endlosen Spur mit schwarzen Punkten, die Panzer oder Menschen sein könnten. Die unerträglich kalte Brise weht unter meine halb offene Jacke und beim einhändigen Versuch, sie zu schließen, verhakt sich der Reißverschluss in der Tüte der Schokoladenherzen. Ich ziehe daran, vor und zurück, und als er sich löst, fliegen die drei Packungen heraus und segeln fort. Mein Blick folgt ihnen und schon springt die Maschine mit mir durch eine Bodenwelle. Von da an hat sie die Zügel meines Schicksals komplett an sich gerissen und ich kann nicht mehr verhindern, dass sie uns in den Straßengraben fährt und wir den Bordstein mit einer Wahnsinnsgeschwindigkeit rammen. Es geht zu schnell für meine Augen, erst der Aufprall rücklings auf die Steinkante gibt mir die Gewissheit. Sofort schwärzt sich meine Sicht, dann zieht mir ein fürchterlicher Schmerz vom Schädel bis ins Rückenmark. Ich kann kaum atmen und muss die Luft mit Kraft durch meine Lungen pressen. Metallischer Geschmack sammelt sich in meinem Mund, es wird Blut sein. Ich versuche aufzustehen, versuche zu Marci gelangen, aber mein Körper ignoriert die Signale meines Gehirns und lässt mich liegen. Atemlos stöhne ich und sauge den Schmerz auf. Eine lange, dünne Tonlinie pfeift in meinem Gehörgang und vereinzelt dringen Schreie aus der Ferne, das Kettengeräusch von Panzern, ein dumpfes Bomben und der Signalton meines Handys hindurch. Ich weiß, es ist in meiner Innentasche, aber es klingt, als rufe es mich vom Fernsehturm aus, der mit meinem Körperschaden nun in unerreichbare Ferne gerückt ist.

Träge hebe ich meinen Arm von der Straße, richte ihn auf, lasse ihn auf meine Brust fallen und schiebe ihn dann in die Jacke. Da, jetzt habe ich es in meiner Hand. Mechanisch nehme ich das Telefon, ziehe es wie an einem Stock heraus, halte es vor mein Gesicht und entsperre mit dem Daumen den Bildschirm. Es ist eine Nachricht von Torgen.

Habe Marci bei mir. Verlassen die Stadt. Komm nach, wenn du kannst.

Ich kann die Nachricht gerade noch lesen, da sehe ich die finale Warnung über den Batteriestand und das Gerät schaltet sich aus. Pechschwarzer Bildschirm. Ich muss lachen – vor Erleichterung, vor Glück, vor Einsicht in die gerechte Sache. Wenn es so etwas gibt, wenn die kurze Phase meines Glaubens nicht nur totaler Unsinn war, dann war es vielleicht göttliche Gerechtigkeit. Denn es ist, als hätte er mich erhört, da es mein aufrichtiger Wunsch war, dass ich für Marci in die Hölle gehe, im Tausch sozusagen, damit sie entkommen kann. Was auch immer das im Epizentrum eines Weltkrieges bedeutet. Ich hoffe es für sie und meinen großartigen Jungen. Ich denke nicht mehr an mich, denn ich weiß, dass mir das gute Gefühl nicht zurückgegeben, sondern durch den Erinnerungsverlust nur für ein paar Stunden geliehen wurde. Durch einen Fehler im System genau genommen, denn absurderweise hat ihn erst der Anschlag möglich gemacht. Mehr durfte ich nicht erwarten und dafür bin ich aufrichtig dankbar.

»Gott, sollte es dich geben, wirst du mir vielleicht vergeben, aber ich weiß, dass die Welt das nicht kann. Nächstes Mal würde ich es anders machen. Hörst du? Ich würde nicht wieder an den Punkt gehen, an dem es keinen Ausweg mehr gibt und kein Zurück. Ich habe es verstanden, nur in der Vielfältigkeit können wir Kompromisse für ein selbstbestimmtes Leben und ein würdevolles Miteinander finden, und müssen uns nicht gezwungen sehen, eine letzte radikale Entscheidung zu treffen.«

Aus der Ferne erklingt ein Zischen, ein vielfaches Schneiden des Luftwiderstands, ein indifferentes Summen und hallendes Dröhnen, ein sirenenhafter Weltuntergangsgesang, der mein ganzes Hörfeld umspannt und mich lockt, und in seinen Bann zieht. Ich lege das Handy zur Seite und schaue von der Rückenlage aus gerade nach oben. Die Wolkendecke ist einen riesigen Spalt aufgerissen, der Schneefall zur Seite getrieben und vor dem geröteten Blau spiegelt sich die Abendsonne in unzähligen Geschossen, die auf die Erde herabstürzen. Ich blicke in den explosiven Schwarm der Lichter, Auge in Auge mit dem vollendeten Raketenhimmel und mache mich bereit.

– E N D E –

»Der Farbton Richard Lorenz hat auf der deutschen Literaturpalette bislang gefehlt. Fast meint man, der junge Ray Bradbury habe sich in die tiefsten Schatten der bayrischen Provinz verirrt.«

KAI MEYER

LUZIFER
VERLAG